La Casa de los Momos

Planeta Fábula

Javier Gómez
de Liaño

La Casa de los Momos

Planeta

Diagonal, 662-664, 08034 Barcelona (España)
Diseño de la colección: Departamento de Diseño de Editorial Planeta
Primera edición: octubre de 2002
Depósito Legal: B. 34.871-2002
ISBN 84-08-04493-1
Composición: Fort, S. A.
Impresión: A&M Gràfic, S. L.
Encuadernación: Encuadernaciones Roma, S. L.
Printed in Spain - Impreso en España

En gratitud

Dedico este libro a Mariano Gómez de Liaño Cobaleda,
mi padre, ya muerto, que un día, siendo yo niño,
me metió debajo de su mesa para que viese un juicio.
Tanto me gustó, que allí sigo.

Tres citas de autoridad

In omnibus operibus tuis memorare novissima tua et in aeternum non pecabis: «En todas tus obras acuérdate de las postrimerías y no pecarás jamás.»

Vulgata. Eclesiasticus 7,40

Nadie conoce ni la sustancia, ni menos aún la calidad, de las ruedas del ridículo triciclo de la justicia; bien es cierto que tampoco nadie demostró jamás demasiado interés en conocerlas.

CAMILO JOSÉ CELA,
El asesinato del perdedor

Es curioso que el hombre, que ha inventado tanta palabrería jurídica y ética, sea uno de los animales que viven mejor y más a gusto con la injusticia.

PÍO BAROJA,
La familia y sus víctimas, 10-V-42

Aviso

Si al lector estas páginas le trajesen a la memoria algún proceso célebre, sepa que, salvo la ciudad donde los hechos se desarrollan, todo lo que se cuenta es pura invención.

Es más. A diferencia de los protagonistas de esta historia, los habitantes de La Casa de los Momos que yo conocí eran buena gente, personas honradas y cumplidoras del deber. De ellos aprendí que las enfermedades del alma sólo se curan con el bálsamo de la justicia.

Precisamente, fue uno de esos jueces el que me dijo que si la serpiente de la injusticia es venenosa, contra su mordedura el único antídoto eficaz es la venganza.

EL AUTOR

I

«Damnosa hereditas»

Me llamo Fernando Blanco Vidal, natural de Zamora y vecino de Madrid. Tengo cincuenta y cinco años, soy soltero, sin hijos, y aunque la vida no me haya ido tan bien como hubiera querido, tampoco me quejo.

Nieto e hijo de juez, yo me negué, a diferencia de mi único hermano, a seguir el ejemplo de un padre que se pasaba el día trabajando a cambio de un escuálido sueldo. Así que, una vez acabada la carrera, hice oposiciones a notarías. No es que la profesión de notario me entusiasmase, pero pensé que, al menos, me compensaría económicamente, cosa de la que ahora estoy plenamente convencido, sobre todo después de darme cuenta de lo poco que sirven las leyes y de lo mucho que el dinero manda.

A lo largo de más de un cuarto de siglo he ejercido, según orden cronológico, en las notarías de Hoyos, Coria, Villena, Segovia y Madrid, lugares todos donde gané bastante más de lo que necesitaba y mi trabajo valía. Sin embargo, desde hace tres años, por culpa de una enfermedad, estoy fuera de la carrera, prácticamente retirado de la circulación, y no creo que sea mucho lo que me quede de vida.

Repito que mi padre era juez, circunstancia que declaro sin ningún tipo de rubor o vergüenza. Para mí fue un excelente magistrado, un funcionario muy sacrificado y no peor padre. Siempre me pareció un hombre de bien, recto como la raya del mar, y hacia él no siento más que cariño y admiración. Supongo que hoy, según está la carrera judicial, tan maltrecha ella, no sería nada apreciado, ni tampoco un modelo de juez a seguir. No obstante, me consta que quienes lo conocieron guardan de él un magnífico recuerdo y que sus compañeros le tuvieron consideración y estima.

Mi padre se llamaba Matías Blanco Losada y había nacido en 1914, en Puebla de Sanabria, al noroeste de la provincia de Zamora, lindando con la de Orense.

Mi madre se llamaba Carmen Vidal Morales y no le iba a la zaga en cualidades a mi padre. Mujer infinitamente generosa, su vida giraba alrededor del marido y de los hijos, empezando por mí.

La idea que tengo del matrimonio de mis padres es que siempre funcionó bien. Creo que entre ellos existió un gran cariño y a veces daban la impresión de que se trataban como hermanos. Me consta que a mi madre le hubiera gustado tener muchos hijos y que era mi padre el que la desanimaba, pues le decía que son más padres los que educan que los que engendran.

Sin bienes ni más estudios que los secundarios, mi madre era eso que se conoce como una santa, calificativo que ya, de por sí, la define de prudente y moderada, virtudes, sin duda, a las que debía su felicidad. Este perfil quedaría incompleto si olvidara decir que mi pobre madre fue el consuelo de mi padre, que se pasó la vida ayudándole a llevar a cuestas la cruz de su profesión y que en los momentos más difíciles, que no eran otros que cuando la justicia dejaba de ser justa, ella le animaba para que no se desmoralizara.

Mi padre fue siempre fiel a mi madre. Yo diría que perpetuamente fiel, incluso después de muerta. Aunque quedó viudo a una edad en la que pudo haberse casado de nuevo, debió de pensar que a ciertas edades el amor es más amargo que dulce y que un segundo matrimonio le hubiera proporcionado más hiel que miel.

Mi madre falleció relativamente joven, a los cincuenta años. Un aneurisma cerebral la mató mientras dormía. Mi padre no se enteró hasta la mañana siguiente, al ver que no se levantaba. Está enterrada en Brime de Sog, en el valle de Vidriales, al noroeste de la provincia de Zamora, donde había nacido un par de años después que mi padre.

Mi padre se despidió de este mundo en 1989, recién cumplidos los setenta y cinco años, que no son muchos, salvo que se tenga vocación de morir, que creo que es lo que a él le ocurrió. Mi hermano y yo le dimos sepultura en la tierra que lo vio nacer, al lado de mi madre, pues ése fue su deseo. Le amortajamos con su toga negra y brillante como el agua del lago de su pueblo, del que los lugareños dicen que jamás un hombre vivo tocó el fondo. Al parecer, los únicos que llegaron hasta abajo del todo fueron los muertos por la rotura de la presa de Ribadelago, catástrofe ocurrida en la víspera de Reyes del año de 1959.

Fue a raíz de la muerte de nuestro padre cuando mi hermano Andrés y yo nos dimos de bruces con un testamento ológrafo que había redactado meses antes.

En ese testamento, dado en Zamora en trance de muerte el 29 de junio de 1988 y escrito todo él de su letra y puño, había una cláusula, la quinta, párrafo segundo, en la que mi padre me legaba dos carpetas que tenían unas etiquetas con las referencias «ASUNTO AMADOR CRESPO I» y «ASUNTO AMADOR CRESPO II».

Para más señas, las carpetas eran de color azul, de la marca Saro y del modelo número 309. Estaban guardadas en la caja fuerte del despacho, junto a la Cruz de San Raimundo de Peñafort y entre los títulos e insignias del que fuera su cargo.

Ambas carpetas contenían ciento cuarenta y siete pliegos de papel de oficio, escritos a mano y con pluma, más otro fajo de papeles con notas y apuntes. Como dato curioso hago saber que, salvo unas cuantas copias en papel cebolla, que estaban algo borrosas, el paso del tiempo no había hecho mella en esos documentos. Todos los folios se podían leer como el primer día y hasta las gomas de las carpetas tenían elasticidad.

Entre las cláusulas del legado existía una, la última, en la que mi padre me rogaba encarecidamente que no revelase nada de lo contenido en esas carpetas antes del año 1995, decisión que comprendí en cuanto terminé de leer lo que contenían. Para llevar a efecto esa voluntad testamentaria, lo primero que decidí fue que yo no tendría boca ni palabras para contar lo que guardaba el legado caído en mis manos. Había que esperar a que el principal protagonista, siempre que pudiese hacerlo, me autorizara. También a que el resto de las personas que en él aparecían mencionadas, algunas verdaderos protagonistas, hubieran fallecido. Aunque tenga mis reservas respecto a la teoría, mi padre decía que los muertos merecen respeto y a su palabra me atengo.

Así pues, una vez cumplidas las condiciones del testamento y visto, según las oportunas indagaciones, que de aquellas personas sólo viven parientes lejanos a quienes nada de lo que aquí se diga habría de importarles, creo que ya no hay ningún obstáculo para que se sepa qué contenían esas carpetas.

Confieso que al principio, apenas ver el testamento, estuve a punto de renunciar a la herencia. No me apetecía remover el asunto. Sin embargo, en cuanto leí la carta que mi padre escribió explicando su voluntad, me identifiqué con él y enseguida sentí la necesidad de conocer la verdad, parte de la cual se hundió en su memoria durante muchos años. A mí me tocaba rescatarla.

Lo que mi padre me legó es la historia de una injusticia, la dolorosa crónica judicial de una persona inocente e indefensa llamada Amador Crespo Lozano, el mejor amigo que tuve en la infancia y adolescencia y que fue víctima del pecado más horrible que los hombres de leyes pueden cometer.

A reconstruir esa historia he dedicado los últimos cinco años de mi vida. Tal vez podría haber empleado alguno más, pero me parece que han sido los justos y necesarios para rebuscar y encontrar lo que buscaba. En términos generales puedo decir que me siento satisfecho por haber descubierto la verdad, o la mayor parte de la verdad, de ese asunto. Pero tampoco descarto que muchas cosas se me hayan escapado. Supongo que unas yacerán bajo las alfombras. Otras se pudrirán en el interior de armarios y cajones. Téngase en cuenta que es mucho el tiempo transcurrido y que los jueces, cuando cesan en sus funciones, hacen lo que se llama un expurgo. En caso de muerte, son las viudas y los hijos los que, al día siguiente, se encargan de vaciar sus despachos. Esto al margen de que algunos papeles pudieron romperse deliberadamente.

Pero, en fin, he hecho lo que he podido, empezando por bucear en los archivos de la Audiencia, seguir por los sumarios, continuar por las carpetillas de fiscalía y terminar por los expedientes penitenciarios, todo referente a Amador y su circunstancia, como diría el filósofo. Durante este tiempo he viajado a Zamora, la ciudad de mi infancia, un montón de veces y otro tanto he preguntado a la gente. A unos, los hechos les sonaban. Otros los desconocían por completo, y sólo los menos y más viejos los recordaban, aunque tampoco con mucho detalle.

De los funcionarios judiciales de entonces, únicamente conseguí localizar a un par de ellos, los dos ya muy mayores, a los que pregunté por la justicia de aquel tiempo pasado. Lo mismo me ha sucedido con los funcionarios de prisiones; sólo pude hablar con uno, aunque la verdad es que valía por cien, pues conocía al dedillo la vida de la cárcel en aquella época, incluidos los nombres de la mayoría de los presos. Igual me ha pasado con el abogado defensor de Amador, con el que tuve la oportunidad de charlar largo y tendido y que me contó cosas verdaderamente curiosas. Ni siquiera he desperdiciado anécdotas, comentarios de calle, rumores e historietas, material también que me ha ayudado a interpretar algunos sucesos.

Y, por estimarlos imprescindibles, procuraré traducir, con la mayor fidelidad de que sea capaz, impresiones y emociones del propio Amador, a quien, gracias a un golpe de suerte o al dedo del destino, encontré poco antes de terminar de escribir esta historia.

Quiero advertir que algunos datos quedarán en el tintero. Será adrede, pues pretendo evitar que el buen nombre de algunas personas implicadas en el caso se manche más de lo que ya se manchó. Entre ellas, el de mi propio padre. Además de las razones que ofrece en su testamento y aunque me cueste aceptarlo, comprendo su silencio durante casi medio siglo. A cambio de esos pequeños o medianos silencios introduciré hechos y sentimientos que formaron parte de la vida judicial y no judicial que viví. En todo caso, nada antes que la verdad.

También hago notar que, llegado el momento de redactar esta historia, con toda intención huiré del lenguaje jurídico. Daré rienda suelta a la pluma, pero intentaré que sea con palabras llanas, que suelen ser las únicas que saben expresar la verdad. Confío, pues, en poder superar los términos legales del material utilizado, constituido principalmente por declaraciones, testimonios, actas judiciales, informes, peritajes, careos, indagatorias, atestados y alegatos de fiscales y abogados, etcétera. Ceñirme a esos documentos daría, sin duda, un resultado tan árido como pesado. La prosa jurídica es complicada y a veces hasta impenetrable, aunque no más que algunos jueces.

Por último, deseo dejar muy claro que al sacar a la luz los vergonzosos y dramáticos pasajes de esta historia judicial no pretendo echar leña al fuego para que la gente aumente sus recelos y temores ante la justicia. Tampoco fue ésa la intención de mi padre. Sin embargo, lo que no sería justo es que la dignidad y el honor de personas inocentes sigan ardiendo en la pira de la infamia.

Hoy, 14 de marzo de 1998, cuando arranco a escribir, he hablado con mi hermano. Me ha preguntado cómo voy con el legado de nuestro padre.

—Bien, Andrés, bien. Trabajando. Creo que en los papeles que dejó hay más justicia junta que en todas las sentencias que puso a lo largo de su vida.

—¿Y sigues con la idea de publicarlo?

—Creo que no tengo más remedio. Eso es lo que él quiso.

—Procura no ser muy duro. Los escándalos no son buenos para la justicia.

Entiendo perfectamente a mi hermano y a muchos de los buenos jueces que le acompañan en el escalafón. Como comprendo que fuera a mí y no a él a quien nuestro padre hiciera tan singular legado y encomendara este encargo. Él sabía que a un juez le resulta casi imposible despojarse de su espíritu de cuerpo y hablar de estos asuntos con libertad. En contra de lo que ellos piensan, la justicia y, por supuesto, también la injusticia tienen historia y se escribe sobre los duros y resignados legajos judiciales. Como también tiene su historia cada juez. Lo que sucede es que casi nadie quiere contarla. Mi padre tampoco la contó, pero por lo menos dejó las mimbres para que otro lo hiciera.

Yo, Fernando Blanco Vidal, hijo de Matías y de Carmen, aunque ya no ejerza de notario, puedo dar fe de la autenticidad de los documentos que mi padre me dejó —*vidimus*, «los hemos visto», se dice en el notariado— y de la verdad con ellos construida. Una verdad que ha ido creciendo poco a poco. Por poner un ejemplo cercano, igual que, día a día, crece el Duero, ese río caudaloso que se alimenta de arroyos, fuentes y manantiales y que para Zamora, la bien cercada, es como un corazón gigante que late majestuoso.

Finalmente, quisiera decir que, a pesar del título que llevan estas líneas —en Derecho se llama *damnosa hereditas* o herencia ruinosa a todo legado que lleva consigo pérdidas o impone cargas al heredero—, nunca apreciaré bastante el valor de los folios que recibí de mi padre. Por ello y por la confianza depositada, le doy las gracias

Nota. En la carpeta I, de las dos que mi padre me dejó, lo primero que encontré fueron nueve cuartillas, escritas por las dos caras, a mano, con su letra y firma al pie de las mismas.

Es la carta que, literalmente, reproduzco a continuación.

II

Pliegos de descargo

Querido hijo Fernando:

Cuando leas esta carta, ya me habré muerto. Son las diez de la mañana del 8 de diciembre de 1987, festividad de la Inmaculada Concepción y día de la Madre, según el santoral antiguo. Estoy en el barrio de Cabañales, en la plaza de los Carros. No sé si te acuerdas del bar Las Brisas. Aquí, sentado, miro a la catedral.

De frente, el Duero, este río con fama de violento, lo que no es del todo cierto. A pesar de las fechas, hoy va tranquilo, majestuoso. También, lo que es normal en él, va turbio, quizá un poco más turbio que ayer. Bueno, al fin y al cabo, lo mismo que algunas vidas que, a menudo, se lleva. Este año se ha cobrado dos muertos. Debió de ser por esto por lo que Unamuno escribió que el Duero es río rojizo, de un rojo trágico.

Como frecuentemente hacía con tu madre, he venido hasta aquí andando. El médico me ha recomendado caminar una hora diaria y procuro ser obediente. Sin embargo, este paseo, al margen de que sea saludable, tiene otra finalidad. Concretamente, anticiparte un testamento que, más adelante, dentro de unos días, haré con todas las formalidades.

Hoy quiero escribir el prólogo a un legado que dejaré. Soy ya muy mayor, casi viejo, y me da la impresión de que no me queda mucho tiempo de vida. Mis cálculos son que esto que te escribo lo leerás dentro de un par de años, aunque no descarto que lo hagas antes. No me encuentro bien. No es que viva esperando la muerte, pues la muerte llega muy de prisa, pero tampoco te niego que hay días que pienso que si me toca morir sería una bendición del cielo.

Bueno, voy al grano.

Siempre he pensado que las cosas que el hombre puede llevarse para el otro mundo no deben ser demasiadas y que en este de aquí sólo debemos guardar las que pertenezcan a lo más íntimo. De eso se trata. No quiero marcharme de esta vida sin contar algo que ocurrió y que debí haber impedido y no hice. A la verdad nunca se le debe dar la espalda y, aunque sea tarde, tiene que contarse.

Tú sabes, porque en alguna ocasión te lo dije, que en los sótanos judiciales descansan sucesos insólitos y que entre los condenados que habitan en los legajos de los palacios de Justicia suele haber algún que otro inocente. Son personas a quienes se declara culpables sin serlo. No ocurre todos los días, pero con que suceda uno, es suficiente. Luego, ya sabes, vienen las explicaciones: que si las leyes las hacen los hombres, que si la justicia no es una ciencia exacta, que por eso, de vez en cuando, se cometen errores e injusticias, etcétera. Pues no. Hay errores judiciales que se califican así, sin serlo. Por haber, los hay que se cometen a ciencia y conciencia.

Dicho esto, recordarás que en la Audiencia, justo debajo de la sala de vistas donde se celebraban los juicios, había un archivo general en el que se guardaban los sumarios concluidos y sentenciados. También se almacenaban las piezas de convicción utilizadas por los delincuentes para cometer sus delitos. Principalmente, de los llamados de sangre. Supongo que no te habrás olvidado de las horas muertas que te pasabas allí dentro.

Uno de esos procedimientos archivados de los que Ramón, nuestro médico de cabecera, decía que eran la piel arrugada de la justicia, es la historia a la que me refiero. Para más señas, te diré que se trata del sumario 11/1964 del Juzgado de 1.ª Instancia e Instrucción, seguido por aborto y asesinato en la persona de Paula Flores, la criada de Teófilo Cuesta, el que fue presidente de la Audiencia.

Seguro que ya te habrás acordado del asunto. Sí, es el proceso en el que fue acusado y condenado Amador Crespo, tu compañero de colegio y amigo de la infancia. Del caso y sus secuelas pudiste enterarte, como casi todo el mundo, por los periódicos y la radio. Yo mismo te conté algunos pormenores, aunque siempre con la reserva a la que estaba obligado.

Pero ocurre, hijo, que de ese asunto nunca se supo todo y, encima, gran parte de lo sabido es mentira. Puedo asegurarte que la única verdad del proceso contra Amador es que los que intervinimos en él condenamos a un inocente. Yo también, hijo, pues, a pesar de la decisión que tomé, no hice todo lo que debí hacer para evitarlo.

Antes de continuar quiero que sepas lo que para mí significa ponerme a escribir y contarte esto que te cuento. La pluma me pesa como un martillo. Tú mismo comprobarás que es recapitular una parte muy oculta de mi vida y mostrar un balance verdaderamente lamentable y desgraciado.

A medida que los años aumentan, las fuerzas disminuyen. Yo me siento muy cansado y muy solo. Sé lo que digo y te hablo con el corazón en la mano. Lo más importante que he aprendido a lo largo de mis muchos años de juez es a reconocer la fragilidad de la justicia. Después de tanto oficio, por mí mismo he comprobado que a algunos jueces y magistrados nos ha pasado lo que a algunas espigas de trigo, que crecemos con la cabeza alta mientras nos estamos formando, pero cuando ya hemos madurado del todo y estamos repletos de conocimientos, empezamos a doblarnos y con poco que nos soplen nos vamos al suelo. En el caso de tu amigo Amador, creo que esto fue lo que pasó, que quise mantenerme erguido, defender mi independencia y a la justicia, pero al final sucumbí y caí a tierra por miedos y temores.

En las dos carpetas que te habrán entregado mis albaceas están guardados los documentos, papeles y notas que, si quieres, te permitirán reconstruir la historia real del asunto. Es probable que la mayor parte de lo que leas y averigües te parecerá inverosímil, pero es la verdad. Si no está toda, lo que falte de ella lo encontrarás a poco que te esfuerces. No te conformes con lo que te dejo, y úsalo para hallar el resto.

Te confieso que antes de decidirme he dado muchas vueltas a los pros y a los contras de este paso que doy. No ha sido fácil, lo he pasado mal y ha habido momentos en que las dudas eran tantas que estuve a punto de tirarlo todo a la caldera.

Mira, hijo, cuando fui sabiendo cosas del asunto de Amador, sólo por el silencio que guardé cometí una gran injusticia. Desde entonces siento como si una especie de carcoma me invadiese el alma. He tenido ratos en que lo único que me apetecía era morirme, incluso varias veces tuve la tentación de quitarme la vida.

Pienso que un juez digno y que se precie de tal debe morir tan pronto como su conciencia muere. No sé si habrás leído la historia de aquel juez americano que, inmediatamente después de firmar una sentencia que había dictado por la presión y el chantaje de un amigo rico, se metió la pistola en la boca y apretó el gatillo. Yo me he acordado mucho de ese colega y creo que si aún sigo vivo es porque me faltó valor.

Ahora que no hay marcha atrás, ni cabe exigir culpas a nadie, ojalá que se lave el nombre de un inocente y el honor de una familia que otros ensuciamos. La gente debe conocer lo que se hizo con Amador en el caso de la muerte de su novia Paula. Lo que pasó en La Casa de los Momos no puede seguir oculto. Ni a Paula ni a Amador ni a sus familias se les hizo justicia, sino todo lo contrario. A unos y otros la justicia los machacó. Después, como sabes, vino la venganza, y es que, a veces, contra la injusticia se desencadena una terrible furia y a todo crimen corresponde castigo igual. Siempre llega el día en que las grandes injusticias reaparecen y se rebelan contra sus autores hasta la tragedia.

Fernando, hijo, siempre tuviste buen concepto de tu padre. Si después de ver estos papeles ya no pensases igual de mí, créeme que lo entendería. Me avergüenza la actitud que mantuve. De manera que no te esfuerces tratando de justificarme. El juez que condena a un inocente se condena a sí mismo. Lo mismo habría que decir de aquel al que le falta valor para evitar lo que otros hacen. Yo no me vendí a nadie, desde luego, pero creo que renuncié a mi independencia e hipotequé mi conciencia.

Antes de despedirme quiero pedirte dos cosas.

Una, que cuando veas estos papeles, sepas lo que contienen y te enteres bien de lo sucedido, no culpes a unos y disculpes a otros. Todos los que tuvimos que ver con el proceso de Amador fuimos igual de culpables y lo que nos merecíamos ha ido llegando por sus pasos. Yo soy el último que queda vivo y, aunque podía haberme librado callándome, sin embargo me ha parecido que, igual que los que me precedieron, algún castigo merecía. Qué menos que el remordimiento. Ojalá me sirva de salvación. Te repito que en la historia de Amador Crespo muy pocos hay libres de pecado.

Dos. También te ruego que si, por fin, decidieses dar a conocer todo esto —bien sabes tú que una herencia que no se acepta no se transmite—, esperes un poco. Supongo que tratarás de encontrar a Amador y hablar con él. Por mis cuentas, si no ha muerto, creo que ya habrá salido de prisión o estará a punto de hacerlo. Lo que no puedo decirte es dónde parará. Si das con él, procura respetar su voluntad. Luego, entre los dos decidiréis lo más conveniente.

El silencio que te recomiendo es para evitar que algunas personas, empezando por el propio Amador, sufran más de lo que ya de por sí sufrieron. Luego, no importa. Lo que cuentes será el reflejo de una justicia injusta y dolorosa. No aspires a más. Bastará con que, de tu mano, se conozca la historia de ese proceso, narrada sin pasiones, pero también sin reticencias. Insisto en que debes indagar hasta el final.

No sé si esto que escribo se parecerá a una confesión. Puede que sí. Muchas veces he pedido a Dios que me perdonase y que borrara algunos recuerdos. Estoy seguro de que, precisamente, ese mismo Dios es quien, en castigo, ha hecho que hasta los detalles más desagradables quedasen esculpidos en mi memoria.

Voy terminando.

Supongo que seguirás sin fiarte de los grandes dogmas judiciales, como ese que yo te repetía sin cesar de que la justicia es el arte de dar a cada uno lo suyo. No te pido que cambies de manera de pensar, pues razón no te falta, pero, al menos, ten un poco de piedad de nosotros, los jueces, a los que varias veces te oír llamar hechiceros. Esta profesión, pese a todo, es muy dura, pesada e ingrata. Piensa en los magistrados ejemplares que todavía quedan, empezando por tu hermano Andrés, aunque, la verdad sea dicha, no sé si, en conjunto, merecemos la comprensión que te pido.

Deseo que cuando recibas esta carta estés mejor de tus últimos achaques. Cuídate, hijo. Y disfruta. No olvides que el tiempo es la mayor incógnita.

Aquí te dejo un abrazo de mayor cuantía.

Tu padre

III

Fe de vida

«Sagrado y venerable nombre, ese de amigo», dice Ovidio para definir la amistad. Así era el sentimiento de afecto recíproco que existió entre Amador Crespo Lozano y yo.

Conocí a Amador Crespo a los nueve años. Fue en el colegio Corazón de Jesús, de Zamora. Los dos estábamos en elemental, un curso previo al ingreso. En el cuadernillo colegial del año 1955, que aún conservo, aparecemos fotografiados juntos, sentados en el suelo y con las piernas cruzadas. Él tiene el pelo negro, medio en punta, y yo lo tengo rubio y rizado. Él lleva puesto un jersey claro y un pantalón corto de pana marrón oscuro y yo un jersey y un pantalón de franela oscuros. Los dos calzamos botas bajas, con cordones.

Amador era de Tábara, el pueblo donde nació el poeta León Felipe, situado entre la sierra de la Culebra y el río Esla, a unos cincuenta kilómetros de Zamora.

Amador era moreno, rechoncho y hablaba poco. Amador y yo enseguida empezamos a llevarnos bien, muy bien. Coincidíamos en muchas cosas, fundamentalmente en que las clases nos aburrían como a ostras, lo cual era corriente, salvo para los curas, que querían chicos prodigio, hallazgo que resultaba más que imposible dados los métodos de enseñar de la época.

Las clases del colegio eran habitaciones amplias, con varias filas de pupitres, un mapa de España clavado en la pared y una pizarra con tizas y un cepillo. Salvo don Feliciano, el de química, y don Miguel, el de dibujo, el resto de los profesores eran curas, y todos daban las clases subidos en una tarima, lo cual era un signo de autoridad. La regla era que la letra a fuerza de palo y sangre entra.

A mí, esta forma de enseñar no es que llegara a traumatizarme, pero sí me hizo pensar en lo malo que sería una generación de hombres que en su infancia habían aprendido a base de la coacción y la violencia.

Mi padre nunca me pegó. Bueno, miento. Que recuerde, me pegó dos veces. Una por levantar la voz a mi madre. Otra por insultar a mi hermano Andrés. Las dos bofetadas que recibí me parecieron justas y además tampoco fueron muy fuertes. De todas maneras, mi padre debía de pasarlo muy mal cuando me ponía la mano encima, porque a la media hora me daba un beso, como pidiéndome perdón.

En la educación, mi padre prefería el cariño y la razón a la violencia. Prueba de ello es que la única vez que le vi verdaderamente enfadado y organizó un escándalo en el colegio fue el día en que llegué a casa con la oreja rasgada y sangrando porque el padre García había tirado más de la cuenta.

Amador y yo teníamos un amigo común que se llamaba Agapito Cuadrado Gómez y que era de Pozoantiguo, un pueblo del partido judicial de Toro. Agapito también estaba interno, igual que Amador, pero con beca. Los dos se sentaban en el mismo pupitre, pues sus apellidos iban seguidos en la lista, justo un par de filas detrás de mí, y los tres andábamos siempre juntos. Recuerdo que Agapito miraba continuamente al suelo. Lo hacía porque, según él, sólo encuentra quien mira, teoría que le daba muy buen resultado, pues raro era el día en que se no se echaba al bolsillo alguna peseta, unos cromos o una insignia.

Agapito era un tipo noble, y de él lo que más me llamaba la atención eran sus ojos y sus manos. Tenía mirada de sufrimiento, que yo interpretaba como un claro síntoma de tristeza. Utilizaba los dedos para todo, lo mismo para apretar un tornillo que para hacer juegos de manos, quitar grapas y hasta para comprobar, sin inmutarse, si un enchufe tenía corriente.

Nuestro común amigo Agapito era muy conformista y nada le parecía mal. Incluso la comida del colegio le sabía a gloria. Yo creo que en su casa debía de haber mucha pobreza y que para él no había mejor condimento que el hambre. Cualquier cosa que le dabas lo interpretaba como un regalo de Dios. Recuerdo que un día le di un jersey que me había hecho María, la chica, y a mí me quedaba algo grande. Nunca olvidaré aquellos ojos de felicidad, ni tampoco su cara. Me pareció que era la primera vez que sonreía de verdad.

Un mal día me enteré que Agapito, con apenas veinte años, murió aplastado por un camión. Fue una noche de San Agustín, cuando volvía de las fiestas de Toro andando por la carretera. Quedó muy gravemente herido y falleció a la semana. Dejó padres, tres hermanos menores que él, uno de ellos sordomudo, una novia estupenda en todos los sentidos y una carrera de medicina en la que estaba muy ilusionado.

No menos amigo nuestro que Agapito era Ignacio Sobrino, también compañero de curso y ciego de nacimiento. Me acuerdo de que su abuelo tenía la mejor tienda de ropa de Zamora. Se llamaba El Clavel de Plata y vendían, supongo que aparte de otras muchas cosas, mantas y mantillas típicas de la tierra. Todavía estoy viendo un gran letrero que colgaba en medio del establecimiento que ponía «VENTA A PRECIO FIJO». Era la señal que advertía a los clientes que no se molestaran en pedir descuentos.

Ignacio Sobrino no sabía lo que era la vista, pero tenía tanta moral y tan buen humor que intencionadamente utilizaba palabras relacionadas con su discapacidad. «¡Hasta la vista!», «¡Qué bien te veo!» o «¡Qué buenas vistas tiene esta casa!», decía a menudo. No veía absolutamente nada, pero creía ver. Siempre tuve la sensación de que él, sin ver, disfrutaba tanto o más que nosotros disfrutábamos con lo que veíamos. Hoy, Ignacio es un alto directivo de la ONCE y en sus ratos libres se dedica a la enseñanza de perros lazarillos.

Amador no hacía buenas migas con los libros. Decía que la mejor enciclopedia era la vida misma. Yo creo que esto se lo había oído a su padre, del que enseguida hablaré. Aun así, se le daba muy bien la geografía. Se sabía todos los ríos de España, afluentes y subafluentes incluidos. Era tal su dominio de la materia que el padre Lorenzo le nombró ayudante suyo para una guía geográfica en la que los pueblos, ríos y montes de España aparecían agrupados por pareados. Al terminar el trabajo, el padre Lorenzo se lo vendió al Ministerio de Educación y con lo que sacó, que no fue poco, el colegio compró un órgano nuevo para el coro.

Amador dejó de estudiar cuando terminó cuarto y reválida, examen este último al que se presentó por libre y que le costó aprobar. Sin embargo, abandonar los libros tampoco le produjo ninguna desazón, pues a él lo que le gustaba era su pueblo y las faenas del campo. Yo creo que los curas tuvieron mucho que ver en la escasa afición de Amador por el estudio y en que no acabase el bachillerato. Había profesores que lo trataban regular, tirando a mal, y que en lugar de animarle se pasaban el día recordándole que no había nacido para las letras sino para la fuerza, lo cual, en mi opinión, le produjo un complejo de inferioridad insuperable.

De la actuación de los curas, lo más sorprendente era su aptitud para la injusticia. De todos, el peor era el hermano Álvarez, de apodo Tragaligas, que era un auténtico bárbaro. Tenía la cara redonda y colorada, y aunque esto ya de por sí lo definía, un signo inconfundible, es que siempre llevaba la sotana llena de lamparones de grasa y tenía los dientes con sarro y de restos de comida. Aunque bajo de estatura, tenía mucha fuerza, y para él la educación, cuanto más rígida, mejor.

—Padre director, el único método válido es el palo. Es lo que mejor entienden estos chicos.

—Pero, hermano Álvarez, eso no es educar; eso es domar.

Aparte de su sentido natural para la injusticia, al hermano Tragaligas lo que más le gustaba era hacer distinciones. Por ejemplo, si Amador, Agapito y yo participábamos en la misma fechoría, el castigo era distinto. A unos, ración sencilla; a otros, ración doble. A mí, un capón; a Amador, dos. A Agapito, dos domingos sin cine; a mí, cuatro; a mí, media hora con los brazos en cruz y un libro en cada brazo; a ellos dos, la hora completa y dos enciclopedias por brazo. Naturalmente, tanta arbitrariedad constituía una soberana injusticia y a veces protestábamos, salvo Amador, que no rechistaba. Ahora, al cabo de los años, tengo la sensación de que tal vez fuese por entonces cuando Amador empezó a darse cuenta de que no todos los mortales somos iguales.

Amador, que era duro como el pedernal y con fuerte personalidad, se negó a seguir el rumbo que le marcaban los curas. Más de una vez al padre Santiago, el prefecto, le oí decir de él que era un chico perdido, y hubo un momento en que le colgaban el sambenito de ser responsable de todas las desgracias que ocurrían en el colegio. Por culparle, hasta le culparon del robo sacrílego de un copón y unas vinajeras del altar mayor de la iglesia. Fue la noche del 29 al 30 de mayo. Del año no me acuerdo, pero del día sí, pues era mi santo. Por aquel robo, a Amador y a otros dos internos los echaron del colegio. Luego, al cabo de unos años, la policía detuvo a los verdaderos culpables, unos ladrones profesionales que los robaron para venderlos en el Rastro, en Madrid. Sin embargo, la injusticia no tuvo marcha atrás, nadie pidió excusas a Amador y, mucho menos, hubo reparación. Para mí, más duro que la expulsión fue que no le pidiesen perdón por el error.

Tampoco yo estuve muy lejos de que me echaran del colegio. Fue el día que en el recreo, a grito pelado, conté que el padre Daniel, el profesor de griego, no llevaba pantalones debajo de la sotana, pues yo lo había visto con mis propios ojos. También conté que le faltaba un testículo —bueno, dije huevo—, pero esto me lo inventé. La cosa dio lugar a una especie de consejo de guerra o tribunal de honor con propuesta de fulminación ipso facto. En aquellos tiempos, esa conducta, además de ofender a los sentimientos religiosos, era una falta de respeto muy grave a un representante de la Iglesia. Me libré por los pelos; mejor dicho, me libré porque mi padre intervino, aunque no sé si compensó, porque de consejo de guerra pasé a juicio sumarísimo. La sanción paterna consistió en tres meses de arresto domiciliario, sólo pisaría la calle para ir al colegio y volver, y un año sin paga. Luego, no sé si porque redimí la pena con un buen comportamiento progresivo, el castigo se me redujo en una cuarta parte.

A Amador no le gustaban nada los deportes. A mí tampoco. En los recreos nos sentábamos en un rincón del patio y nos dedicábamos a charlar de nuestras cosas. Él, sobre todo, de su pueblo. Yo, de jueces y de juicios. Él me contaba cómo parían las ovejas y las vacas, o cómo se segaba. Yo le hablaba de delitos y de criminales, o cómo se mandaba a la gente a la cárcel.

Amador, en cuanto podía y le dejaban, se iba a Tábara, que es donde de verdad era feliz. En Zamora apenas salía. Algún jueves que otro dábamos una vuelta. Lo que más le entretenía era pararse a hablar con un mendigo que pedía a la puerta de la iglesia de Santiago. También le gustaba mucho mirar los escaparates de un bazar que se llamaba Siro Gay.

Amador tenía predilección por los pobres, pero sólo con los que no se lamentaban de serlo. Le parecía que pobre de verdad es quien desea más de lo que tiene.

De los juegos de la época sólo le entretenían las bolas. Los dos teníamos montones de bolas de cristal de todos los colores imaginables, que guardábamos, de cien en cien, en unas pequeñas bolsas de un detergente en polvo, de marca Saquito.

Amador coleccionaba cromos de animales y de futbolistas a los que identificaba con sólo mirarles la barbilla. Yo, en cambio, me dedicaba a los sellos, pero usados. Me los daban en la Audiencia, donde se recibía bastante correo, y luego se los entregaba al padre Julián, que era el director espiritual, para bautizar a los chinitos. Pero Amador, Agapito y yo con lo que más disfrutábamos era con la cría de gusanos de seda, que cebábamos con hojas de morera. Amador se emocionaba cuando las mariposas salían del capullo, ponían los huevos y después se morían. A Amador, lo de morirse por tener un hijo le parecía muy bien, pues, según él, tenía la ventaja de poder calcular el tiempo de vida. Además, decía que esa forma de ser padre sí que era un acto responsable.

Al año de conocernos, Amador me invitó a su casa, en Tábara. Eso sería, aproximadamente, en primero de bachillerato, y recuerdo que era Semana Santa. La familia de Amador no era numerosa y todos se dedicaban al campo, a la cría de ganado, fundamentalmente ovejas y cerdos. También tenían un par de vacas lecheras para el uso doméstico. Un tío, hermano de su madre, era colmenero y otro fabricaba velas de cera. El abuelo paterno de Amador, fallecido hacía poco, había sido famoso por elaborar el mejor carbón de la provincia. En Tábara, cuando se hacía elogio de un hombre de bien, se decía que era un gran labrador.

El padre de Amador se llamaba Isidro y Amador siempre le decía padre, nunca papá. Se dirigía a él con el usted por delante o por detrás, según pintara.

El señor Isidro tenía la piel cetrina y reseca, pelo negro mate y un aspecto de muy buena persona. Parecía medio gitano y caía mal entre los caciques del pueblo, el clero y la benemérita, cosa que hoy sigo sin explicarme, pues, por lo que le conocí, me pareció un hombre dispuesto a hacer el bien a todo el mundo. La impresión que tengo es que los malos eran los otros.

El señor Isidro era de mediana estatura, sobre 1,70, y ancho como un armario. Debía de tener una enorme fuerza, pues un día le vi doblar la herradura que había perdido una burra que montábamos Amador y yo. El señor Isidro, como casi todos los hombres corpulentos, empleaba sus energías en cosas positivas, en sembrar y arar la tierra, cortar madera o herrar ganado.

—En estas faenas es a las que se aplican los verdaderos hombres. En cambio, a los pequeños lo que les gusta es mandar y hacerse respetar.

Hay hombres canijos y escuchimizados para quienes las únicas faenas importantes son las que hacen al prójimo, mandando y dando órdenes. En la familia de Amador no se admitían personajes de esos.

—¿Y el principio de autoridad?

—Ése es para los enclenques. Entre los fuertes —explicaba el señor Isidro— lo que funciona es el respeto. Los cargos por sí solos dan honor.

Naturalmente, el señor Isidro no decía esto para molestarme. Él sabía que mi padre era juez y, conociéndolo, nada más lejos de su intención que ofenderme.

La familia de Amador apenas entendía de la justicia. Bueno, sí entendía, pero a su manera, es decir, de la justicia como algo natural, como sentimiento. Por ejemplo, todos sabían que la justicia es paz, respeto al prójimo, y que más vale tener poco con justicia que mucho con injusticia. Lo que pasaba es que sus relaciones con la justicia se habían limitado al día en que el señor Isidro y la señora Piedad se casaron y les dieron el Libro de Familia y a cuando hubo que inscribir el nacimiento de Amador en el Registro Civil.

—Vale más un mal arreglo que un buen pleito.

—¿Qué quiere decir con eso, padre?

—Pues que de un pleito nace otro pleito; de éste, otro, y así sucesivamente.

—Pero, digo yo, que habrá veces que no haya más remedio que ir al juez.

—Nada. Si la gente solucionara sus diferencias hablando y poniéndose de acuerdo, no haría falta tanto juez ni tanto abogado. Cuando dos pleitean, otros comen a su cuenta.

Amador se sentía orgulloso de que los únicos vicios de su padre fueran un cuartillo de vino y media docena de cigarrillos Ideales. No más. La moderación era su mejor medicamento y de los placeres pensaba que se habían creado para disfrutar, no para enfermar o morirse.

Al señor Isidro no se le conocían amigos; desconfiaba de la amistad tal como la gente la entendía. Se llevaba bien con todos los vecinos, pero no le gustaban las confianzas ni las familiaridades y decía que los amigos estaban, fundamentalmente, para las desgracias. Con el párroco del pueblo, don Tomás, apenas tenía trato, pero no por culpa suya sino del cura, que le reprochaba que no iba a misa. Pero el señor Isidro y toda su familia creían y querían a Dios, lo que pasaba es que no eran empalagosos ni se comían a los santos.

—La suerte de nuestra familia es que no necesitamos molestar a Dios. Cuando se tiene salud, el nombre de Dios sólo debe invocarse para dar las gracias.

Quien decía esto era la madre de Amador. La madre de Amador se llamaba Piedad, Lozano de apellido. De estatura por encima de lo normal para la mujer de entonces, alrededor de 1,60, tenía una complexión fuerte y era muy callada, de un silencio amargo y con mucho carácter, pero muy sensible y afectuosa con su marido y su hijo.

Amador, a quien más quería era a su madre. Más que quererla, la amaba. En cierta ocasión, muy en secreto, Amador me dijo que cuando volvía al colegio después de unas vacaciones se metía en el retrete a llorar porque la separación de su madre le producía gran sufrimiento. Amador pensaba constantemente en su madre y todas las noches soñaba con ella. Según me contaba, de vez en cuando también soñaba con cosas de injusticias y venganzas. Hasta que se hizo mayor, nunca supo por qué.

Amador no era muy religioso. Le venía de familia y la misa diaria le ponía malo. Sin embargo, cuando estaba triste o tenía morriña se metía en la iglesia y se sentaba en el último banco, al lado de la pila de agua bendita. Un día, con la iglesia prácticamente oscura, una mujer que acababa de confesarse con el padre Julián se sentó a su lado. Amador la miró y dijo:

—Pero ¡qué haces aquí!

Y la mujer, con voz muy baja, contestó:

—¡Hola, hijo!

Después de la primera vez que estuve en casa de Amador vinieron otras. Hasta que acabé el colegio, todos los meses de julio me los pasaba en Tábara. En el pueblo, Amador tenía muy buenos amigos que pronto fueron míos. Me acuerdo de Raúl y de Marcial.

Estando yo allí, Raúl, que vivía a dos pasos de Amador, murió electrocutado una tarde en que estaba ayudando a su padre a cambiar los plomos del transformador del pueblo.

A Marcial, naturalmente, lo traté bastante más que a Raúl. Era muy alto, pálido, solitario y, según algunos, tonto. Decían que Marcial era hijo de primos y por eso había salido así, pero la verdad es que yo no lo encontraba tonto, sólo un poco parado, y él, que lo sabía, procuraba estar siempre cerca de Amador, pues era el mejor amigo y el más listo.

No volví a saber de Marcial hasta pasados muchos años, concretamente cuando me contaron que el día en que la Guardia Civil fue a detener a Amador, Marcial, que estaba en casa con él, se puso delante de la puerta y no dejaba pasar a los guardias. Por lo visto se quitó porque se lo mandó el señor Isidro, pero estaba dispuesto a todo para que no se llevasen a su amigo. Murió, con veintinueve años, de meningitis, muy joven, y tengo entendido que sólo sus padres y los padres de Amador fueron a su entierro. Amador se enteró un poco tarde y encargó a su madre que le llevase unas flores a la sepultura. La señora Piedad lo hizo y, en nombre de toda la familia y de todos los amigos, lloró sobre sus restos mortales. Para Amador, las muertes de estos amigos fueron dramáticas y el dolor que le produjeron jamás cesó de dolerle. Yo no fui capaz de consolarle. Tampoco la señora Piedad, su madre, a pesar de lo mucho que lo intentó.

—Hijo, no llores. Nadie muere un minuto antes de que le toque. Anímate. La vida es pasajera, pero la amistad inmortal.

De casa de Amador, algo que me entusiasmaba era el pan. Todavía lo estoy oliendo. Era muy bueno. El pan que se comía en casa de la familia Crespo estaba hecho con un trigo muy rico en proteínas y tardaba una semana en ponerse duro. Aun así, se aprovechaba para hacer leche migada. Lo cocía, con verdadero mimo en horno de encina, un panadero que se llamaba Matilla o algo así, del que recuerdo que era cojo. El señor Isidro nos decía a Amador y a mí que el pan que no se gana con sudor se agria en la boca. En aquella casa, antes de cada comida se daba las gracias a Dios y doña Piedad siempre tenía un recuerdo para él y para los pobres:

—Pensemos que si alimentamos a los pobres, también alimentamos a Dios.

—Piedad, mujer, sin exagerar.

Ni Amador ni yo éramos chicos tragones. En casa de Amador se comía para vivir, no al revés, y se prefería la carne al pescado. La señora Piedad nos decía que la carne cría y los peces enfrían. El primer plato eran legumbres, que se alternaban según los días de la semana. El cocido era lo que más nos gustaba. Lo preparaba doña Piedad como los ángeles. Tocino, chorizo, jamón y salchichón se podían comer a todas horas. Los domingos y días de fiesta ponían pollo y arroz con leche o natillas, todo exquisito. Lo único que no me gustaba eran la coliflor y las acelgas, pero, por educación, me las comía sin rechistar.

Durante los días que estaba en casa de Amador me libraba de la peor purga, el aceite de hígado de bacalao que, por entonces, se daba a los niños para que creciésemos fuertes. Recuerdo que era de color claro, con sabor a atún y venía en una botella estrecha y alargada. A mí me lo daba

María con una cuchara de palo y yo me lo tragaba tapándome la nariz y cerrando los ojos. No sé si me sirvió de algo, supongo que sí, pero lo que no he olvidado son las arcadas y las ganas de hacer de vientre que me producía.

En casa de Amador preferían el frío al calor. La señora Piedad decía que el frío sólo es malo para los ancianos y el señor Isidro, que el calor merma las facultades para la lucha por la vida, lo cual era el primer síntoma de debilidad. Para ellos, el frío ayudaba a compensar la temperatura de la sangre y les evitaba el sudor, cosa que era de agradecer para aliviar el mal olor del cuerpo.

Amador, en verano, dormía desnudo encima de la cama. Hubo noches que lo vi tumbado en un colchón en el patio, a cielo raso y soñando sin parar. Amador, a pesar de que no se duchaba más que cuando le obligaban, era bastante aseado, no reluciente pero de aspecto limpio. En la familia de Amador se decía que lavarse mucho ajaba la piel, y no digamos bañarse, que, según el señor Isidro, ablandaba la carne y doblaba los huesos. Por lo visto, en Tábara los hombres no se bañaban más que después de la cosecha y el día antes de casarse. Excepcionalmente, cuando había que ir al médico, cosa rara en el pueblo, donde la costumbre era vivir mucho y desde niños se entrenaban para llegar a viejos.

Los hombres fuertes y sanos engendran hombres fuertes y sanos, y Amador, que yo sepa, nunca estuvo enfermo, salvo un par de catarros. Bueno, una vez. Fue a los dieciséis años, camino de diecisiete. Unas setas que comió le envenenaron la sangre y los intestinos. Yo no lo vi, pero la señora Piedad me contó que durante dos meses mirarlo daba pena. Se quedó esquelético, la piel se le puso amarilloverdosa y la fiebre le llegó a cuarenta grados. Pero aun así, ni un solo día dejo de salir al campo para arar y echar de comer al ganado.

Hablando de animales, recuerdo que Amador tenía media docena de jilgueros y dos perdices rojas y que un día, de repente, les abrió la jaula. Digo yo que debió de darse cuenta de que ni a los animales se les puede privar de libertad. A una de las perdices tuvo que ayudarla a salir porque, después de tanto tiempo, se le había olvidado volar.

Sin embargo, al animal que Amador más quería era *Nube*, un mastín de pelo marrón claro, no muy grande pero fornido, y con una cabeza redonda de la que caían unas orejas pequeñas. No era un pura raza y carecía de pedigrí, pero tenía muy nobles sentimientos. Amador decía que *Nube* era un mil leches, sí, pero que no había otro tan valiente y leal como él. Tampoco tan listo y cariñoso. Ni ladraba ni mordía. Amador y *Nube* iban juntos a todas partes. *Nu*be, mientras vivió, hizo muy feliz a Amador.

Para el amo, lo más doloroso de un perro no es que se muera sino que se quede inútil. *Nube* se quedó ciego de la noche a la mañana y aunque al principio seguía a su dueño por el olfato, llegó un momento en que ya no podía salir de casa. El día más triste de su vida fue cuando lo mató con una inyección que le dio muy en secreto don Luis, el veterinario. No tuvo más remedio que sacrificarlo, ni nada le dio más pena. Mientras moría, Amador le acariciaba la cabeza y al oído le daba las gracias por la compañía y los servicios prestados. Hasta que se apagó, *Nube* respondió a las caricias lamiéndole la cara.

En Tábara y toda su comarca, los perros eran muy fieles y seguían a sus amos hasta la muerte. Concretamente, el señor Isidro contaba que cuando murió su amigo Andrés, el de la bodega, la perra que le acompañaba a todas partes veló el cadáver y que, después de enterrarlo, alguien que fue por el cementerio se encontró al animal a los pies de la tumba y que no hubo manera de separarlo de allí. Y hasta hay una leyenda de un perro que, por el olfato, llegó a descubrir al asesino de su amo y lo mató a dentelladas.

Amador prefirió no contar la verdad a su familia y les dijo que se había encontrado a *Nube* muerto. Lo envolvió con un saco y lo enterró en el huerto, pegando al muro que daba a su habitación. Al revés que en la historia de *Hircano*, aquel perro de un rey llamado Lisímaco, Amador, cuando murió *Nube*, estuvo dos días encerrado en su cuarto sin beber ni comer, mirando el trozo de tierra removida que tapaba al animal. Y es que entre *Nube* y Amador existió una amistad como la que puede darse entre los hombres.

Amador y yo empezamos a fumar a la vez. El primer pitillo lo echamos a los trece años. Fue un Bisonte, rubio y sin filtro, encerrados en los retretes del patio del colegio. Tosimos como tuberculosos y nos gustó tan poco que ni siquiera acabamos la cajetilla. Lo dejamos y nunca más volvimos a fumar un cigarro.

Tan unidos estuvimos Amador y yo, que hasta perdimos juntos nuestra pureza. Fue el día en que vimos una revista de desnudos femeninos que tenía un chico de clase al que llamábamos *Bujías* porque su padre era camionero. Por lo menos había veinte chicas, todas como Dios las trajo al mundo, pero creciditas. Nos quedamos lelos. Creo que en ese momento, a la vista de tanta belleza, comprendimos que los curas nos engañaban con cosas como que las mujeres sólo debían utilizarse para la procreación y que la castidad que se pierde ya no hay quien la repare.

No estoy seguro, pero creo que fue a partir de ese día cuando también empezamos a soñar con señoras muy explosivas, que tenían los labios pintados, estaban en ropa interior, algunas desnudas, y fumaban y bebían. Como es natural y nunca mejor dicho, fue entonces cuando supimos a qué obedecía esa especie de pus que muchas veces nos despertaba y manchaba el pijama.

—Fernando Blanco, póngase de pie. A ver, ¿cuál es el sexto mandamiento?

—No fornicar, padre.

—¿Y quién lo guarda enteramente?

—El que es casto en palabras, obras y pensamientos.

—¿Qué cosas nos ayudarán a ser castos?

—La oración, el sacramento y las buenas compañías.

—¿Y qué más?

—Los ayunos y las austeridades y la guarda de los sentidos.

—¿Y cuáles nos dañan?

—La destemplanza, la vista y las conversaciones ocasionales.

—Muy bien, Fernando, muy bien. Te has ganado un notable.

Me habría ganado un notable en religión —yo creo que merecí un sobresaliente—, pero en la práctica, salvo el ayuno, del resto de los instrumentos para preservar mi castidad no puedo decir que los pusiera en marcha. A mí, y supongo que a todos los compañeros de colegio y chicos de la época, la sexualidad me parecía misteriosa y por eso me atraía un montón. Tanto era así que recuerdo que una de las cosas que más nos gustaban a Amador y a mí eran los sostenes. Reconozco que a mí más que a él.

En gustos de chicas, Amador y yo manteníamos diferencias. Él prefería las mujeres con ojos grandes y los pechos no le importaban tanto. A mí era al revés. Las tetas y el culo me volvían loco, y los ojos, lo mismo que la nariz y la boca, me resultaban indiferentes. En lo que estábamos de acuerdo era en las piernas. Teníamos un dicho que decía «a buena pata, mejor silbata».

Bueno, como iba diciendo, los sostenes siempre me produjeron una atracción especial. Me parecían cestas de lujuria, cazos de carne selecta, banastas de fruta prohibida. Sólo con verlos sentía gusto. También me producían un sentimiento extraño, mitad ternura, mitad gratitud. Es hoy y todavía no sé cómo explicarlo. El escaparate de Zamora que más miraba era el de una tienda de corsetería que se llamaba Maite y Maruja, propiedad de dos hermanas solteras, muy finas ellas. Estaba en la calle Ramón y Cajal, según se bajaba en dirección a la catedral, a la derecha, y vendían también madejas de lana, medias de seda y carretes de hilo de todos los colores. En el escaparate se exponían muchos sostenes. Los había rígidos, con ballenas, flexibles, de nailon, de algodón y hasta con puntillas. Los únicos colores eran el blanco y el hueso. Aunque los tenían, nunca ponían los de color negro, que eran los que más me gustaban. Don Luis, el gobernador civil, por indicación de don Romualdo, el comisario de policía, llegó a prohibir a las dos hermanas que pusieran en el escaparate sujetadores y bragas. Únicamente autorizaba las fajas, medias y combinaciones, y las amenazó con cerrarles la tienda si persistían en su lasciva publicidad. Según contaban las hermanas Maite y Maruja, una de las mejores clientas era precisamente la mujer del gobernador, doña Fuensanta. Al parecer, todos los sostenes le venían grandes de cazuela por falta de mercancía, pero ella los arreglaba metiéndoles relleno de algodón en rama, aunque a veces, para ahorrar, ponía papel de cebolla del que se usaba para las copias en las máquinas de escribir.

En dos ocasiones estuvimos Amador y yo en el barrio chino, o sea, el barrio de putas, más conocido por el barrio de La Lana, que estaba detrás del colegio. La primera vez fue con dieciséis años. Amador ya había dejado de estudiar y vino a Zamora con su padre a comprar unos aperos para el ganado. La visita se redujo a dar una vuelta y ver a las putas en la calle, tomando el sol en bata, camisón y con los rulos del pelo puestos. La segunda vez debió de ser tres años después. Recuerdo que yo estaba haciendo la carrera —quizá estudiaba segundo o tercero— y que eran unas vacaciones de Navidad. Amador había ido al dentista y, como le sobró tiempo, para allá que nos fuimos.

De lo que vimos y oímos, pues no pasamos de ahí, lo que más nos llamó la atención fue que las putas eran muy atentas. Todas tenían nombres muy apropiados, Soledad, Pura, Remedios, Amparo y Consuelo, aunque atendían por sobrenombres, *Chelo, Sole, Reme,* y así.

En el barrio chino había varios bares. El mejor era El Trébol, también conocido como Casa Angustias, que era el nombre de la jefa. La señora Angustias, que así la llamaban los que iban a verla de tapadillo, era gorda y a su lado siempre estaba un hombre de cierta edad; vamos, maduro, grande como un elefante, que la protegía a ella y a todo el negocio con sólo mirarlo. Angustias, a pesar de talludita, tenía sus encantos naturales y, como hembra, la verdad es que era la que más apetecía. Quizá fuera porque era la que menos se prodigaba y para acostarse con alguien, ese alguien tenía que gustarle mucho y rentarle otro tanto.

Como he dicho, Amador y yo entramos en El Trébol una vez. Aunque seguro que hoy la opinión sería totalmente contraria, entonces el bar nos pareció muy bonito. Había poca luz y tenía unos detalles muy coquetos, como unos farolillos chinos en cada esquina y un mantón de manila colgado a lo largo de una de las paredes. Recuerdo que sonaba una música muy romántica y que la señora Angustias decía que sus preferidos eran José Luis y su guitarra, Gloria Laso y Lucho Gatica. Se pasaba el día oyendo *El reloj* y *Mariquilla*. Lo que predominaba era el orden y el respeto entre los clientes. Allí no se permitían escándalos y todavía me acuerdo de dos letreros situados a la entrada, uno encima de otro, que ponían: «POR RAZONES DE HIGIENE, NO ESCUPIR EN EL SUELO» y «SE PROHÍBE BLASFEMAR, SALVO QUE SEA NECESARIO».

Durante el tiempo que estuvimos allí dentro, lo único que hicimos fue tomar un cubalibre —también el nombre de esta bebida estaba prohibido— y hablar con un par de putas. No sé a Amador, porque nunca se lo pregunté, pero a mí lo que más me gustó fue que me contaran su vida, cosa que supongo harían con la mayoría de los clientes. La verdad es que todas estaban cortadas por el mismo patrón y, salvo concretas circunstancias, las razones por las que estaban metidas en la profesión eran comunes. De algunas de ellas me acuerdo perfectamente. Debió de ser que me impresionaron. La Pura, por ejemplo, me dijo que había nacido en Argentina de casualidad. Era hija de emigrantes gallegos, pero a los quince años regresó a Orense, de donde procedía toda su familia. A Pura la llamaban *Culebra*, supongo que sería por sus habilidades. De Remedios y Amparo también guardo algo en la memoria. Eran primas hermanas, oriundas de Benavente, villa con fama de que producía las mejores mujeres de la provincia, y ninguna de las dos tenía apodo. Salvo Soledad, todas eran algo mayorcitas, por encima de los treinta. Bueno, Amparo no cumplía los cuarenta, pero al parecer todavía daba buen juego y estaba muy solicitada. La más joven y la que tenía mejor tipo era Pura, que llevaba una bata guateada de color rosa, pero ésta no hablaba casi nada. La más charlatana era Consuelo, que hasta nos dijo que tenía una hija interna en el colegio de La Milagrosa, para quien trabajaba a destajo, y que en cuanto cogiese años y dinero, lo dejaba. A Amador y a mí incluso nos contó cómo perdió la virginidad. Fue estando de criada en casa del párroco de Alcañices, cabeza de partido judicial y pueblo de templarios pegando a la raya de Portugal. El cura, un tal don Venancio que se decía descendiente de los marqueses de Trabazos, la empleó a muy tierna edad y a la primera de cambio acabó con su inocencia. A partir de ese día, todo fue coser y cantar. Naturalmente, como todos los curas llaman a sus queridas, a Consuelo don Venancio le decía sobrina. Cuando don Venancio murió, Consuelo pasó a dar servicio al boticario de Aliste, quien, entre formol, tiritas y purgantes, la tenía de manceba en todos los sentidos, y así sucesivamente, hasta que se dio cuenta que eso de los hombres podía ser un negocio.

Aunque la experiencia del barrio chino fue muy instructiva, cuando Amador y yo nos enteramos de verdad hasta dónde puede llegar la lujuria fue un día en que nos colamos a ver un juicio por escándalo público. Debió de ser poco después de aquella primera experiencia prostibularia del chino de La Lana. La acusada era una lechera que iba repartiendo leche por las casas con un burro y que fue sorprendida debajo del animal pasándose la verga de la bestia por la cara y por los pechos. En su declaración ante los magistrados —mi padre era uno de ellos— reconoció los hechos y pidió perdón. Se disculpó diciendo que estaba enamorada de *Lucero* —así se llamaba el asno—, y *Lucero* de ella, pues llevaban diez años juntos, desde que él era pollino y ella prácticamente una niña. Amador y yo tardamos mucho tiempo en recuperarnos de aquello que presenciamos, sobre todo por los argumentos del abogado, que defendió a su clienta alegando que esa relación no debía extrañar, pues en la historia había casos de pasiones de animales con mujeres, y viceversa. Recuerdo que llegó a citar el ejemplo de un elefante locamente enamorado de una florista de Alejandría que cuando se paseaba por el mercado cogía frutas con la trompa y se las ponía a la mujer encima de las tetas y se las chupaba.

No obstante estas andanzas sexuales, Amador y yo nunca hablábamos de amores y tácitamente decidimos esperar a que las cosas vinieran por sus cauces, incluidos los ardores apagados merced a los servicios de mujeres malas, que era como el padre Lucas llamaba a las putas.

Ahora, con el paso del tiempo, en estos asuntos del sexo, estoy convencido de varias cosas. La primera, que a la hora de amar, nadie ama como una madre. No tengo ni la más mínima duda. Me pasó a mí y le pasó a Amador. Otra, que si es verdad que a los reyes hay que casarlos, no es menos cierto que a los curas habría que caparlos, dicho esto en sentido figurado y que Dios o los aludidos me perdonen si ofendo. En el colegio, todo lo que me enseñaron es que la sexualidad sólo obedecía al fin de la procreación y que cualquier cosa al margen del matrimonio era pura obscenidad. Miedo al sexo fue lo que aprendíamos, sobre todo en los ejercicios espirituales. Allí, en una casa de retiro que estaba cerca de la catedral, nos aterrorizaban hablándonos de que el pecado de la carne se castigaba con el fuego eterno. Pero esto pasaba en el colegio Corazón de Jesús, en el de la Purísima Concepción, en los maristas de Salamanca, en los baberos de Valladolid o en los jesuitas de Madrid. Para los curas, el amor se identificaba con sexo y coito, pero ellos bien que tenían sus desahogos, que alguno yo vi. O sea, cautos, sí, pero castos, no.

Para no quedar como un mentiroso, citaré al padre Higinio, el profesor de filosofía, que era alto, moreno y guapo, cosa que él sabía. Amador y yo le vimos varias veces por el río acompañado de la mujer de un procurador de los tribunales. En una de las ocasiones, los dos estaban en actitud muy íntima o por los menos muy higiénica, pues él le depilaba a ella las piernas con una maquinilla de afeitar. No sé si llegaron al final, es decir, a acostarse juntos, allá ellos. De todas maneras, siempre me pareció que en esto de los amores y líos del vecino, incluido el clero, hay que ser muy discretos y prudentes.

—Pero, ¿es verdad que los curas se masturbaban? No me lo puedo creer.

—Eso es lo que siempre se dijo, sobre todo de los seminaristas, pero personalmente lo ignoro. Lo que sí sé es que el voto de castidad es muy difícil de llevar. Los curas deberían poder casarse y tener hijos para dominar la lujuria.

—Tiene usted mucha razón y ninguna el señor obispo. No podemos seguir célibes toda la vida. Sólo cuando lleguemos a cardenales, o sea, ancianos. Tenemos que buscar un remedio para la incontenible concupiscencia. Yo, mañana mismo, me echo una novia.

Esta conversación es una de las que frecuentemente mantenían don Paco, el cura de Mayalde, y don José, el de Peñausende. A los dos les gustaba mucho comer y beber, ir a los toros —al primero lo confundían con Gitanillo de Triana—, y los dos jugaban al dominó con mi padre, don Ramón, el médico, y Armando, el secretario de la Audiencia. Los dos tenían muy buenos sentimientos hacia las putas, sobre todo a partir del día en que don Ventura, el fiscal, de acuerdo con don Luis, el gobernador civil, decidió perseguirlas y cerrar el barrio chino.

Si he contado esto es porque me solidarizo con don Paco y don José. También yo profeso un gran respeto por las putas. Por mi sólido estado civil de soltero y sin compromiso he conocido a bastantes y con más de una tuve buena amistad. Aparte de que la mayoría eran unas personas desgraciadas a las que nadie ayudó en un momento crucial para sus vidas, como cuando los señoritos las preñaban y sus padres las echaban de casa, las putas han ayudado a la supervivencia de muchos matrimonios por falta de sexo, incluidos los de jueces y fiscales, como demostraré. No sé si la alta consideración que siento por las profesionales del más viejo oficio del mundo es porque en realidad nunca estuve enamorado. Y no porque no crea en el amor, que sí creo en él, sino porque me parece fuente de dolor y de zozobra.

Así fue mi amistad con Amador. Pese a las diferentes vidas —él en el pueblo y dedicado al campo, yo en la ciudad y aplicado a los estudios—, todos los meses hacíamos por vernos. La penúltima vez fue a comienzos del verano de 1964. Estuvimos dando una vuelta por la orilla del río y hablamos de nuestros respectivos futuros. El mío, naturalmente, más incierto que el suyo, pues él tenía muy claro que la tierra era su destino, en vida y en muerte, y yo, que había acabado cuarto de Derecho, no sabía si haría oposiciones a judicatura, a abogados del Estado o a notarías. Él, de lo que más hablaba era de su novia Paula. Me dijo que era muy feliz y que se casarían en cuanto pudieran. Me contó que había abierto una cartilla de ahorros y que cuando reuniera lo suficiente se compraría una casa en el pueblo.

—¿Y ella qué piensa?

—Supongo que lo mismo que me dice. Que soy muy bueno, que me quiere tanto como ganas tiene de casarse y de darme un hijo.

En el Amador Crespo que yo conocí y fue mi verdadero amigo había dos naturalezas. La una, pacífica y bondadosa que le hacía feliz pensando en los demás antes que en él. La otra, violenta, desenfrenada ante lo que le parecía injusto. Era incapaz de mirar cuando degollaban el pavo de Navidad y se tapaba los oídos para no oír el gemido de una liebre en el momento en que *Nube* la cogía entre los dientes, pero ante un atropello era capaz de llevarse por delante al más pintado. La linde entre un Amador y otro Amador fue siempre la misma: la justicia y la injusticia.

Por tener todos sus datos, hace un par de meses escribí al juez de paz y al cura párroco de Tábara pidiéndoles las partidas de nacimiento y de bautismo de Amador. Las dos me llegaron a la semana siguiente. La primera iba acompañada de algunas notas sin firma.

Amador Crespo Lozano, hijo de Isidro y de Piedad, vino a este mundo a las tres de la tarde del día 2 de agosto de 1944, jueves, en la localidad de Tábara, provincia de Zamora, y, por la vida que llevó, creo que antes de los veinticinco años de nacer empezó a morirse.

Amador, que nació con dificultades respiratorias porque el cordón umbilical se le enredó al cuello y la comadrona no se dio cuenta hasta que estaba con la cabeza fuera, fue bautizado, apenas se recuperó un poco, por don Victoriano, el cura párroco del pueblo, que lo hizo con agua tibia por temor a que le diese un pasmo y se fuese al limbo.

Para Amador Crespo, la vida, por culpa de unos mal nacidos, enseguida dejó de ser un don de la naturaleza y se convirtió en una maldición del infierno. Pronto, muy pronto, sin comerlo ni beberlo, la crueldad, la desgracia y otros desmanes le pararon la respiración.

Debí contarlo antes, pero como no quiero retroceder ni deshacer lo escrito, ahora diré lo que entonces olvidé. Lo mismo que su padre, también Amador tenía muy marcadas varias rayas de la palma de la mano derecha, lo cual, según tradición familiar, se correspondía con las bienaventuranzas. En Amador, la más honda era la cuarta. Siempre tuvo hambre y sed de justicia.

IV

Museo de sombras

El palacio de Justicia de Zamora es un noble caserón, grande y sombrío, situado en la calle de San Torcuato, frente a la plaza Zorrilla. Según las Memorias históricas de la ciudad, el edificio es la antigua Casa de los Momos, levantado siglos atrás por un tal Pedro de Ledesma y, según cuenta don Patricio de la Escosura, allí se representaban grotescas, indecentes e impías funciones. Después de que durante el reinado de Carlos II se hundiera, tras sucesivas restauraciones, en 1951 el palacio se convirtió en sede de la Audiencia Provincial.

De sus orígenes sólo se conserva la fachada, de estilo gótico florido, con una puerta de arco de medio punto y tres escudos, dos lisos y otro cuartelado, que sostienen dos desnudos salvajes de sexo distinto. También está decorada con niños luchando entre dragones y otros animales raros.

En la Casa de los Momos, entre jueces, fiscales, secretarios, médicos forenses, oficiales, auxiliares, agentes y porteras, trabajaban alrededor de treinta y cinco funcionarios. Distribuidas en ocho viviendas, veinticinco personas vivían dentro, con lo cual, si es cierto que diez personas hacen una aldea, la Audiencia casi, casi era un pueblo.

De las casas, la de mayor empaque era la del presidente. Tenía muchas habitaciones, todas amuebladas y con un aspecto muy solemne. La vivienda, además de amplitud, ofrecía la ventaja de que el matrimonio, si quería, se veía de tarde en tarde, cosa que ahorraba roces y discusiones, tan perjudiciales siempre para la normal convivencia.

Nosotros, o sea, mi padre, Matías Blanco, mi madre, Carmen, mi hermano Andrés y yo, ocupábamos la casa asignada al juez municipal. Él tenía una de su propiedad en la mejor calle de la ciudad y nos cedió la oficial. No llegaba a las dimensiones ni al lujo de la del presidente, pero estaba muy bien. Tenía calefacción de carbón —además nos lo daban gratis—, ascensor y dos puertas, la principal y la de servicio. Mi padre decía que una casa sin habitar no servía para nada y mi madre, aunque a veces lamentaba no tener una propia fuera de la Audiencia, nos advertía de que poco importa que tu casa sea pequeña si la felicidad que la habita es grande.

Los principales personajes de la Casa de los Momos eran don Teófilo Cuesta Sánchez, el presidente de la Audiencia; don Ventura Muñoz Abad, el fiscal jefe; mi padre, que era el magistrado de la derecha; don Joaquín García Luengo, el magistrado de la izquierda, y don Enrique Medina Castro, el juez de 1.ª Instancia e Instrucción. Debo aclarar que lo de magistrado de la derecha y de la izquierda era por la posición que uno y otro ocupaban en el estrado, lo que se regía por riguroso criterio de antigüedad, y que mi padre tenía un trienio más que don Joaquín.

Don Teófilo era pequeño, más bien esmirriado, y tenía una hermosa cabellera blanca que peinaba a raya y fijaba con brillantina. Supongo que sería Varón Dandy, que era la marca de postín. Sin embargo, lo que más llamaba la atención de don Teófilo era su piel, pálida, tirando a cera; pero no a cera virgen, sino de velatorio. Había un funcionario, no recuerdo quién, que en privado le llamaba *Piel Canela*.

Después de mandar y hacerse respetar, una de las cosas que más le gustaba a don Teófilo era salir en las procesiones. Como segunda autoridad local, en la del Santo Entierro del Viernes Santo iba en la comitiva presidencial, con chaqué y bastón de mando. Mi padre decía que en Semana Santa y en la fiesta del Corpus, don Teófilo se creía un representante de Dios en la tierra. Aunque yo no lo vi, me han contado que una vez se puso delante del paso *La Lanzada*, más conocido como *El Caballo de Longinos*, y cantó una saeta.

—¿Y la gente aplaudía?

—No. La gente, incluido Barandales, no salía de su estupor. Aunque ganas no faltasen, nadie se rió de él ni le abucheó. La gente es muy paciente y al pueblo llano le entusiasma contemplar el ridículo de sus caciques.

Hago notar que Barandales es un personaje que precede a todas las procesiones de la Semana Santa zamorana. Va con una campana en cada mano, que hace sonar para que la gente se aparte. No sé quién será ahora, pero recuerdo que al «barandales» de mi infancia, todos los niños lo adorábamos y le decíamos: «Ahí va Barandales con sus campanas, anunciando cosas sanas.»

De don Joaquín, el otro magistrado, lo más llamativo era la afición a la bebida y una incurable vagancia. Sus sentencias eran cortas e ininteligibles, de lo cual los abogados se quejaban. Escribía poco, pero arrebatadamente, más para vencer que para convencer. De que casi nadie entendiese sus razonamientos jurídicos culpaba a los demás, pues decía que la curia de Zamora era muy torpe y que él escribía para mentes muy bien dotadas. La verdad es que las resoluciones que redactaba eran imposibles de descifrar. Don Ventura, el fiscal, le dirigía a menudo oficios pidiéndole que le aclarase las sentencias que ponía, aunque daba igual porque cuando le contestaba se quedaba como al principio.

Pero más grave aún que el defecto de escribir poco y mal era su vicio de beber mucho y bien. Los peores comentarios del foro acerca de don Joaquín eran que estaba alcoholizado. En los ambientes de la curia le apodaban *el Húmedo*, y de él se decía que donde mejor administraba justicia era en los bares de la calle Los Herreros, donde la gente le tiraba de la lengua para que contase chismes judiciales.

De don Joaquín, los funcionarios decían que tenía dos despachos, el de la Audiencia y el del bar La Cordoniz y que hacía más horas en éste que en el primero. Don Joaquín desayunaba en el bar —un churro y dos carajillos—, leía el periódico en el bar y hasta hacía su primera deposición en el bar. También jugaba su partida de mus y en verano se echaba la siesta en una mecedora que le dejaba el dueño del establecimiento.

—¿Es cierto que, según don Joaquín, la justicia se esconde entre las frascas de vino tinto y se alimenta de callos, morro e hígado encebollado?

—No lo sé, pero yo del hombre que no está sobrio jamás espero justicia, sólo indiscreción y cobardía.

Mi padre sufría mucho con don Joaquín, sabía que el beber era su refugio, pero también su veneno, que el alcohol le estaba quitando la salud y la dignidad.

—Joaquín, te estás matando.

—Qué sabrás tú, Matías. *In vino veritas!*, y con abundante vino se borran las preocupaciones.

En aras a la verdad, debe aclararse que jamás nadie vio a don Joaquín entrar a un juicio en estado de embriaguez o hablar con lenguaje de beodo. Podía estar borracho, es muy probable, pero no se le notaba. Es más, como decía don Ernesto del Campo, presidente de la Sala de lo Civil del Tribunal Supremo, que era paisano suyo, don Joaquín, incluso borracho, era tan inteligente como la media de los jueces españoles.

Don Enrique Medina, el juez de 1.ª Instancia e Instrucción, era moreno, con algunas canas, llevaba gafas y usaba una dentadura postiza que le iba grande, pese a que él presumía de que se la había hecho en Madrid un protésico argentino amigo suyo.

Don Enrique era hombre atildado, maniático de la pulcritud y con un olor perenne a lavanda inglesa. Pascual, el auxiliar del juzgado, que lo odiaba, afirmaba que eso de que usara tanta colonia era porque tenía que disimular su hedor natural.

Don Enrique tenía fama de inteligente y de saber bastante Derecho, aunque también de que carecía de sentido de la justicia y sobre todo de honestidad. Para él, cualquier causa justa se perdía si no estaba cargada de poder, fuera el que fuera.

A don Enrique también le perdían el orgullo y la vanidad. Él aparentaba ser un hombre sencillo, pero carecía de sencillez. A don Enrique, sus funcionarios le guardaban respeto por eso de la jerarquía, pero no lo apreciaban nada y, mucho menos, lo querían, si bien, en eso, él estaba a la recíproca, pues jamás sintió afecto por nadie. Lo que más le gustaba es que el personal le hiciese halagos y le dijese a todo que sí. Nunca fue gran cosa y daba la impresión de que el haber llegado a juez le brindaba la ocasión para la revancha.

A don Ventura, el fiscal, todavía lo estoy viendo. Era un hombre cincuentón, alto y con el pelo algo canoso, tampoco mucho, frente ancha y un mirar sensible a través de unos ojos muy negros, pero escasamente brillantes. Sus ideas eran conservadoras y su trato muy correcto, pero no empalagoso. Don Ventura apenas se reía, pero no por ello le faltaba sentido del humor.

Para mí, don Ventura era una persona digna, uno de esos hombres para quienes la justicia es casi un instinto, algo que se hace como una cosa natural. Un detalle inolvidable es que en su mesa de despacho siempre había flores, aunque no sé si de plástico. Se las ponía doña Inés, su mujer. A mí, este matrimonio me parecía muy elegante y de lo mejor de la Casa de los Momos. Doña Inés era muy guapa, tan alta como su marido, y completaba su belleza con la simpatía y la inteligencia. Yo creo que don Ventura era el mejor compañero y amigo de mi padre, lo mismo que doña Inés de mi madre.

Don Mateo Rivas era el juez municipal. Se había hecho juez de carambola. Lo de ser juez, nunca fue tan complicado como a simple vista parece y hay casos en que se llega al escalafón por puertas falsas.

A don Mateo, muy simpático él, lo que le hubiera gustado ser es torero. A mí me lo dijo muchas veces. Se hizo juez porque recién acabada la guerra civil había escasez y se echó mano de abogados o simples licenciados en Derecho que prometían ser fieles al régimen. Cuando se encontró con la credencial de juez en el bolsillo dijo que estaba muy contento y que ya no quería ser torero. Debió de pensar que el ruedo de una plaza de toros era más peligroso que el de la justicia, que menos cornadas daban los delincuentes y que con la toga y la vara de mando se hacen muy buenas faenas.

—Don Mateo, ¿para ser juez no se necesita mucho valor y más sentimiento?

—Para ser juez no se necesita nada de eso. La prueba es que miras el escalafón y está lleno de miedosos y de frívolos.

A don Mateo Rivas, como le regalaron el título de juez, le tenían mucha manía todos los magistrados de la Audiencia. Desde el presidente hasta don Enrique, el juez de Instrucción. Don Joaquín, a don Mateo le llamaba *Maletilla*, no se sabe bien si por lo malo que era en su profesión o por su pasión taurina. Lo cierto es que a don Mateo esto le producía cierto complejo, tanto que un buen día se acordó de su verdadera vocación y se dedicó a hacer crónicas de toros en Radio Zamora EAJ-72. También colaboró en la creación de una escuela taurina de la que salieron muy buenos diestros.

Don Mateo Rivas, como casi todos los jueces, de vez en cuando tenía remordimientos, no muchos, lo que quizá le hacía un hombre bastante feliz. Como los asuntos de su competencia eran poca cosa —unos cuantos hurtos y media docena de riñas domésticas al año—, para él los cargos de conciencia no pasaban de ligeros estornudos del espíritu, y a los dos días se olvidaba de las trapisondas que hacía.

Otra faceta de don Mateo es que iba siempre de punta en blanco, con una raya del pantalón impecable y los zapatos brillantes como un espejo. Creo que tenía un lío con una peluquera de la calle Doña Urraca, lo que era muy mal visto entre sus compañeros y demás fuerzas vivas de la ciudad. Él se disculpaba diciendo que era muy hombre y andaba sobrado de libido. Al parecer se llevaba muy mal con su mujer —creo que su nombre era Concha, pero no estoy seguro— y era obvio que disfrutaba más con su amor clandestino.

Del resto de los funcionarios judiciales también me acuerdo bastante bien. No de todos, pero sí de la mayoría.

Lo que más ayuda a mi memoria es el olor de las distintas dependencias, especialmente el de la secretaría de la Audiencia, muy parecido al de un gallinero. Entre los funcionarios, los había de varios tipos, y la verdad es que ni siquiera los que usaban colonia podían disimular su aroma. Don Teófilo, por ejemplo, olía a pegamento Imedio, sería por la brillantina. Don Enrique, a pesar de su lavanda fresca, tiraba a tripas secas. Don Joaquín a odre de vino. De don Ventura me acuerdo menos, pero me parece que era a leche condensada, quizá a miel. El resto del personal, salvo Estrella, la auxiliar, que atufaba a pescado crudo, despedía un olor mezcla de esparto y canela. Para mí, la que mejor olía de toda la Audiencia era mi madre, que no olía a nada, bueno, sí olía, olía a madre. Naturalmente, los forenses siempre olían a muerto.

Hablando de forenses, eran dos. De uno me acuerdo perfectamente. Se llamaba Vicente, me parece que Méndez de primer apellido, y además de la forensía ejercía la medicina privada como ginecólogo, especialidad que daba pie a la consabida broma de que debía de ser profesión muy dura por aquello de trabajar donde generalmente los demás se divierten. Vicente era primo carnal de doña Teresa, la mujer de don Teófilo, de la que enseguida hablaré. Ella no le tenía ninguna simpatía, pero la familia era la familia. Desde luego, lo que nunca consintió es que su pariente la viese desnuda, y menos que le tocase sus partes íntimas por muy enferma que estuviese.

Otro médico que sin ser forense iba mucho por la Audiencia era don Ramón, al que ya he citado, creo que varias veces. Amigo personal de mi padre, era nuestro médico de cabecera y se pasaba la vida en casa. Le llamaban constantemente. No tenía fama de ser un doctor muy brillante, pero a mi padre le parecía que el mejor médico es el que cura, no el que más sabe.

A don Ramón lo que más le preocupaban eran las frecuentes diarreas de mi hermano Andrés. Se ponía fatal y se quedaba como un pajarito. Ante el fracaso de las medicinas convencionales, don Ramón le hizo un jarabe a base de unas hierbas que nacían alrededor de la fuente de Guimaré, cerca de Zamora. Nunca dijo cuál era la fórmula completa, pero a mi hermano le curó la descomposición crónica que tenía.

—Menos mal, Matías. Ha habido suerte con el chico. Ya sabes lo de: ¡cagalera persistente, casi siempre es concluyente!

Un personaje curioso era don Armando, el secretario, el de la Audiencia, pues en el juzgado había otro que se llamaba Elías. Don Armando coleccionaba sellos. Como yo, pero él tenía una colección muy importante.

Don Armando confesaba que era un juez frustrado, pero en el fondo odiaba la judicatura, a la que llamaba despótica. Siempre estaba con la cantinela de que «cuando a un juez se le hinchan los cojones es inútil tomar precauciones». No sé cuánto habría de cierto en ello, pero a mí me contó que opositó sentado más tiempo en la taza del retrete que en la silla.

El funcionario con el que tuve más relación fue Fermín, el oficial de la Audiencia, que también hacía de habilitado. Era un magnífico pescador, pero mejor que este deporte practicaba el de las mujeres, a las que consideraba como un mal necesario. Estaba soltero, estado del que se sentía muy orgulloso y que justificaba porque entendía que más importante que el matrimonio y los hijos era la libertad.

—Fernando, que no se te olvide para cuando seas mayor. El que se casa tiene pleitos y dolores para toda la vida.

—Pues a mi padre no le ha pasado eso.

Desde luego, no puedo asegurar que en mi soltería no influyeran los consejos de Fermín. Pero a estas alturas de la vida, y por lo que tengo visto y vivido, creo que sí, que, salvo excepciones de matrimonios entre personas de idénticas costumbres e ideas, la mayoría de ellos son escenarios de permanentes enfrentamientos y querellas.

—O sea, que casar y compadrear, cada cual con su igual.

—Más o menos. Dos en una misma carne.

—¿También en el físico?

—Salvando las naturales diferencias, sí. La hermosura es media dote.

Estrella, la auxiliar, era una mujer gruesa y de mediana estatura. Aparte de gorda y fea y de escribir muy mal a máquina, era medio tonta. Parecía muy recatada, casi una hermana de la caridad, aunque los rumores eran otros. La gente decía que los fines de semana se veía con Ramiro, el auxiliar de fiscalía, y se acostaban juntos, lo que debía de ser cierto, puesto que los lunes los dos llegaban a trabajar muy contentos y se comportaban muy amablemente. A Estrella, que también era soltera, lo que más le gustaba oír de boca de Ramiro eran sus aspiraciones y proyectos; en concreto, que en pocos años sería juez comarcal de Villalpando, su pueblo.

Ramiro estudiaba Derecho por libre y calculaba que en diez años acabaría la carrera y aprobaría las oposiciones, pues don Ventura le había prometido prepararle a conciencia. Al final, Ramiro no pasó de lo que era y Estrella lo dejó plantado. Después, cuando apenas le quedaban «un par de pétalos en la margarita de la juventud» —la frase es de Fermín—, a Estrella no le hicieron caso los hombres y se quedó compuesta y sin novio. Ya de mayor, cerca de los sesenta, se casó con un secretario de juzgado de Paz, creo que de Navalvillar de Pela, en Badajoz, al que conoció a través de una revista del corazón que tenía una sección titulada «La media naranja», y con el que fue muy feliz.

Otro funcionario judicial era un agente llamado Senén, con el que también tuve muy buen trato. Senén era un gran agente judicial. No como los de ahora, aunque no es cosa de alarmarse, pues tampoco los jueces son como los de antes. Los agentes judiciales de ahora van con vaqueros, llevan el pelo teñido y de ceder la puerta al juez, nada. Prefieren ennoviarse con la señora jueza.

Senén era inmejorable en lo de hacer guardar sala, o sea, mantener el orden. Era tanta su vocación por la justicia, que en los ratos libres se ponía la primera toga que veía y dictaba sentencias como un loco, incluidas las de muerte. Decía que la pena de muerte era el golpe de gracia que ponía fin a la injusticia y que a mayor maldad en el delito, mayor maldad en la pena. A mí, desde luego, esto me parecía una teoría disparatada y me lo sigue pareciendo, pero las tesis de Senén, que era lego en Derecho, no distaban nada de las de don Teófilo o don Enrique, por citar dos ejemplos.

—La pena de muerte es la espita por donde se purgan los crímenes y se renuevan los aires viciados de la sociedad.

—¿Y cuando se ejecuta a un inocente?

—¡Qué le vamos a hacer! También hay culpables que se libran y vaya lo uno por lo otro.

Además de las tareas propias del cargo, Senén organizaba carreras ciclistas y festivales benéfico-taurinos para los pobres del asilo de la calle San Pablo. Naturalmente, por coincidir en la afición, hacía muy buenas migas con don Mateo, el juez municipal.

Quienes apenas contaban en la justicia eran las mujeres de los magistrados, a excepción de la esposa del presidente, doña Teresa. Cómo sería, que se hacía llamar presidenta. La verdad es que la presidenta pintaba demasiado. Estoy seguro de que en más de una ocasión orientó alguna sentencia de su marido y exigió que mandase a prisión a algún pobre diablo, de esos que llamaban descarriados. Supongo que también intervendría en la redacción de autos y providencias, todas, naturalmente, escritas con tinta de fobias y filias, aunque no es de extrañar, pues las mujeres de los malos jueces suelen aventajar a sus maridos en las maldades.

Don Teófilo, el presidente, estaba casado con doña Teresa Arroyo, una salmantina, hija de falangista, totalmente insoportable que montaba números a su marido por cualquier cosa. Si, por ejemplo, don Teófilo decía que Franco era bajito, como él, o criticaba la Ley Orgánica del Estado porque se ocupaba poco de la justicia, el follón era de los de marca mayor. No digamos cuando hacía algún comentario sobre lo buenas que estaban algunas mujeres, incluidas las de los demás.

Doña Teresa, a quien le iba más el nombre de Dolores, tenía una nariz respingona, los ojos redondos y marrones. En conjunto, a mí me parece que estaba bastante proporcionada, pues medía alrededor de un metro cincuenta y casi otro tanto de pecho, con lo cual resultaba tan ancha como alta. Siempre vestía igual, falda negra, blusa blanca y rebeca gris.

Doña Teresa era muy carca y opinaba que la mujer estaba para dar placer al hombre y traer hijos al mundo. Ya he dicho que doña Teresa ejercía mucho de presidenta y que se pasaba el día preguntando a su marido por los asuntos que llevaba, lo que me autoriza a suponer que sabía muchas cosas de la justicia y que se las guardaba para cuando llegara la ocasión.

Don Teófilo y doña Teresa tenían dos hijos varones y una hija llamada Pilar, que era la mayor de los tres hermanos. Pilar era rellenita, muy simpática. Yo me llevaba muy bien con ella. Tan bien, que más de una vez alguna confianza me tomé, dentro de lo que por confianza se entendía en aquellos tiempos. Tenía el pelo castaño, los ojos verdes, mucho vello en los brazos y una boca muy grande, tan grande como las tetas, aunque luego nos enteramos por sus amigas que eran de pega y que llevaba el sostén relleno de algodones. Pilar no era guapa, pero algo tendría cuando a los chicos en edad de merecer nos ponía a cien y luego nos desahogábamos como buenamente podíamos, que siempre era, como decía Adolfo, el encargado de los futbolines de la plaza San Vicente, a base de amor propio.

Hablando de las mujeres de la Audiencia, había una que se pasaba el día entre la casa de mis padres y la de don Teófilo y que resultaba como un apéndice del palacio. Se llamaba Catalina, Catalina Robles para más señas, pero la llamábamos Cati, no sé si Kati, con «k».

Kati, o Cati, era alta, delgada, con muchas arrugas en la cara, cosa que mi madre atribuía a tomar tanto el aire y el sol. Catalina tendría sobre los cincuenta años —hablo de 1955 o 1956—, si bien doña Teresa decía que se quitaba, como mínimo, media docena. Era soltera y sin compromiso y, aunque tenía unas ganas locas de casarse, decía que el matrimonio era para toda la vida, que no era cosa de liarse con el primero que se presentara y que prefería vivir sola con tal de vivir casta.

Pese a lo que ella dijera, Cati, o Kati, debía de ser bastante conformista. Una tarde de verano, con mi hermano Andrés y otros amigos, la vimos paseando por la orilla del río con un señor de buena planta. Los seguimos y, de pronto, a la altura del arroyo de Valderrey, los dos se perdieron entre la maleza. A decir verdad, no puedo afirmar si hubo o no escaramuzas amorosas, pero por lo revuelto del pelo de ella y el bigote de él, en pura lógica cabe deducir que aquello no fue un retiro espiritual.

Doña Aurora, la mujer de don Enrique, el juez, decía que Kati, o Cati, era una maniática porque tenía costumbres y aficiones raras. La que más le entusiasmaba era la Adoración Nocturna. También era una experta en oficios caseros y manualidades. Su mayor habilidad estaba en el arte del encaje de bolillos. Era una verdadera artista y me consta que alguna toga —no sé cuál— tenía las puñetas hechas por ella. También le gustaba pasear, se pegaba unas enormes caminatas, y adoraba el café con leche y la repostería de la confitería Requero, sobre todo unos dulces pequeños que venían envueltos en papel de plata de todos los colores y que se llamaban caprichos de reina. Algunas malas lenguas decían que ella, Cati, o Kati, se creía una reina y que tenía otros caprichos inescrutables, pero creo que nada de eso se puede decir a ciencia cierta.

Doña Isabel era la mujer de don Joaquín y muy amiga de doña Teresa, la del presidente. Doña Isabel era una mujer medio tísica, vestía de negro y casi siempre tenía un rosario entre las manos. Ella y don Joaquín tuvieron tres hijos, a los que yo apenas traté. Sólo me acuerdo de uno que se llamaba Pablo, que le dio por fumar marihuana cuando casi nadie la consumía en España. Luego supe que murió de una sobredosis de heroína. A doña Isabel, su marido no la quiso nunca, a pesar de que fue sus pies y sus manos hasta que murió. Estoy convencido de que doña Isabel se fue de este mundo con el cariño por estrenar.

Don Enrique, el juez de 1.ª Instancia e Instrucción, estaba casado con doña Aurora. Ya lo he dicho antes. Aunque también era muy fea, su escaso atractivo lo compensaba con ser rica por su casa. Hacía pocos años que había heredado y era dueña, en el pueblo de Toro, de cuatrocientas hectáreas de labor y pasto, todas arrendadas.

Doña Aurora, que era una avara y amaba al dinero más que a Dios y a los suyos, en ausencia de otras ocupaciones se pasaba la vida echando cuentas y era implacable con los renteros que le pedían clemencia porque la cosecha no había dado ni para comer.

—Señora, el año ha sido muy seco y muy malo.

—Nada, nada; la tierra y el trabajo son los que producen trigo, no el tiempo. Si no hay agua, se busca. Quinientas fanegas dan para mucho.

—Pero ya sabe usted que la mitad está en barbecho un año, que la tierra, si no descansa, se agota.

—Eso son cuentos. Tampoco descanso yo y aquí me tenéis.

Lo mismo que don Teófilo y doña Teresa, don Enrique y su mujer, doña Aurora, se querían lo justo y necesario, según mandan los cánones, o sea, más bien poco. Su matrimonio tenía toda la pinta de ser de pura conveniencia y aún más de pura convivencia, sobre todo desde que ella tuvo un accidente doméstico del que se quedó tetrapléjica y en silla de ruedas. Fue el día de San Pedro, patrón de Zamora, de 1959. Se cayó por la escalera y estuvo año y pico escayolada de cuerpo entero.

A raíz del accidente de su mujer, don Enrique, para remediar sus carencias, empezó a visitar el barrio chino, más conocido por el barrio de La Lana —creo que ya he hablado de él—, y a reclamar servicios sexuales. Al principio se los daba la primera puta que aparecía, pero luego se enceló con una puta mora que ejercía en el bar La Viña, en la calle Cortarrabos. Aunque don Enrique procuraba ser discreto, sin embargo todo el mundo sabía de sus visitas al chino. Pero de esto prefiero hablar más adelante, si es que procede, que seguro que procederá.

Salvo estos naturales y comprensibles desahogos, que Carlos Moneo, el otro forense, justificaba con la teoría de que el vicio hay que aprenderlo de otras mujeres distintas a la propia, don Enrique era fiel a su mujer y la atendía todo lo que podía. Todas las noches le organizaba una partida de parchís, juego en el que doña Aurora era una verdadera experta.

A propósito de juegos, recuerdo que en Zamora eran famosas las partidas de dominó judiciales. Se celebraban todos los días por la tarde en el café París, que era el lugar preferido por los funcionarios de la Audiencia, tanto que cuando había alguna cosa urgente —tampoco muchas que no pudieran esperar, salvo los levantamientos de cadáveres—, la policía o la Guardia Civil, antes de avisar al juzgado, iban al París.

El café París no era el único. Zamora tenía varios cafés. También estaba la cafetería Ramos, en la calle Santa Clara, que era más moderna, con muy buenas instalaciones. El París era el clásico, donde paraban los viajantes, agricultores fuertes y tratantes de ganado, también fuertes, claro. Estaba bastante limpio y tenía unas mesas de mármol muy higiénico, con las patas de hierro torneado y asientos tapizados en paño oscuro, no sé si verde o marrón, pero en todo caso muy desgastados. Recuerdo el detalle de que en todas las mesas había un bote de bicarbonato.

La verdad es que el París era un café muy animado, sobre todo por las tardes, cuando se jugaba al dominó. En la partida de don Enrique era donde se notaba más afición. Mi padre tenía la suya propia. Como he dicho antes, la echaba con los dos curas —don Paco y don José—, don Ramón, el médico, y don Armando, el secretario, que se alternaban. Don Ventura, el fiscal, iba de vez en cuando a jugar una de chamelo. También había otras mesas. En especial me acuerdo de una de dos profesores del instituto de Enseñanza Media Claudio Moyano que se pasaban toda la tarde jugando al ajedrez y no hablaban con nadie. Naturalmente, no faltaba el mirón de turno que se acercaba a incordiar.

—Mala jugada. Jamás se mueve el peón que está delante del rey.

—¿Y a usted qué le importa lo que yo haga?

—Lo siento. Jaque mate.

Del café París se llegó a decir que había una habitación disimulada detrás de un aparador donde se jugaban partidas de póquer clandestinas —en aquellos tiempos determinados juegos eran delito—. Incluso en la ciudad se comentaba que el más vicioso era un locutor de Radio Zamora que después terminó de humorista y se hizo muy famoso. Al parecer, todos los que jugaban en aquel cuchitril eran gente de muy buena posición, supongo que sería por eso de que el juego y el adulterio son deshonrosos para los pobres pero no para los ricos.

Junto a los jueces, fiscales y funcionarios, en el palacio de Justicia vivían y convivían dos porteras, con sus respectivas familias. Una, la de la calle San Torcuato, era Trinidad, Trini para los familiares, amigos y allegados.

Trini era una mujer de facciones hombrunas y con las tetas muy grandes, tan grandes que parecía que no podía con ellas. Debía de ser cosa de la profesión, que lo diese el estar tanto tiempo sentada, pues en Zamora todas las porteras, al menos las que yo conocí, tenían unas ubres voluminosas. Por entonces a mí me daba la impresión de que las mujeres gordas gustaban mucho. Sería porque, en contra de lo que ahora pueda parecer, tenían muchas ventajas, entre otras, por poner una muestra, que la mujer gorda está tan mullida como un edredón y en invierno abriga mucho.

—Trini, cada día que pasa estás más gorda. Vas a terminar como un cebón.

—¡Y qué! ¿No dicen que la mujer y el buen queso, al peso?

—¿Tú qué piensas, Fermín?

—Pues que Trini está como un tren y que hembra de arrobas, hembra de muchas alcobas.

Trinidad vivía con su madre, la señora Josefa, que era la encargada de la capilla. Parecía un sacristán de los de verdad y tenía un hermoso bigote. Lo que más le gustaba era comerse las hostias y beberse el vino cuando había alguna ceremonia religiosa, como el día en que mi hermano Andrés tomó la primera comunión.

Trini era soltera, aunque no virgen. A mí me contó que se hizo mujer a los veinticinco años. Un peón caminero la amó durante tres horas en la casilla del alto de Valparaíso, cerca de un pueblo llamado Cubo del Vino. A Trini le encantaban los piropos y había un guardia municipal, que se llamaba Maillo, que le tiraba los tejos. Daban la impresión de ser novios, aunque ellos no lo reconocían. Una tardé en que mi hermano Andrés y yo andábamos jugando por los sótanos, nos los encontramos arrullados en uno de los cuartos trasteros. Estaban besándose y metiéndose mano. Quizá algo más, pero yo sólo vi las manos y el magreo. Al parecer, con las dependencias judiciales pasa como con los tanatorios, que son muy estimulantes.

La otra portería era la de la calle Calvo Sotelo, más conocida por calle del Riego. La portera se llamaba Adela y recuerdo que tenía mal carácter. También que era muy animada, aunque, eso sí, menos que su hija Rosario, más conocida por Rosarito. Las dos, madre e hija, tenían fama de casquivanas. Las dos eran morenas, de facciones redondas, pero Rosarito estaba mejor hecha.

Rosarito tenía muchas aspiraciones a la hora de casarse. Estaba enamorada de Gonzalo, el hijo menor de don Teófilo, el presidente de la Audiencia, que estudiaba en Madrid para ingeniero industrial, pero Gonzalo nunca le hizo demasiado caso, sólo la quería para divertirse con ella cuando venía en vacaciones de Semana Santa o Navidad. A mí, Rosarito también me gustaba mucho, supongo que tanto como a Gonzalo o más, pero quien de verdad se la llevó al huerto fue un practicante portugués, luego nacionalizado español, que la dejó embarazada y que, previa correspondiente amenaza, terminó casándose con ella.

No sé si me dejo algo. Puede que algún personaje se me haya escapado. En todo caso, creo que, omisiones incluidas, éste es un retablo bastante completo de la tribu que, durante los años sesenta, habitaba en un palacio que, en homenaje al dios de la locura, la burla y la risa, llaman Casa de los Momos. Allí, por entonces, un hombre absolutamente inocente fue tratado peor que se trata a las bestias. Culpables: unos jueces que, más que jueces, eran demonios que sólo creían en su justicia, pero no en la JUSTICIA.

—Aquí, en este palacio, hace muchos años, vivieron unos magos misteriosos que administraban justicia caprichosamente, pues jamás se sabía por qué, por cuánto y para quién.

Don Teófilo Cuesta, el presidente, era soberbio y envidioso. Don Enrique Medina, el juez de Instrucción, tenía los mismos defectos que el presidente y, además, era un inmoral. Don Joaquín García, el magistrado de la izquierda, era un borracho ignorante, pero no menos soberbio, envidioso e inmoral que sus dos colegas.

—Entonces, ¿es cierto que los tres eran venenosos como alacranes?

—Sí, pero eso fue al final, después de transformarse. Antes, don Teófilo había sido una cigüeña negra, de esas que hay en Las Arribes del Duero, en la raya con Portugal, don Joaquín un cernícalo y don Enrique un milano. Y los tres, carroñeros como las hienas.

En Zamora hace años que se espera la hora de que se haga justicia con Amador. Sólo entonces a sus ciudadanos se les quitará la pesadumbre del mal. Cuando esto suceda, la placa de la entrada del palacio de Justicia, que recuerda su inauguración oficial el 11 de enero de 1951, quizá debiera ser sustituida por otra que ponga: AQUÍ SE DA A CADA UNO LO SUYO, SE ABORRECE LA INJUSTICIA Y SE AMA LA PAZ.

V

El cuerpo del delito

A las cuatro de la tarde del lunes 15 de noviembre de 1964, el Juzgado de Instrucción se personó en el paraje conocido como Las Pallas, al final del paseo de los Tres Árboles, aguas arriba del Duero, a unos cien metros por encima del Club Náutico y paralelo a la carretera de Aldehuela. Una hora antes, la policía había avisado de que en ese lugar un pastor acababa de encontrar un cadáver. Al parecer se trataba del cuerpo de una mujer que yacía entre los matorrales.

La comisión judicial la formaban el juez don Enrique Medina, el fiscal don Ventura Muñoz, el forense don Vicente Méndez, el secretario judicial don Elías Casado y Antonio Nieto, el oficial del juzgado. Allí, esperándolos, estaba don Romualdo, el comisario, y dos inspectores de policía, que serían los encargados de las investigaciones. A su llegada, el cadáver todavía permanecía en idéntica posición como lo encontraron. Nadie había tocado nada. El cuerpo estaba de decúbito supino, colocado, como con cierta compostura, al lado de un arbusto bajo. Llevaba puesto un abrigo de paño verde que le envolvía la cara y el pecho, de manera que no podía saberse quién era. Fue don Enrique el que ordenó que le retiraran el abrigo.

—Inspector, puede descubrirla. Veamos quién es esta desgraciada.

—A la orden.

Al echar para atrás el abrigo se vio el rostro de un mujer joven, de unos veinte años, de piel morena y pelo negro. Don Ventura, el fiscal, apenas tardó un instante en identificarla.

—Dios mío, Enrique, pero si es Paula, la chica que trabaja en casa de Teófilo.

—Tienes razón. No me había dado cuenta. Hay que llamar a Teófilo y a Teresa. Mejor será que alguien se llegue hasta la Audiencia y se lo digan al presidente.

—Bueno, quizá antes habría que avisar a su familia.

—Claro, claro, Ventura. Avisen también a los padres de la chica.

—Pero, por favor, señor comisario, díganselo con tacto, con mucho tacto. El padre de la chica está enfermo del corazón.

En la Audiencia de Zamora, amén de los funcionarios y de las porteras, había más servicios. Uno era el de las criadas, hoy llamadas empleadas del hogar. Acordarme bien, me acuerdo de cuatro. Es posible que hubiera alguna otra, quizá la de don Enrique y doña Aurora, pero mi memoria sólo llega a las que cito. Primero estaba Matilde, que era la de don Ventura, el fiscal; luego venía María, la nuestra, y, por último, Sonsoles y Paula, que trabajaban en casa del presidente. Las cuatro eran de pueblos de la provincia y, de todas, Sonsoles era la mayor. Salvo Sonsoles, que era viuda —o al menos eso decía ella— y tenía un hija, yo creo que sin padre conocido, las demás eran solteras. A diferencia de Matilde, María y Sonsoles, que estaban un poco gorditas, Paula era más bien delgada.

Matilde, María y Paula, las más jóvenes, eran tan guapas como limpias, con lo cual no quiero decir que Sonsoles fuese fea y sucia, aunque un poco de ambas cosas sí. Siempre tenían moscardones alrededor, empezando por los oficiales, continuando por los auxiliares y terminando por los agentes, sin excluir a otros, como yo mismo. A mí, la que más me gustaba era Matilde. Morena y de buena estatura, olía a agua de rosas y tenía un sentimiento muy maternal. Cuando se arrodillaba para fregar y se estiraba con la bayeta, yo estaba pendiente para verle los muslos. La verdad es que era muy seria e imponía mucho respeto, pero yo me arrimaba a ella con mucho disimulo. Un día que estaba en casa, fingí que me dolía la tripa para que me arrullase.

No estoy seguro, pero algún funcionario llegó más lejos con el servicio. Desde luego, un chico que estaba de meritorio y atendía por Celestino tuvo escarceos con Sonsoles, pues yo los vi. Fue en unas Navidades, quizá las de 1962. Estaba estudiando en la biblioteca de la Audiencia cuando oí jadeos que procedían de la escalera que conducía a la sala de juicios. Me levanté, reconozco que algo asustado, y me fui en dirección al ruido. En el rellano, Celestino besaba y tocaba a Sonsoles. Ella no decía nada, estaba contra la pared y tenía la bata completamente desabrochada. Lo que luego pudiera pasar, lo ignoro, pues recogí los libros y salí corriendo, pero pienso que aquellos encuentros debieron de repetirse.

Eran tiempos en que las criadas y las peluqueras nos enseñaban a los jóvenes lo que era el amor o nos parecía que era el amor. Bueno, no todas, ni a todos. Paula, por ejemplo, era una excepción. No le gustaban nada las bromas y enseguida te dabas cuenta que ni Dios le ponía la mano encima.

Paula, que, como he dicho, estaba de criada en casa del presidente, era muy decente y no admitía ni un roce. Sabía que cuando una mujer pierde la castidad ya no es capaz de oponerse a nada.

Paula Flores era hija de Alonso, el oficial del Juzgado de 1.ª Instancia e Instrucción de Bermillo de Sayago, donde don Teófilo Cuesta, el presidente de la Audiencia, había estado destinado en sus tiempos de juez de ascenso.

Paula, cuando entró a servir en casa del presidente tenía dieciséis años, contaba con estudios primarios y al poco tiempo de empezar a trabajar conoció a mi amigo Amador Crespo. Luego, al año, más o menos, se hicieron novios.

Yo creo que Amador se enamoró de Paula nada más verla. Fue un domingo, cuando los dos entrábamos en la Audiencia. Él había venido de Tábara a pasar la tarde conmigo y ella estaba cargando unas maletas en el coche de don Teófilo, el presidente. Por la cara que puso, Amador debió de quedarse sorprendido por su hermosura. Iba con un uniforme blanco que resaltaba su piel morena y la verdad es que debajo de esa ropa debía de haber abundante belleza. Por amistad y respeto, nunca hice un comentario a Amador sobre Paula, pero ahora, cuando aquellos dos sentimientos son superiores a los que tenía entonces, sí voy a decirlo. Paula, aunque era delgada, estaba estupenda, como un tren, y alguna vez llegué a imaginármela desnuda, con dos pechos pequeños pero dulces como melocotones. Salvo esto, nunca se me pasó por la cabeza un mal pensamiento respecto a Paula. No digamos un peor deseo. Es más, cuando la veía suponía que debajo de la bata Paula también guardaba mucha virtud. A Amador, ese amor por Paula que le entró por los ojos, pronto, muy pronto, se le quedó grabado en su corazón.

Creo que no me equivoco si afirmo que jamás vi a un hombre más enamorado que Amador. Él y Paula debieron de ofrecerse en matrimonio por el mes de noviembre de 1963. Lo recuerdo porque era el día de Todos los Santos y me lo dijo personalmente.

—Elías, por favor, ve tomando nota. Como siempre. Luego, en el juzgado, ya redactaremos el acta de inspección ocular y levantamiento del cadáver.

De los datos y circunstancias que rodeaban al cadáver de Paula, el juez daba cuenta al secretario que, a su vez, dictaba al oficial, que escribía velozmente. También se anotaban las indicaciones que hacían el fiscal o el forense.

Además del abrigo, Paula vestía, en la parte superior, una blusa blanca y una chaqueta de punto de color azul marino. En la inferior tenía puesta una falda escocesa azul y verde. Llevaba medias tipo leotardo y en el pie derecho calzaba un zapato con piso de goma y cordones, que hacía pareja con otro que estaba a menos de un metro de ella. Unos guantes negros, de lana, le cubrían las manos. Debajo, en el dedo anular de la mano izquierda, tenía puesto un anillo de oro —al menos en apariencia— rematado con una piedra de color rubí. Dos pulseras de coral rodeaban la muñeca izquierda. No llevaba pendientes.

En la blusa y en la chaqueta no se apreciaba nada digno de mención y tampoco en el calzado. Ningún desgarro. No se observaban restos de sangre. Ni reciente ni seca. Ni en el cuerpo ni en la ropa.

El rostro de Paula no presentaba lesión aparente. Apenas un rasguño en la nariz, pero que no llegaba a desfigurarla. En el cuello tenía puesta una cadena con la medalla de la Virgen del Carmen. El pelo de Paula era negro y liso, recogido en cola de caballo con un prendedor de pasta de color blanco. El resto de su cara, normal, salvo los ojos, que llamaban la atención. Los tenía completamente abiertos y muy rojos, como con sangre.

—¡Antonio, acércate!

—Dígame, don Vicente.

—Apunta lo siguiente: «el cadáver presenta hemorragia ocular en ambos ojos».

—De acuerdo, don Vicente.

Después de este primer examen, se le dio media vuelta al cuerpo. A simple vista no se apreciaron arañazos o rasguños. A su alrededor no había signos de desorden, tampoco señales que denotasen que allí se había producido alguna lucha o violencia. Ni huellas de que alguien hubiera arrastrado el cuerpo. A la izquierda del cadáver, a unos cinco metros, prendido de un matorral se encontró un pañuelo moquero de color marrón.

—Señoría, ¿cómo quiere las fotografías?

—De ninguna manera. Esta chica trabaja en la Audiencia, es conocida y no quiero morbosos mirando luego el sumario. ¿Qué os parece a vosotros?

—Yo no las necesito para nada. Por mí, sobran.

A don Ventura, la postura del juez y del forense no le parecía nada bien. Por desagradable y dramático que fuera, creía que debían hacerse.

—Hombre, que yo sepa, la Ley de Enjuiciamiento Criminal no está derogada y seguro que hay pormenores que ahora mismo se nos pueden escapar. No hay mejor ojo ni mejor memoria que los de una cámara fotográfica.

A uno de los inspectores, el más joven y que atendía por Calvo, un policía de prestigio que se había formado en Scotland Yard, los argumentos del juez y del forense tampoco le convencían. Más bien todo lo contrario, pues sabía que en una fotografía quedan detalles que en el momento del reconocimiento judicial parecen insignificantes, pero que después tienen una gran importancia.

—Usted perdone, don Enrique, pero unas cuantas fotografías nos pueden servir de mucho. Esto parece un homicidio. Además de pieza de convicción, nos ayudarían a descubrir al autor, si es que damos con él, claro, cuando se las enseñemos.

Tras unos minutos de tira y afloja, por fin el juez accedió a que se tomasen fotografías del cadáver de Paula. Don Enrique no ignoraba las facultades que la ley atribuía al fiscal en la instrucción de los sumarios. Y más cuando era el fiscal jefe el que estaba allí, constituido en las actuaciones. Precisamente fue don Ventura el que encargó a los policías que fotografiasen todo aquello que considerasen relevante. También se acordó levantar un croquis y que se hiciera una descripción topográfica. En suma, que se recogiera nota puntual de todo lo que pudiera contribuir a descubrir indicios.

Sin embargo, Vicente seguía animando a don Enrique a terminar pronto con la diligencia. Para él, lo que el cadáver pudiera dar de sí a efectos de la investigación sería en la autopsia. Ninguno de los presentes entendía estas prisas y menos que fuera el forense el que pusiera pegas a algo tan importante para la medicina legal, una ciencia que era la suya y que se caracterizaba por el detalle y la meticulosidad. Don Ventura no era experto en la materia, pero le parecía elemental que, llegado el momento de la autopsia, una buena recogida de vestigios ayudaría mucho.

—Vicente, sabes que en estos casos sobran las prisas. Hay que tener calma y paciencia. Más de una sorpresa nos hemos llevado en asuntos que parecían claros. Y si no, acuérdate del caso del crimen de Coreses, de hace tres años, que cuando lo teníamos archivado resulta que unas manchas de pintura fueron las que descubrieron al autor.

—No, si prisa no tengo. Aparte de que hace un frío de miedo, lo que digo es que a mí no me hace falta más de lo que estoy viendo. Creo que con las notas que hemos tomado y con la autopsia será suficiente. Salvo sorpresas de última hora, no hay duda de la causa de la muerte. A esta pobre chica la han asfixiado.

La autopsia de Paula no empezó hasta las siete de la tarde de ese mismo día. Antes, el cuerpo había quedado expuesto en el depósito municipal de cadáveres para que la familia pudiera identificarlo. Lo hizo Alonso, el padre de Paula. No había duda. Era ella, Paula Flores Rodríguez, hija de Alonso y de Felisa, de veintiún años de edad y de estado civil soltera.

Nadie más vio a Paula muerta. Ni siquiera Amador. No quiso que nada le borrase el recuerdo de Paula viva, de su cuerpo caliente, de su mirada hermosamente tímida, de su boca sonriente, de su piel húmeda, de su olor a mujer.

Mientras, en el palacio de Justicia todo el mundo se preguntaba qué podría haber pasado y quién sería el autor de la muerte de Paula. La más afectada era doña Teresa. La tarde del sábado, Paula le había pedido permiso para ir al pueblo al día siguiente, pues era el aniversario de boda de sus padres y querían celebrarlo todos juntos, en familia. Sin embargo, aparentemente, Paula había mentido, cosa que jamás hacía.

—No es concebible una mentira en boca de Paula, doña Teresa.

—¿Entonces, Alonso?

—Algo tuvo que pasarle el domingo cuando iba camino de la estación de autobuses.

—Y Amador, ¿qué dice?

—Ahí abajo está. ¿Quiere usted que suba y se lo cuente él?

—No, no hace falta, pobrecillo; pero ¿qué le ha dicho a usted?

—Pues eso, que la última vez que la vio fue el sábado. Estuvo con él toda la tarde y que a eso de las nueve la dejó en la puerta, por la calle del Riego.

—Dios mío, ¿qué le han hecho a mi hija? ¡Santo cielo!

—Cálmate, Felisa.

—Pero ¿por qué han matado a mi criatura? ¿Quién ha sido?

—Ten tranquilidad, mujer. La justicia dará con el asesino.

—¿Usted cree, doña Teresa?

—Estoy segura. El señor juez, don Enrique, es un hombre muy competente. Verás qué pronto detendrán al culpable.

—Pero, Alonso, ¿quién puede haber sido?

—Algún mal nacido, Felisa. Seguro que un hijo de puta.

La autopsia del cadáver de Paula la hicieron los doctores don Félix Ortega, forense del juzgado de Toro, y don Ángel García, que estaba destinado en el de Benavente. Vicente, el titular, según dijo, tenía que estar al día siguiente en Madrid y el juez se la encargó a sus colegas, uno de los cuales, Ángel, además de compañero de promoción, era muy amigo.

El juez, según costumbre, no estuvo presente. El fiscal y el secretario, tampoco.

Antes de empezar, el doctor Ortega propuso examinar el cadáver de Paula de manera más minuciosa a como se hizo en el lugar donde la encontraron muerta. Un aspecto fundamental, el primero, era determinar el momento del fallecimiento a partir de los llamados fenómenos cadavéricos precoces, o sea, la temperatura del cuerpo y la rigidez de las extremidades. Previamente se pesó el cadáver y se le tomaron medidas de talla y perímetro de cráneo, tórax y abdomen. Altura: 1,56. Kilos: 42.

Encima de la mesa de autopsia, el cuerpo de Paula parecía el de una virgen sin mancha, aunque no era así. Estaba fría, tan fría como su amor muerto, pero, además del enfriamiento cadavérico, las livideces y la rigidez habían hecho también su aparición. Paula tenía la cara, las manos y las piernas más frías que el resto del cuerpo, pues aunque era joven y bien constituida, su delgadez había hecho que se enfriase antes de lo normal.

Paula tenía la piel de gallina, pero no había llegado al rigor mortis completo, a ese envaramiento, típico y constante, que invade al cadáver tras paralizarse la circulación sanguínea y la respiración. Sin embargo, al cuerpo de Paula todavía no le había salido la mancha verde abdominal, que suele aparecer entre las veinticuatro horas y los tres días después de la muerte, según las circunstancias y factores de cada caso.

Respecto a lesiones, lo único que se comprobó fue una pequeña equimosis en el dorso de la nariz, de unos dos centímetros de diámetro, y otra en la parte antero externa de la pierna izquierda, rectangular, de quince centímetros de largo por dos de ancho, pero sin llegar a la herida en sentido técnico.

—Félix, creo que Vicente iba por buen camino cuando reparó en lo de la hemorragia ocular intensa. Tiene los ojos llenos de sangre, y éste es un síntoma claro de anoxemia. A esta chica la han asfixiado. Luego lo sabremos mejor al ver los pulmones, pero es muy posible que haya habido oclusión de orificios respiratorios.

—Hay que ver también ese pañuelo que encontraron. ¿Y los pelos?

—¿Qué pelos, Félix?

—Los pelos, aparte de los de la chica. ¿Tú sabes si en el levantamiento del cadáver se miró si había cabellos de otra persona?

La pregunta no era absurda. Félix Ortega era un forense joven, con la oposición recién aprobada, y sabía bien por lo que preguntaba. En la Escuela de Medicina Legal había aprendido muy bien que el pelo, aparte de la definición de «producción epidérmica, filiforme, flexible y elástica», es uno de los elementos anatómicos que más y mejor merecían estudiarse por ser depósito de elementos extraños de igual o mayor valor que el mismo pelo. Sus características y su extraordinaria resistencia a la putrefacción son cualidades de sumo interés médico legal.

—De la asignatura de medicina legal, lo que me quedó más grabado fue una cosa que nos decía el catedrático don Jaime Salas: «No olviden nunca que muchas veces en el más pequeño e invisible indicio está la prueba del crimen y las huellas del culpable. Por ejemplo, un par de pelos.»

—Tienes razón, Félix. Aquí, en la minuta de la inspección ocular, no se dice nada de otros pelos, y yo no veo ninguno que no sea de la víctima. Lo siento, pero habrá que olvidarse de eso.

—¿Has mirado las uñas?

—Sí, pero ni rastro. Las tiene muy cortas. Debía de tener costumbre de mordérselas.

Aparte de la onicofagia, en el cuerpo de Paula había otros signos externos que apuntaban alguna pista.

—Un cadáver es un magnífico libro que no se puede abrir demasiado pronto, pero tampoco demasiado tarde.

—Eso es de don Ramón Enciso. Lo estoy viendo: «Y no olviden que incluso con el cadáver en plena putrefacción o esqueletizado se pueden obtener buenas conclusiones.»

—¡Antonio, mira!

—¿Qué?

—¡Santo cielo! Esta mujer está embarazada.

—Es verdad. Ahí está el feto.

—Creo que alguien o ella misma ha intentado un aborto.

Al examinar los órganos genitales de Paula, en el útero se descubrió un embrión del tamaño de una nuez, lo que equivalía a un feto de aproximadamente dos meses. También se pudo ver que en la cavidad del propio útero había restos sangrientos, lo que coincidía con la sangre que externamente se había encontrado en los labios de la vulva, aunque sólo ahí. Ni rastro en los muslos. Tampoco en la ropa, salvo unas manchas muy ligeras en las bragas. Esto era una pieza esencial. La autopsia judicial podía demostrar que la muerte violenta de Paula, desde luego, era homicida, pero también que se daban circunstancias muy singulares.

Al cabo de tres horas y media, la autopsia había terminado. Lo último que hicieron los forenses fue coser el cuerpo de Paula. Lo suturaron con extremo cuidado, después de lavarlo, para dejar la menor evidencia posible de las disecciones que habían hecho.

En el momento del informe pericial, entre los dos forenses no hubo total acuerdo. Félix Ortega quería limitarse a unas conclusiones asépticas obtenidas de los datos objetivos y comprobados, mientras que el doctor García era partidario de añadir alguna consideración de tipo deductivo.

—Esto es muy arriesgado, Ángel. No podemos caer en errores.

—No, la lógica también cuenta, y lo que yo propongo no es una hipótesis banal. Mira, todo induce a pensar que a Paula Flores el dueño del pañuelo le tapó la boca con la mano derecha y la nariz con la izquierda, y aguantó así hasta que la asfixió. Antes, Paula se había sometido a una interrupción de embarazo con una sonda o un objeto punzante que produjo el aborto de un feto de siete a ocho semanas.

—Sigo pensando que eso excede de nuestra competencia y que debemos limitarnos a exponer lo que hemos comprobado.

—Podemos hacer lo siguiente. Nosotros emitimos un dictamen lo menos comprometido posible y que luego Vicente, si el juez quiere, que lo ratifique o aclare.

—Bueno, eso me parece mejor.

Tras el acuerdo, las conclusiones médico-legales fueron:

1.ª *Nos encontramos ante el cuerpo de una mujer identificada por su padre, don Alonso Flores Prieto.*

2.ª La etiología médico legal, claramente lo es homicida.

3.ª La víctima estaba embarazada de dos meses. La cavidad uterina contenía restos sanguinolentos. También se constatan pequeñas manchas de sangre en órganos genitales.

4.ª La víctima presenta equimosis conjuntival.

5.ª También se aprecian señales equimóticas —manchas de Tardieu— subpleurales en ambos pulmones.

6.ª La anterior conclusión significa que la muerte tuvo lugar por asfixia mediante sofocación, causada por un obstáculo que ocluyó sus orificios respiratorios.

7.ª La muerte sobrevino a la víctima después del aborto y falleció hallándose tendida en posición de decúbito supino.

8.ª Las lesiones de la nariz y de la pierna derecha son compatibles con traumatismos inespecíficos. No obstante, dichas lesiones no guardan relación causal con la muerte.

9.ª Todas las manchas de sangre pertenecían al mismo grupo serológico.

10.ª El cadáver estuvo en contacto con el suelo y la maleza de quince a veinte horas.

11.ª Respecto a la cronología de los hechos, opinamos que primero se practicó el aborto y después la asfixia.

12.ª El instante del óbito no fue inferior a treinta horas al momento de la autopsia.

13.ª La disposición del cadáver y el desorden aparente de las ropas de abrigo, tapando la cara de la víctima, pudo deberse a la finalidad de ocultar el rostro.

Sin poder afirmar ni negar nada de manera definitiva y, en todo caso, siempre dejando a salvo criterios más autorizados, no descartamos que el objeto que provocase la oclusión fuera el pañuelo que apareció al lado de la occisa, a lo que puede añadirse que ésta apenas pudo oponer resistencia, dado su extremo grado de debilidad.

Antes del informe pericial, la policía había empezado a trabajar para descubrir al autor de la muerte de Paula. Para el inspector Calvo, toda investigación criminal tenía sus normas y no podía garantizarse el éxito de una investigación policial si el hecho no se estudiaba debidamente.

—Oiga, comisario, ¿cómo van esas investigaciones?

—Lo siento, don Enrique, pero de momento no hay novedades dignas de mención.

—Es necesario que trabajen a fondo, sin parar, y que tengan presente el móvil.

—¿El móvil?

—Naturalmente. Ésa es la clave.

—Me parece que ya le entiendo. Se lo diré a los inspectores.

—Mejor, dígales usted que vengan a mi despacho.

—En cuanto los localice van para allá.

Don Enrique tenía teorías criminológicas muy raras, de las que se sentía muy orgulloso. Algunas eran verdaderamente originales, aunque sólo un par de ellas parecían sólidas. De otras, bueno, de la mayoría, casi nadie participaba, empezando por don Ventura, que, en más de una ocasión, intentaba demostrarle lo erróneo de sus ideas.

—El crimen siempre es obra de un sujeto muy determinado. Todo delito es expresión directa de la personalidad de su autor, que, aun sin querer, deja su sello indeleble.

—O sea, que lo mismo que no hay dos caras iguales, tampoco hay dos criminales idénticos.

—Exacto. Tanto es así, que si cien delincuentes cometen el mismo robo, cada uno lo cometería de manera diferente.

Esta teoría la había leído don Enrique en un libro, obra de un viejo comisario de Barcelona llamado Reguengo, que en sus reflexiones llegaba tan lejos que equiparaba el delito al arte y al delincuente con el artista.

—Mire, esto es como en la pintura. Así como un pintor puede analizar un cuadro y descubrir al artista que lo ha pintado por su temperamento, un buen juez, si estudia bien un crimen, puede averiguar quién es el autor, si le conoce, claro, o, por lo menos, descubrir el carácter y la personalidad del criminal.

Pero de don Enrique lo más deslumbrante era su tesis acerca del móvil. Estaba obsesionado con el móvil y no tenía dudas de que, para encontrarlo, el mejor procedimiento era el de ir eliminando, lentamente, uno tras otro, el número de sospechosos. Naturalmente, había que ser intuitivo, y él presumía de poseer el don sobrenatural de la íntima percepción.

—Calvo, a mí no me vengan con técnicas. El olfato es el que nos dice dónde están los indicios y el que nos pone en el camino del éxito.

—Pero, señoría, no en todos los casos la solución al problema está en el móvil del delito. Perdóneme, pero usted sabe por experiencia que nunca las reglas de la investigación tienen carácter matemático. Es más, hay crímenes en los que no interviene este factor.

Don Enrique coincidía con Vicente, el forense, en que quien mata a alguien siempre cree tener razones poderosas para hacerlo y que esa regla se daba en el noventa y nueve por ciento de los crímenes.

—Todo culpable tiene siempre un motivo para serlo.

A don Ventura, la argumentación le parecía disparatada.

—Creo que eso no es verdad, que te equivocas. Cuando una persona es asesinada, hasta un inocente puede tener los mismos motivos que el verdadero autor. Yo creo que no se es culpable por el mero hecho de tener una razón para hacerlo. Sostener que un hombre mata a otro porque tiene un motivo es tan absurdo como sospechar que, por el mero hecho de tener manos, ese mismo hombre, u otro cualquiera, ha robado en la tienda de ultramarinos de abajo o que quien ha tenido un pleito en este juzgado y lo ha perdido puede matar al juez.

—¡Hombre, Ventura!, gracias por la comparación.

—Disculpa, pero quería poner un ejemplo extremo. Por cierto, contéstame a la siguiente pregunta: ¿qué pasa cuando un individuo posee un motivo serio e irresistible de matar y es capaz de mantenerlo oculto?

—Pues que estamos ante el crimen perfecto. Ése es el único crimen perfecto, el que no tiene móvil. No digamos si el asesino tiene la suerte de no ser visto por nadie en el momento de perpetrarlo. Ésa es la forma de conseguir la impunidad más absoluta. Pero, bueno, éste no es el caso.

—¿A qué te refieres?

—Pues que en la muerte de esta chica, a poco que discurramos por los caminos de la lógica y de la deducción, el motivo está claro. Quien ha matado a Paula Flores no la ha matado porque sí. El asesinato guarda relación directa con el interés especial de su autor.

Esta discusión, por muy interesante que pareciera, no era puramente técnica. Ni mucho menos. En el fondo subyacía la manera de pensar de unos y otros respecto a la persona sospechosa del asesinato de Paula. Estaba claro que para don Enrique y Vicente, el forense, todos los indicios apuntaban a Amador. Él era el novio de Paula, él había sido el último que la había visto, Paula estaba embarazada, se había producido un intento de aborto, Paula había muerto por asfixia y el pañuelo era un pañuelo de hombre, seguro, seguro que de Amador.

—He aquí las piezas del rompecabezas. No hay más que colocar cada una en su sitio y ya tenemos los hechos. Un móvil, unas deducciones y, al final, una historia completamente lógica.

A don Ventura y al inspector Calvo todo les parecía confuso y oscuro. Para el juez, el móvil de Amador estaba muy claro y todas las sospechas recaían sobre él. Esto era, precisamente, lo que los preocupaba a los dos. Paula y Amador, cada uno por su lado, llevaban una vida tranquila, sana como ellos, sin complicaciones, y lo único que ansiaban era casarse. Amador, un hombre de bien, un ser excepcional, quizá no más que lo que siempre se llamó un hombre honrado. Con estos elementos y ante estas circunstancias, ¿era posible que Amador matase a lo que más quería? Encima, el informe sobre las huellas había resultado negativo. Ni en el lugar donde Paula apareció muerta ni en sus alrededores se encontraron marcas del calzado de Amador o de Paula. Sólo se detectaron las pisadas de dos pies descalzos, aunque de una talla inferior a la de Amador.

El cadáver de Paula salió del depósito municipal, ya de madrugada. A la puerta, una niebla espesa, de color gris perla, apenas dejaba ver las luces del furgón funerario y del taxi que ocupaban Alonso, el padre de Paula, Amador y el señor Isidro. Por las fechas, supongo que la niebla sería de esas que se cogen a puñados. Recuerdo que Amador y yo, los días de niebla intensa, nos dedicábamos a correr con la boca abierta para comérnosla. A mí me sabía a clara batida. A él, a pompas de jabón. En Zamora, cuando la niebla se ponía sobre el río, podía tirarse veinte días pegada al agua lo mismo que la grasa a una manta.

—¿Y no es verdad que durante los días de niebla, en Zamora se despertaban las peores pasiones?

—Yo lo que tengo oído es que entre la niebla es donde se guarece la muerte.

Al día siguiente del asesinato de Paula, don Enrique llegó al juzgado muy temprano y con el propósito firme de profundizar en lo más hondo del crimen de Paula y detener al autor de tan execrables hechos. Se le notaba en la manera de saludar a los funcionarios. El saludo del juez don Enrique Medina Castro —también la forma de mirar— reflejaba lo que era y lo que pretendía. Bueno, de don Enrique ya he contado algunas cosas. Sé que faltan otras, como que nadie conocía sus orígenes familiares, salvo lo que él decía: que había llegado a la vida judicial muy joven y por una vocación decidida.

—Mi objetivo es la justicia y el delito. Hay que declarar la guerra abierta al delito.

En una palabra, don Enrique se creía un ángel tutelar encargado de proteger el cuerpo social contra el delincuente. Alardeaba de perseguir el delito en todas sus formas y variedades, pues ésa era la misión que le había correspondido en esta vida y tenía que cumplirla a rajatabla. De ahí que eso de tratar de apurar las investigaciones hasta el límite y probar responsabilidades para él fuera un camelo. La cuestión consistía en castigar a alguien, aunque no estuviese claro que fuese verdaderamente culpable. Le daba lo mismo. Por eso, en el caso de Paula, con su teoría, tenía que llegar a detener a un autor; era igual detener a un inocente que a un culpable. El que más a mano tuviese. Lo que quería era dormir con la conciencia de que la sociedad saciaba sus ansias de castigo.

No fue tarea fácil convencer a Amador de que a Paula había que enterrarla. Horas antes se había resistido a que la metieran en el ataúd. La quería para él, tendida bajo el manto de *Sombrabuena*, su encina favorita, donde a punta de navaja, años antes, había escrito: «Paula, te quiero hasta morir. Amador.»

—Madre, ¿a qué hora dijeron los forenses que murió Paula?

—Sobre las seis o las siete de la tarde, hijo.

—¿Y ahora qué hacemos con ella?

—Tendremos que enterrarla.

—Pero Paula no ha muerto. Madre, dime que Paula no ha muerto.

—No hijo, no, Paula no ha muerto, Paula se ha ido.

—¿Adónde?

—Al cielo.

—¿Por cuánto tiempo?

—Depende de lo que tenga que hacer. A lo mejor tienes que ir a buscarla tú.

—Entonces, madre, ¿no hace falta que me ponga el traje oscuro?

—No, hijo, no. Nada de lutos. Paula está en la gloria.

No recuerdo haberlo escrito, pero estoy a tiempo. Salvo María y Paula, las otras dos chicas de la Audiencia no sabían leer ni escribir. Bueno, Sonsoles, regular. Mi padre decía que lo que de verdad había que saber se aprendía por los sentidos y por lo que la vida, poco a poco, nos iba enseñando.

Para mí, las criadas de la Casa de los Momos, aunque casi analfabetas, eran bastante más listas que la mayoría de sus señoritos. Es posible que exagere, pero no me importa. Por poner un ejemplo, creo que Sonsoles sabía mucho del amor, pues lo había aprendido desde la desgracia y con dolor. También recuerdo haber oído a Matilde decir que callar la verdad es lo mismo que mentir. Bueno, las criadas de la Casa de los Momos también sabían otras cosas. Sin ir más lejos, Paula me enseñó que cuando las ranas cantan constantemente y los topos trabajan sin parar es que la lluvia no está lejos.

—María, ¿por qué las lechuzas chillan algunas noches?

—Eso, Fernandito, es que hay muertos que se sienten muy solos y reclaman compañía.

VI

Camino del calvario

Amador Crespo fue detenido al tercer día del asesinato de Paula. La decisión la había tomado el juez de Instrucción, don Enrique Medina Castro. Una pareja de la Guardia Civil se presentó en su casa de Tábara a la hora de la comida. Previamente, desde la comisaría de policía de Zamora, habían llamado a la comandancia de puesto para que procediesen a la detención.

—Lo sentimos, señor Isidro. Venimos a por el chico. Es una orden del juez.

—Pero ¿por qué razón?

—Nosotros sabemos muy poco. Creemos que es por lo de la muerte de Paula Flores, la novia de Amador.

—¿Mi hijo? ¿Qué tiene qué ver Amador con el asesinato de Paula?

—Parece que el juez le acusa.

—¿Amador acusado de matar a Paula? Eso es imposible.

—¡Padre, no puede ser! ¿Que yo he matado a Paula? ¡Mentira! ¡Ha sido a mí al que me han matado a Paula!

La señora Piedad rompió a llorar. Eran las suyas lágrimas de dolor que hablaban más que cualquier palabra. Marcial, el amigo de Amador, tuvo que ser controlado por el señor Isidro, pues al darse cuenta de que querían llevarse a su amigo se le puso el cuello rojo y estaba dispuesto a impedir que Amador saliese de allí.

—Tendrán que esposarme a mí primero, porque a Amador de aquí no se lo lleva ni Dios.

—¡Calma, Marcial! Seguro que es un error. Pronto se aclarará todo.

Perdone, sargento, ya conoce a Marcial, pero no hará nada. Usted cumpla con su obligación, que es hacer lo que le han mandado.

—Da gracias al señor Isidro, Marcial. Un poco más y te llevo por delante. Hace tiempo que te mereces un par de hostias y el día menos pensado te las voy a dar, pero con intereses. Bueno de todas formas, sepa usted que sentimos mucho lo de Amador. No sé la superioridad, pero yo no me creo que Amador sea capaz de matar a nadie, y menos a Paula.

Amador pasó a disposición del juez a media mañana. Iba con el pómulo derecho hinchado y el labio inferior partido, y tenía restos de sangre en la camisa.

Era evidente que lo habían golpeado para sacarle una confesión. Desde que fue detenido por la pareja de guardias civiles hasta que llegó al juzgado pasaron cerca de veinte horas, las suficientes para poder deducir que durante ese tiempo había sido objeto de malos tratos.

—¿Y esa sangre? ¿Se ha caído usted? —preguntó don Ventura, el fiscal, al ver a Amador.

—No, señor. Me han pegado.

—¿Dónde?

—En la comisaría.

—Pero ¿a usted no le ha detenido la Guardia Civil?

—Sí, pero antes de venir aquí me llevaron a la policía.

—¿Cómo ha sido?

En ese momento, don Enrique terció para quitar hierro al asunto.

—Yo te lo aclaro, Ventura. Es que, como la detención fue por la tarde, dije que esperasen hasta hoy para traerlo y que mientras lo encerrasen en los calabozos de la comisaría. Esta mañana temprano me ha llamado el comisario. Me ha contado que cuando viéramos al detenido no nos alarmásemos por las lesiones, que ha sido él quien se ha autolesionado. Ya sabes, Ventura, siempre lo mismo, no hay detenido que no diga que le han pegado. Si le hubiesen pegado, habría confesado. Aquí, en el atestado policial, el detenido niega todo.

—No te entiendo, Enrique. ¿Quieres decir que quien no soporta los golpes y habla siempre dice la verdad?

—Naturalmente.

—¿O sea, que, según tú, el más perverso de los criminales, si resiste los golpes o aguanta las torturas y no confiesa, es inocente?

—En la mayoría de los casos sí. Hay muy pocas excepciones.

—Me parece que esa teoría, aparte de bárbara, arranca de una premisa falsa, que la gente para que no la torturen es capaz de contar que mató a Abel.

—No lo dudes. El dolor hace hablar como una enciclopedia.

—Sí, pero también el dolor y el miedo al dolor pueden llevar a mentir a un inocente.

—¿Y el inspector Calvo? ¿Dónde está, que no lo he visto?

—Se fue ayer a Madrid a llevar unas muestras al Instituto Nacional de Toxicología. Bueno, nos estamos desviando del asunto. Lo cierto es que no hay ninguna prueba de que a este hombre le hayan pegado. Pueden quitarle las esposas.

—¡A la orden!

—Se llama usted Amador Crespo Lozano. ¿Es así?

—Así es.

—Bueno, ya sabes que hace dos días se encontró muerta a Paula Flores. Apareció asesinada a la orilla del río, en los Tres Árboles.

—Sí. Lo sé.

—¿Paula era tu novia?

—Sí, señor. Desde que teníamos dieciocho años. Nos íbamos a casar pronto.

—Así que ya teníais preparada la boda.

—No, preparada no. Sólo pensada.

—Y eso ¿por qué?

—¿Cómo que por qué?

—Aquí el único que pregunta soy yo.

—Perdone, porque nos queríamos.

—¿Os ibais a casar sólo porque os queríais?

—¿Le parece poco?

—Te he dicho que quien pregunta soy yo. Tú limítate a responder. ¿Para cuándo iba a ser la boda?

—Cuando tuviéramos ahorrado lo suficiente para comprarnos una casa en el pueblo.

—¿Y os faltaba mucho?

—Si la cosecha de este año se daba bien, en diciembre próximo. Como muy tarde, en enero del año siguiente.

—Vamos a ver, Amador. En comisaría has declarado que tú no tienes nada que ver con la muerte de Paula. Sin embargo eres el principal sospechoso de esa muerte. Dime la verdad y así acabamos antes. Yo creo que te conviene confesar. Por muchas razones. Si me lo cuentas todo, aparte de desahogarte, las cosas te irán mejor. Confía en mí.

Amador miraba fijamente a don Enrique, el juez de Instrucción. No entendía nada. Las palabras del juez fueron suficientes para darse cuenta de que ese hombre no era imparcial. Se sentía solo e indefenso. Por entonces, la ley no contemplaba la asistencia de abogado en el momento mismo de la detención y en el despacho únicamente estaban, además del juez, don Ventura, el fiscal, Vicente, el forense, el secretario, un escribiente y los dos guardias civiles que lo custodiaban.

—Te insisto. Cuenta lo que pasó y qué hiciste con Paula. ¿Por qué la mataste?

—¿Cómo que yo la maté? Eso es mentira. Yo con la muerte de Paula lo único que tengo que ver es que me la han asesinado, y quiero saber quién lo ha hecho. Paula era mi novia y la quería. ¿Por qué iba a matarla?

—Pues porque estaba embarazada. Tú la obligaste a abortar y después la asesinaste.

—¿Qué dice usted? ¿Embarazada? ¿Un aborto? Todo eso es mentira. Paula no podía estar embarazada.

—¿Es que quieres decirme que Paula era virgen y que durante el noviazgo no tuviste acceso carnal con ella?

—Tan virgen como la Virgen.

Don Enrique le mostró a Amador los efectos recogidos en el momento de la diligencia de inspección ocular y levantamiento del cadáver. Antes se los pasó al fiscal, que volvió a echarles un vistazo. Eran las piezas de convicción. Una era el pañuelo de Amador. Otra, el prendedor del pelo. Otra, el anillo. Por último, las dos pulseras de coral.

—¿Reconoces esto?

—Sí. El pañuelo es mío. Se lo dejé a Paula hace un mes. El prendedor era el que llevaba siempre para sujetarse la cola de caballo. El anillo era nuestro compromiso de boda. Las pulseras también son suyas. Creo que se las regaló su madre, la señora Felisa, el año pasado, el día de su cumpleaños.

El interrogatorio de Amador a manos del juez siguió por los mismos derroteros. Aparte de lo transcrito, lo más relevante de esta diligencia sumarial —folios 61 a 66— son las presiones de don Enrique sobre Amador para que se declarase culpable. También es llamativa la ausencia de referencias al embarazo y aborto de Paula.

Después de firmar su declaración, al cabo de hora y media, Amador salió del juzgado. En sus ojos brillaban solamente dos lágrimas, las suficientes para empapar la justicia. Todas las demás se quedaron dentro. Unas en el corazón, otras en el despacho del juez. Fuera le esperaban el señor Isidro, la señora Piedad y su tío Eduardo. Únicamente pudo verlos, pero no abrazarlos. Apenas los dejaron cruzar un par de palabras.

—Lo siento, pero no pueden hablar con él. El juez va a decretar la incomunicación.

—¿Pero no lo va a poner en libertad?

—No. Va dictar auto de prisión incondicional.

—Dios mío. ¡Qué horror, Isidro! ¿Pero qué le han hecho a nuestro hijo?

—No llores, Piedad.

—Madre, estoy bien. Esto no es nada. Haz caso a padre. No llores, que me lo pones peor, que se me rompe el corazón.

En el legado de mi padre aparece anotado que Amador encajó la decisión judicial sin inmutarse, con mucha serenidad. Yo creo que más que con serenidad, fue con indiferencia, pues en su cabeza sólo cabía una idea: el embarazo y aborto de Paula. Para mí ése fue el momento en que la venganza se posó en sus entrañas y que de ese nido Amador no escaparía el resto de su vida. Una vida que a partir de entonces estaría atada a la celda de una cárcel.

La familia Crespo jamás tuvo cuentas con la justicia. Creo que ya he escrito que en casa de Amador sólo se iba al juzgado para inscribir algún nacimiento o algún matrimonio. Más o menos esto es lo que he dicho, pero lo repito con mucho gusto. El señor Isidro decía que en su casa todos eran gente de ley y antes que la deshonra, la muerte. Por eso, cuando le comunicaron que el juez había decretado la prisión de Amador y que ese mismo día ingresaría en la cárcel, se dedicó a buscar un abogado para su hijo. No conocía a ninguno. Fue Alonso, el padre de Paula, el que le habló de uno muy bueno, aunque, eso sí, caro, al parecer muy caro.

Al señor Isidro, que siempre había respetado la ley, le resultaba extraño que para pedir justicia hubiera que pagar. Para él, eso significaba que si había diferentes precios y que las minutas dependían de la categoría de los abogados, entonces es que existían varios tipos de justicia, cada una con su tarifa respectiva. Pero no tenía más remedio. Se trataba de la inocencia y de la libertad de su hijo y estaba dispuesto a vender hasta el último puñado de tierra.

Siguiendo el consejo del padre de Paula, el señor Isidro encomendó el caso de su hijo Amador a don Germán Santos, el decano del Colegio de Abogados. La curia de Zamora era bastante buena, con letrados bien preparados. Mi padre lo decía a menudo. La fama les venía porque la mayoría habían hecho la carrera en Salamanca, que por entonces era la universidad con mejor reputación de toda España.

Don Germán era, sin duda, el abogado de más prestigio. Tenía cierta edad, sin llegar a viejo, y estaba soltero. Recuerdo que la primera vez que lo vi me llamó mucho la atención su enorme tamaño. Era tan alto y tan gordo que a mí me pareció un gigante. Luego me dijeron que la gordura no era del aire, que comía como un bárbaro y que bebiendo no se quedaba a la zaga. Encima fumaba sin medida —iba siempre con un hermoso puro— y dormía muy poco, con lo cual acabó teniendo cinco o seis infartos que casi se lo llevan para el otro mundo.

Además de gordo, a don Germán lo recuerdo siempre vestido de negro. Mi padre también lo consideraba un magnífico abogado, aunque con más conchas que un galápago. Y, sobre todo, un hombre muy práctico.

Naturalmente, don Germán era una de las instituciones de la ciudad y estaba en todas las salsas. La única vez que hablé con él fue en la Audiencia, en el despacho de mi padre, un mediodía que se hizo tarde y mi madre me mandó que le avisase para comer. Me lo presentó mi padre y aunque sólo hablamos un rato, por la manera de expresarse me pareció un hombre singular. Desde luego, la primera impresión que me dio es que debía conocerse casi todos los misterios y recovecos de la justicia.

De don Germán, además de las características físicas, me sorprendió su carácter. Tenía un humor excelente y, leyes aparte, sabía montones de anécdotas y aleluyas judiciales. La opinión general es que don Germán conocía al dedillo la ciencia del Derecho. Luego, mi padre me dijo que hablaba el francés y el inglés a la perfección y había estudiado las leyes francesas y americanas. Pero lo que mi padre admiraba más de don Germán era su fino olfato para distinguir lo justo de lo injusto, el valor de la costumbre y de los principios generales del Derecho. También manejaba como nadie la lógica de la argumentación jurídica.

Don Germán procedía de una familia de juristas y tenía una biblioteca muy buena, donde pasaba horas y horas, algunas dedicado a la poesía, a la que era muy aficionado. Le encantaba componer odas a los muertos y sus principales fuentes de inspiración eran el Duero y el romancero castellano.

En los ambientes jurídicos de toda Castilla —creo que también en Madrid, donde había llevado algunos casos sonados— a don Germán se le tenía gran respeto. Aunque, en efecto, era muy caro y la minuta de una testamentaría o por llevar un pleito sobre un conflicto de lindes, metro arriba, metro abajo, te podía costar un riñón, su despacho estaba siempre lleno. La gente decía que tenía muy buena mano con los magistrados y sobre todo con los oficiales, que eran los que, al fin y al cabo, movían los procedimientos.

—Después de tantos años, dígame la verdad, don Germán. ¿Usted creyó alguna vez en la justicia?

—Qué quieres que te diga, hijo. Mira, Fernando, a mí me ocurre lo mismo que le sucedió a tu padre, ¡qué gran magistrado, por cierto! Nos pasamos la vida ansiosos de descubrir cómo ser justos y al final no sabemos si lo fuimos un solo día.

En política, don Germán era un hombre de izquierdas, odiaba al régimen de Franco, cosa comprensible teniendo en cuenta que a dos hermanos suyos los fusilaron los nacionales en la guerra civil y él se libró por los pelos. Aunque vivía de la justicia, echaba pestes de ella, pero únicamente en pequeños círculos de familiares y amigos.

—En una dictadura, los tribunales son burdas falsificaciones y los abogados no pasamos de ser simples monigotes. ¿Qué puede hacer un abogado cuando la ley de la fuerza ha sustituido a la fuerza de la ley?

Él, a quienes admiraba era a los juristas de finales de siglo, sobre todo a Alonso Martínez, cuya exposición de motivos de la Ley de Enjuiciamiento Criminal se sabía de memoria. De los vivos, sus preferidos eran Jiménez de Asúa, el último presidente de la República española en el exilio, y Ángel Ossorio y Gallardo, autor de un libro prodigioso titulado *El alma de la toga*.

—Éstos sí que eran maestros del Derecho, verdaderos sabios, no los de ahora, que son todos unos leguleyos y cada vez que tocan el Código Civil es para empeorarlo.

El señor Isidro encargó a don Germán la defensa de su hijo completamente convencido de que la llevaría muy bien. La misma tarde que Amador entraba en prisión se presentó en su despacho. Don Germán lo recibió con gran amabilidad y enseguida le dijo lo que pensaba del caso.

—Mire usted, no soy nada optimista. El caso de su hijo está muy feo.

—¿Y cómo lo sabe usted?

—No se sorprenda. Esta ciudad es muy pequeña. Aquí, las noticias corren que vuelan. Además, esta mañana he estado en un juicio en la Audiencia y al pasar por el juzgado me he enterado por los funcionarios. Usted no me ha visto, pero yo, a usted y a su hijo, sí.

—Lo siento, pero estaba muy preocupado con Amador. Bueno, yo quería decirle que vengo de parte de Alonso, el funcionario del juzgado de Bermillo de Sayago, el padre...

—Sí, lo sé, el padre de Paula. Me ha llamado él.

—Vengo a usted porque Alonso me ha dicho que es el mejor abogado y mi hijo es completamente inocente.

—Gracias, pero ¿por qué está tan seguro de que su hijo es inocente? ¿Tiene pruebas de ello?

—Porque mi hijo sabe bien lo que se puede hacer y lo que no se puede hacer. Eso es palabra de Dios. Y en cuanto a las pruebas, yo creía que todos somos inocentes, salvo que se demuestre lo contrario.

—Así debería ser, pero en esta ciudad los jueces acostumbran a dudar en contra del reo.

—Entonces, ¿no tiene usted mucha esperanza?

—No le puedo garantizar nada. Esperemos que la verdad acabe imponiéndose y triunfe la justicia. De momento, lo importante es no perder la calma. Todo llega, aunque a veces las cosas se demoren. En España es muy dura la lucha por la justicia.

—Pero ¿usted cree que el juez soltará a mi hijo?

—Haré todo lo que esté de mi mano, pero no debo crearle falsas expectativas.

—Confío en usted. Y perdóneme, pero quisiera hablarle de una cuestión un poco delicada.

—¡Dígame!

—Se trata de sus honorarios y de los gastos del proceso. Me han dicho que en esto de la justicia quien no tiene dinero navega con el viento en contra. No es mucho lo que poseo, pero por el dinero no se preocupe. Le pagaremos hasta el último céntimo.

—Dejemos a un lado el dinero. Ya sé que los abogados se cotizan por el dinero que cobran y que a mayores minutas mayor fama. Ésta es la vara con la que se mide nuestro prestigio. Estamos matando la profesión y cebando a mucha cucaracha ignorante.

—Ya, pero Alonso me ha dicho que el trabajo de ustedes es muy difícil, que los asuntos de la justicia son muy complicados y que para llegar hasta donde ha llegado usted hay que estudiar mucho.

A don Germán, este respeto que el señor Isidro mostraba por la justicia y por los abogados le pareció improcedente. Él tenía muy claro la escasa dignidad de la institución judicial en su conjunto. Por eso contestó en tono desabrido:

—Nuestra justicia, don Isidro...

—Por favor, don Germán, sin don, sin don, yo no tengo estudios.

—Déjese de matices. Usted no tendrá din, pero don, sí, como cualquiera. Mire. Le iba a decir que la justicia casi nunca hace justicia ni resuelve problemas. Lo que mejor se le da es producir desgracias y amontonar cadáveres. ¿De qué cree usted que se alimentan las alimañas que merodean por algunos basureros judiciales?

—Pero ¿convencer a los jueces de la inocencia de una persona, estando ellos de antemano convencidos de lo contrario, tiene mucho mérito?

—Eso lo harían mucho mejor los curas. Además, ¿qué diferencia encuentra usted entre una toga y una sotana?

—Sí, pero hay que ver cómo hablan ustedes. Esa facilidad de palabra no la tiene cualquiera.

—Más que cualquiera. Acérquese. ¿Ve ahí abajo, junto a la Delegación de Hacienda, a ese charlatán de feria? Bueno, se llama Florencio y en menos de un cuarto de hora nos convence de que los ratones son rojos.

Don Germán no pertenecía a esa clase de abogados ampulosos y retóricos que hacen de la defensa un espectáculo de cara a la galería y que tratan de engañar al tribunal, al cliente y al público. Él mismo decía que le producían vergüenza esos colegas que en una hora de perorata todo se reducía a una tormenta de palabras en un desierto de ideas. Tampoco pensaba de muy diferente forma respecto a algunas resoluciones judiciales y era muy frecuente verle indignado cuando le notificaban un auto o una sentencia que no eran de su agrado.

—¡Este auto de procesamiento y de prisión es una iniquidad! Cada vez que leo cosas como ésta no puedo evitar sentir rencor hacia la justicia. Luego quieren que no nos asustemos de los tribunales. ¡Qué fundamentos jurídicos! ¡Qué indicios! Me echo a temblar cada vez que pienso que nuestras vidas y nuestras libertades están en las manos que están.

Por indicación de don Germán, el señor Isidro nombró procurador a don Horacio Cordero, que tenía el despacho en la misma casa que don Germán, en la calle Santa Clara, número 16 o 18, no recuerdo exactamente. Horacio era alto, calvo y con un bigote muy fino, y llevaba pajarita. En la ciudad se decía que mucho mejor que él era su mujer. Se llamaba Begoña y tenía una facha monumental. Tan alta como su marido, era rubia y con los ojos verdes. Vestía muy bien y siempre iba con un collar de perlas al cuello, del que presumía que era regalo de un ministro. Creo que ella sabía que gustaba un montón a los hombres. Es posible que haga mal en decirlo, pero como ya lo he insinuado en otro lugar, lo diré. Uno de los hombres que debía de estar loco por Begoña, la esposa de don Horacio, el procurador, era el padre Higinio. Ella era la mujer con quien le vi un día paseando por la orilla del río.

La primera actuación de don Germán como defensor de Amador fue visitar al juez de Instrucción para pedirle la libertad provisional. Había escuchado al señor Isidro y desde ese momento creyó completamente en la inocencia de Amador, aunque sólo lo decía delante de los más íntimos, nunca en público. Don Germán tenía como norma curarse en salud y siempre se ponía en lo peor. No era para darse importancia ni para, llegado el caso, después presumir de su trabajo. Era la técnica de actuación que había empleado a lo largo de muchos años de experiencia.

Don Germán, siempre que iba a visitar a un juez, pensaba lo mismo y eso que era agnóstico: ¡Qué sea lo que Dios quiera, que será lo que quiera ese pequeño dios que está ahí dentro!

—Señor juez, ¿da usted su permiso?

—Adelante. ¿Qué le trae por aquí, don Germán?

—Quería hablarle de Amador Crespo. La familia me ha encargado la defensa.

—Bueno, me alegro por el procesado. Buenas manos las suyas, pero ya sabe usted que yo no hablo de los asuntos con los abogados ni con las partes. Sin embargo, tratándose de un hombre preso, le escucharé.

—Se trata de que en mi opinión, Amador Crespo no merece estar en la cárcel.

—¡Menuda sorpresa! Pues yo sí, y por eso ayer decreté su prisión. Supongo que habrá leído usted el auto de procesamiento.

—Desde luego. Y lo voy a recurrir, pero sin perjuicio del recurso, le anticipo que lo que usted llama indicios no pasan de meras conjeturas. Ni siquiera son sospechas fundadas.

Don Enrique se levantó airado, reacción que esperaba don Germán, pues él mismo la había provocado.

—No le consiento ese tono. Usted sabe que está rozando la ofensa a mi autoridad judicial.

—Lo lamento, pero ni su toga ni sus modos me inspiran la virtud de la autoridad.

—Salga de mi despacho. A partir de ahora, lo que tenga que decirme me lo dirá por escrito.

—Haré ambas cosas con mucho gusto. Respecto a la segunda, mañana tendrá usted el recurso encima de la mesa. En cuanto a la primera, buenos días. Y, por favor, le recomiendo que abra la ventana. Estaba empezando a sentir náuseas.

Don Germán salió del despacho sin inmutarse. A don Enrique le pedía el cuerpo abrir un sumario a don Germán por desacato, pero era consciente de que al final sería su palabra contra la suya. También sabía que tenía bastantes puntos débiles y que, además, don Germán contaba con muchos apoyos. Los mismos con los que contaba don Enrique y que don Germán conocía perfectamente. Pero había una diferencia, y es que el juez Enrique Medina era un venal, un juez completamente corrupto para el que las puertas de la justicia sólo se abrían con la ganzúa del dinero o del amiguismo.

—*O tempora! O mores!* ¡Oh tiempo! ¡Oh costumbres! Cicerón, *Catilinam orationes, 1, 2 In verren actio, 4, 25, 56* —exclamaba a menudo don Germán.

Contra el lobo, dientes de lobo. Ésta era la norma de actuación de don Germán en sus relaciones con el juez don Enrique Medina. Llevaba muchos años en el foro y hacía tiempo que había aprendido que cuando entre lobos se ha de morar, pronto hay que aprender a aullar. De don Enrique, don Germán sabía muchas tropelías. Sin ir más lejos, conocía los chanchullos que se traía con la fortuna de su mujer y cómo se servía de su cargo para arreglar los pleitos que ella tenía por asuntos de arrendamientos rústicos y aparcerías. Varias veces estuvo a punto de denunciarle, pero siempre topaba con el obstáculo del silencio y el miedo, lo que le dejaría sin pruebas, algo verdaderamente imprescindible en un mundo regido por el «yo te protejo si tú me proteges». Así no había manera. Al menos por el momento. Era cosa de esperar y estar muy atento.

En la Audiencia, la cosa era diferente, pero tampoco demasiado. Allí no había fieras, aunque sí algunas serpientes; por eso, cuando don Germán tenía que tratar con ellas se ponía la piel de zorro.

A las tres de la tarde, después de tomar un bocadillo mientras esperaba a que el oficial de turno entregase a la Guardia Civil el mandamiento de prisión, Amador entró en la cárcel de Zamora. Yo me enteré por mi padre. Era Martes Santo. Nada más ingresar en prisión, una sensación de amargura le invadió el alma. Antes, cuando el juez le dijo que Paula estaba embarazada, el desconcierto se apoderó de su mente. Después, con el paso del tiempo, a la pena, al trastorno de cabeza y al rencor se sumarían el odio y otros apetitos.

A la mañana siguiente, don Germán fue a ver a su cliente. En la prisión, a don Germán se le tenía mucho respeto, aunque se le odiaba. Conocían bien sus opiniones sobre la cárcel y era de los pocos abogados que habían asistido a un foro, en Madrid, donde defendió la reforma del sistema penitenciario. Su ponencia versó sobre el control judicial de las penas, aunque también habló de la necesidad de suprimir el vestuario carcelario y de la sustitución de la pena privativa de libertad por otras medidas alternativas. Lógicamente, estas tesis eran del total desagrado de los funcionarios de prisiones. Don Germán se entrevistó con Amador durante una hora. Era el tiempo autorizado.

—¿Qué tal, chico? ¿Y esas señales en la cara?

—Nada. No tienen importancia.

—¿Dime qué te han hecho y quiénes?

—¿Qué más da? Ayer, el fiscal me preguntó lo mismo y le contesté, pero al juez no parecía que le importase mucho. Fue en comisaría, unos policías me pegaron.

—¡Serán malas bestias! ¿Te vieron así tus padres?

—Supongo que sí, aunque no pude hablar con ellos. Estaba incomunicado.

—Mejor hubiera sido que no. Bueno, ¿cómo has dormido esta primera noche? Supongo que no habrás pegado ni ojo. ¿Y desayunar?

—Un poco de cada. He descansado un poco y he comido otro poco. Lo suficiente. Pero, don Germán, explíqueme lo del embarazo de Paula. Es imposible...

—Espera un poco. Antes, dime, ¿estás solo en una celda o te han puesto con otro?

—Tengo un compañero, un tal Esteban. Parece muy buena persona. Es de aquí, de Zamora, y por lo que me ha contado, es cliente habitual.

—¿Esteban qué?

—Creo que se apellida Ramos.

—¿Esteban Ramos? Lo conozco bien. Confía en él. El hombre que desprecia la libertad no es esclavo de nada. Eso es una garantía.

—Por favor, don Germán, acláreme lo del embarazo de Paula cuando la mataron. Me lo dijo ayer el juez, aunque no quiso decirme nada más.

—El sumario está declarado secreto, pero algo he podido saber por el forense. Al parecer, Paula estaba embarazada de dos meses, y antes de morir alguien, no se sabe quién, si el que la mató o una tercera persona, le practicó un aborto.

—Pero si ella jamás me habló de que estuviese embarazada. Le juro por Dios y por ella que nunca nos acostamos. Paula no puede haberme engañado.

—No sé más, hijo. Ya nos iremos enterando de los detalles y de qué pasó.

—Pero ¿usted me cree, verdad?

—Sí, hijo, te creo. Lo mismo que creo a tu padre.

—Don Germán, yo no entiendo de leyes, siempre me parecieron un misterio. ¿Usted cree que la justicia me protegerá?

—Verás, Amador. Cómo te lo explicaría. Mira. La ley es una tela de araña que suele atrapar a los débiles y deja pasar a los fuertes. Lo peor no es la ley, lo malo es la administración de esa ley; eso es un laberinto. Mi deber consiste en que tú no quedes pillado en la red.

—Pero es que a mí me parece que el juez se ha inventado los hechos. Da la impresión de que se ha formado una idea y a partir de ella ha construido su propia verdad. He leído el escrito, eso que llaman auto de procesamiento. Yo no soy entendido, pero parece como si tratase de tapar algo o de encubrir a alguien. Parece como si necesariamente hubiera que culpar a alguien y ese alguien fuera yo.

—Ten tranquilidad.

—No tengo escapatoria, don Germán. Pero ¿es que nadie va a creerme?

—Amador, si hay alguien que te cree, somos tu familia y yo. Sabemos que eres inocente y lo vamos a demostrar. Por eso estoy aquí.

—Pero lo importante es que quienes crean en mi inocencia sean los jueces.

—Yo incluso me atrevo a decir que hasta don Enrique, el juez, sabe de tu inocencia.

—¿Se lo ha dicho usted a él?

—Sí y en voz alta. Voy a intentar que la Audiencia revoque el auto con el que te ha mandado a prisión, aunque muy pocas veces se deja sin efecto un procesamiento. No es que los tres jueces me inspiren absoluta confianza, salvo don Matías, el segundo de los magistrados.

—¿Quién? ¿No será don Matías, el padre de Fernando, mi compañero de colegio?

—El mismo. De él, de su integridad, no me cabe ninguna duda. Hará justicia y esa justicia no puede ser otra que la absolución. No veo a don Matías condenando por conjeturas.

—Y el juicio ¿para cuándo?

—Espero que pronto. Es posible que dentro de seis meses. Quizá menos.

—¿Medio año? ¿Tanto? Y mientras, ¿aquí dentro? Tengo que salir para averiguar todo.

—Te pido paciencia, Amador. Espero que sea menos de seis meses. Acuérdate de lo que tu padre dice. Ayer mismo me lo repitió a mí, que el inocente nada tiene que temer y nunca debe perder la esperanza. Mira, yo no creo en Dios, pero para estos casos me viene muy bien. Al final, Dios, o una mano en su nombre, derrota a la injusticia.

—Si no hay otro remedio, aguantaré, pero no sé de qué manera. Aquí, las cosas no se ven igual que fuera. Por cierto, don Germán, esta mañana en el desayuno me han dicho que es usted un abogado muy famoso, el mejor de la provincia.

La verdad es que en sus primeras horas de prisión Amador había oído varias cosas de don Germán. Casi todos coincidían en que era un experto en asuntos criminales. Naturalmente, no faltaron los que renegaban de él, pero no por nada personal o en particular, sino por pertenecer al gremio.

—Los abogados son igual que las putas, los médicos y los curas, que sólo piensan en engañar al que está más necesitado.

Don Germán no debía de opinar de manera diferente a ésta.

—Habladurías, Amador, no hagas caso. Supongo que en el colegio estudiarías a Victor Hugo, el de *Los miserables.*

—No lo sé, don Germán. Es posible, pero no me acuerdo.

—Victor Hugo decía que la fama no es más que la gloria en calderilla. A mí, para lo único que me sirve la púrpura de la fama es para subir el precio de mi trabajo.

—Pero mi padre le habrá dicho que nosotros no tenemos para pagar lo que usted cobra.

—Hay tarifas para ricos y para pobres. Contigo me he quitado mi reluciente anillo de brillantes.

—¿Y eso qué significa?

—Que en tu caso el dinero es lo último.

—¡La hora!

—Amador, se nos ha acabado el tiempo. Volveré en cuanto tenga nuevas noticias. Por favor, lo dicho. ¡Valor! ¡No desesperes!

—Adiós, don Germán. Será lo que esté escrito en el destino.

Para la mayoría de los funcionarios judiciales, lo mismo que para muchos abogados y procuradores, el prendimiento de Amador fue una injusticia. Todo el mundo o casi todo el mundo lo consideraba inocente.

—¡Olvídate, Senén! Qué importa que sea inocente o culpable. Se trata de que a un juez le guste divertir a la plebe, echar carnaza a las fieras o dar gusto al amo, que tanto monta.

—Lo que pasa, Fermín, es que hay personas que nacen con el signo del vía crucis.

—Sí, pero eso de morir en el Gólgota con una corona de espinas después de que te escupan es una putada.

—Casi es peor que no haya nadie que te limpie el sudor y la sangre.

Mientras Amador pasaba su primera noche en prisión, yo desfilaba en la procesión de la Hermandad de la Penitencia, más conocida como de las Capas Pardas, por el hábito que llevan los nazarenos. No me apetecía, pero era penitente desde que la cofradía se fundó y no podía faltar. Además, pensé que nada mejor para la ocasión que salir en una procesión donde la imagen es el *Cristo del Amparo*, que va en unas andas con un par de faroles, unos cardos y una calavera. Nunca como en esa ocasión tuve tanto recogimiento ni gocé igual arrastrando los pies descalzos entre los húmedos adoquines de la cuesta de Pizarro.

Al final de la procesión, después de pasar por casa a dejar la ropa de nazareno, me llegué hasta el río. En la peña de amigos era una costumbre. Bajo un cielo sembrado de estrellas recordaba a Amador y repasaba con detalle nuestra infancia. El Duero corría solemne, repleto de vivencias, también de amarguras. Ni siquiera faltaban el llanto y la cólera. Arriba, en la ciudad, entre olores de cera e incienso, unos cofrades que pasaban por delante del palacio de los Momos rompían el silencio con varias matracas y hacían burlas de los hechiceros de la tribu y de sus descaradas martingalas.

—¿Y no hubo nadie que cantase una oración fúnebre?

—Creo que sí, que alguien, al son de un bombardino, entonó un miserere.

—¡Que Jesús Crucificado ampare a Amador!

VII

Fragua de miserias

La cárcel de Zamora, la nueva, no la antigua, donde hoy se ubica la Diputación Provincial, estaba en Los Pisones. Era de nueva planta y no muy grande. Tenía capacidad para doscientos presos, distribuidos en celdas de a dos, y era del modelo panóptico. Se llamaba así porque la vida del recinto giraba alrededor de una cabina de observación, situada en el centro del recinto.

Unas cancelas que iban desde el techo hasta el suelo separaban las distintas galerías del patio central.

Modesto Tamames y Cándido Pulido fueron los dos presos que Amador conoció primero. Sucedió mientras recogía el equipo de vestuario, el calzado, la ropa de cama y los utensilios de aseo y comedor. Recostados a la puerta de la enfermería, los dos esperaban a que el médico llegase y le diera algo a Cándido para el dolor de muelas.

—¿Quién es ése?

—No sé. He oído que se llama Amador y que está aquí por haber matado a su novia, que estaba preñada. Él lo niega. La gente cree que es verdad, que fue otro el que la mató.

—No me extrañaría nada. Tiene cara de bueno. Por la pinta, no parece que sea capaz de matar a nadie.

Siguiendo las normas penitenciarias, a Amador, nada más ingresar, le abrieron el expediente personal que habría de acompañarle el resto de sus días como la sombra acompaña al cuerpo.

La ficha, que ocupaba la primera hoja, ponía:

1. Edad cronológica: 23 años.
2. Edad biológica: 27-28 años.
3. Estado civil: soltero.
4. Padre: 64 años, sano.
5. Madre: 63 años, sana.
6. Hermanos de padre y madre: no tiene.
7. Talla: 1,68.
8. Peso: 65 kg.
9. Tipología: atlética.
10. Constitución: buena, de tórax amplio, poca grasa y bien repartida.
11. Cabello: negro, de implantación normal y medio ondulado.
12. Esqueleto: de estructura fuerte.
13. Extremidades: musculosas.
14. Cabeza: ovoidea regular.

CONCLUSIÓN PROVISIONAL: Se trata de un tipo morfológicamente muy equilibrado.

Por el físico, estaba claro que Amador se había hecho un hombre antes de tiempo. Tenía una cabeza rectangular, el cuerpo cuadrado y unos brazos y piernas muy fuertes. Daba la impresión de que si hubiera nacido árbol, sería una solitaria encina en medio del campo y a pleno sol, quizá *Sombrabuena*, esa donde quiso poner el cuerpo muerto de Paula. En los ojos de Amador brillaba la virtud teologal de la caridad y la cardinal de la fortaleza. Las otras también, pero no estaban tan marcadas.

Amador, a pesar de ser muy fuerte, no era nada peleón, sino más bien tranquilo, pero cuidado con provocarle porque entonces ya no había quien lo sujetara. Seguro que embestiría como un toro bravo y al enemigo se lo pasaría de pitón a pitón.

—¿Amador era muy hombre?

—Sí, pero a Amador nunca lo medí por la estatura ni por el tamaño de sus genitales. A Amador siempre lo evalué por el corazón y los sentimientos.

Después de cumplir con las formalidades de rigor, a la hora y media de ingresar en la cárcel, dos funcionarios llevaron a Amador a su celda. Le tocó la número 36, en la segunda galería. Al entrar, un olor a desinfectante de zotal, sudor y orina, todo mezclado, invadía el ambiente. Para Amador, de todos los olores el peor era el de orina seca, pues sabía por experiencia que en los animales, sin excluir a los racionales, tenía efectos muy excitantes y activaba las pasiones más terribles.

La celda de Amador medía alrededor de diez metros cuadrados por tres metros de alto y tenía una ventana que daba al patio, de donde recibía la luz natural. Una bombilla colgaba del techo. El suelo era de baldosas de terrazo y las paredes estaban pintadas de gris oscuro plastificado. Dos camas, una mesa y dos sillas era todo el mobiliario. Cada celda tenía un inodoro y un lavabo, ambos separados por una mampara. En una de las paredes había unos estantes de albañilería. Amador iba a compartir celda con otro interno del que sólo le habían dicho que se llamaba Esteban.

Tras la visita de don Germán, Amador se dedicó a colocar sus cosas. Suyas, propiamente suyas, ninguna. Eran de la cárcel. En concreto, la ropa y objetos de aseo que le habían dado al ingreso. Mientras, sin prisas, las iba poniendo en la estantería, Amador pensaba en lo fuerte y sereno que habría de ser para llevar con dignidad el calvario que acababa de comenzar.

En prisión, lo primero que se siente es soledad, y Amador la notaba. Luego viene la angustia, y a Amador pronto le llegó. Cuanto más vueltas le daba, más incomprensible le resultaba que Paula hubiera muerto y de qué forma había muerto. No le entraba en la cabeza que ella pudiera haberle engañado con otro. A cada minuto se declaraba más inocente, más vivos eran sus recuerdos y mayor rabia le producía la injusticia. Odiaba por igual a unos y a otros, a los culpables y a quienes lo tenían allí encerrado.

Las últimas palabras de su padre, antes de despedirse de él, fueron que no consintiera nunca que la tristeza le venciera. Para el señor Isidro, la fortaleza era un instinto animal, y la paciencia, una de las mejores virtudes. Desde el encierro oía a sus padres.

—Aguanta lo que te echen, hijo. Al árbol robusto no se lo derriba de un solo golpe. Demuéstrales lo que eres capaz de soportar.

—Haz caso a tu padre. Siempre fuiste un hombre valiente. Haremos por ti todo lo que esté en nuestra mano.

—Adiós, hijo, no olvides que después de la tormenta, despeja. La mentira es poco enemigo para la verdad.

A la semana de estar en prisión, Amador clavó en la pared, encima de la cabecera de la cama, una foto de familia. La foto era de cartón duro, amarilleada por el tiempo, y en ella aparecían su padre, el señor Isidro, su madre, la señora Piedad, y él, de primera comunión. Amador estaba vestido de marinero y en la mano derecha llevaba un rosario con las cuentas de hueso y un misal con pastas de nácar donde ponía JHS —Jesús, Hombre y Salvador— en letras doradas. El señor Isidro iba con traje oscuro y camisa blanca, pero sin corbata. La señora Piedad, con un vestido y chaqueta de punto, los dos en negro. Y un velo. Por supuesto, también negro.

No había duda de que Amador y sus padres, así fotografiados, eran gente como Dios manda, personas sencillas y honradas. La foto, aunque vieja, era una prueba que no fallaba, y cuando Amador la miraba sentía una emoción tan profunda que los ojos se le llenaban de humedad. Una foto vieja siempre hace latir el corazón a mayor ritmo. Antes de dormirse, Amador, después de dar las buenas noches a su familia, se asomaba a la ventana y lo único que veía era a la luna agonizando y a su madre gimiendo. A él también le entraban ganas de llorar, pero sabía que el buen preso no llora jamás. Menos, si hay un recluso delante, aunque esté dormido. El llanto es desahogo y un condenado no tiene derecho a lamentarse en público.

Amador también tenía una foto de Paula. Era la que se hizo cuando el carnet de identidad, pero no la colocó en la pared, junto a la de sus padres. Amador había querido mucho a Paula. Sin embargo, su recuerdo le traía muy malos pensamientos. No quería desconfiar de ella, pero, por más vueltas y vueltas que le daba, no se explicaba su silencio, ¿por qué Paula no le contó todo?, ¿cómo era posible que estuviesen hablando de boda mientras en sus entrañas llevaba un hijo de otro? Amador se debatía constantemente entre el amor y el reproche. Incluso en algún momento la despreciaba. Pero lo que más le atormentaba era no saber quién pudo ser el autor de su asesinato. Se preguntaba si acaso el que la mató no fue el mismo que la dejó embarazada. Así, con estas y otras muchas dudas, llenaba Amador sus horas en prisión, un tiempo que nunca perdió y siempre ganó. El resto le daba lo mismo.

Amador que, como he dicho, jamás lloró para fuera, aunque sí y mucho para adentro, cada vez que miraba la fotografía en sepia de Paula la mojaba con lágrimas. Y, sin quererlo, algunas noches soñaba que Paula y él dormían juntos, desnudos, que se amaban en el sobrado, sobre un lecho de sacos, oliendo a trigo y arpillera. Éstos eran sus mejores ratos. Todo lo demás, dolor. Pero Amador, salvo muy contadas excepciones, nunca abdicó de la serenidad.

Yo no vi nunca a Amador dentro de la cárcel. No pude, pero no porque no me dejaran, sino porque no tuve fuerzas. Mi padre sí lo vio. Creo que dos veces. La primera, el 22 de diciembre de 1964, recién ingresado. Lo sé porque era el sorteo de la Lotería de Navidad. Se trataba de una visita oficial y mi padre fue porque yo le pedí que lo hiciera para que se enterase qué tal le iba la vida a Amador.

La segunda, también oficial, un 24 de septiembre, no recuerdo exactamente el año, aunque ya me saldrá. Del día sí me acuerdo porque era la fiesta de Nuestra Señora de la Merced, patrona de Instituciones Penitenciarias. Lo mismo que los abogados tienen a san Raimundo de Peñafort y los músicos a santa Cecilia, por entonces —ignoro si todavía continúa la tradición— los presos también gozaban de protectorado divino.

En las visitas oficiales, la norma ordenaba que los presos formaran en fila y que delante de ellos pasasen las autoridades locales a saludarlos. En la primera ocasión, yo le había rogado a mi padre que, aparte de darle recuerdos míos, le animase y que les dijera a los jefes de la prisión que se preocupasen por él. En el fondo se trataba de una recomendación. Mi padre se portó bien, yo diría que muy bien, pues al terminar el acto oficial dijo al director que quería estar con Amador un rato, por separado. Mi padre me contó la visita con todo detalle.

—Le he encontrado un poco delgado, pero no aparentaba andar mal.

—¿Y qué más? ¿Cómo iba vestido?

—Estaba perfectamente aseado. Llevaba una chaqueta de algodón crudo, en color gris oscuro, abotonada hasta el cuello.

—¿Y cómo eran los zapatos?

—No, zapatos no llevaba. Tenía puestas unas botas negras.

—¿Y qué más?

—Bueno, tenía una boina en la mano. Forma parte del vestuario carcelario.

Que Amador estuviese limpio, muy limpio, no me extrañaba nada. Amador —ya lo dije anteriormente—, aunque sin abusar, siempre fue un hombre pulcro, y por estar en prisión no iba a dejar de serlo. Estaba seguro de que en la cárcel Amador cuidaba su higiene del modo que el reglamento le permitía, que era el lavado diario, una ducha por semana, corte de pelo cada veinte días, rasurado de barba en días alternos y muda de calzoncillos y camiseta con la frecuencia que consideraba necesaria.

Amador también le dijo a mi padre que había que ser muy mirado con la ropa y con el resto del equipo que le habían dado, que cada prenda tenía un tiempo tasado. La chaqueta, tres temporadas; el pantalón, dos; la camisa, seis meses; los zapatos, dieciocho meses, con recomposición; las mantas, seis años; las sábanas, dos; y así sucesivamente.

Cuando mi padre me contaba todo esto, no lo vi excesivamente preocupado. Bueno, aclaro. Mi padre quería aparentar que no estaba preocupado, pero a mí no me engañaba. Mi padre no admitía que Amador pudiese ser el autor de la muerte de Paula. Sin embargo se tragaba las impresiones. En su momento tendría que juzgarle y no quería formarse prejuicios.

Amador tenía de compañero de celda a Esteban Ramos López, ese interno del que ya he hablado un poco. Esteban era un hombre de treinta y siete años que se pasaba grandes temporadas en la cárcel. Lo hacía voluntariamente y su máxima aspiración era poder entrar en la nómina de la Dirección General de Prisiones.

Para Esteban, con tal de que lo metieran en chirona, cualquier motivo era bueno. Por poner un ejemplo, en cuanto veía a un guardia municipal se dedicaba a insultarle. Era capaz de llegar al extremo de declararse culpable en el caso de un robo sin autor conocido. Para él, la cárcel era muy hospitalaria y el mejor sitio que se había inventado. No paraba de decir que se sentía más querido dentro que fuera.

—La libertad cuesta dinero y disgustos. Aquí todo es gratis y todos somos iguales. Vestimos igual, comemos igual, tenemos la misma celda. Mejor, imposible.

Esteban Ramos fue otro de los reclusos que mi padre trató en las visitas que hizo a la cárcel. Le llamó mucho la atención que fuera un delincuente reincidente, pero no por afición sino por vocación.

Esteban era hijo de nadie, es decir, hijo ilegítimo o de paternidad desconocida. Eso era lo que figuraba en su ficha, aunque, como siempre, los ilegítimos eran sus progenitores, no él. En realidad, Esteban era un hijo sacrílego, fruto de los amores de un cura de Benavente y su ama, que apenas parir lo abandonó en el hospicio de Zamora, hoy Parador Nacional de Turismo de los Condes de Alba y Aliste. A pesar de ser un niño expósito, a Esteban las monjas le pusieron dos apellidos corrientes.

Esteban era de mediana estatura y andaba muy cargado de hombros. Al parecer, de joven fue alto y fuerte, pero después le derrotaron el alcohol y el tabaco. Hablando con él se notaba que era persona de cierto talento y muy simpático y generoso. Tenía muchas historias, a cada cual más tremenda, y casi todas contradictorias. A los quince años, cuando se libró del hospicio —creo que se fugó—, se marchó a Guijuelo, provincia de Salamanca, que es el pueblo de España donde el frío cura los mejores embutidos del mundo.

A Esteban, debido a los estudios que recibió de las monjas del orfelinato, que le enseñaron buena aritmética y a escribir en letra cursiva y con pocas faltas, un fabricante de jamones le dio trabajo y al poco tiempo llegó a contable de la empresa. Sin embargo, un mal día, con veinticinco años, por culpa de un desengaño amoroso, Esteban tiró todo por la borda. Su novia le dejó por un viajante de dulces y a partir de entonces se dio a la bebida y no quiso saber más de mujeres. Cuando necesitaba cariño y sexo se conformaba con el que le daban las putas del barrio chino de Salamanca, en su opinión el barrio de putas más cotizado de Castilla la Vieja —hoy Castilla y León—, en calidad y precio. Luego, el resto vino rodado. La primera reyerta, el primer robo, el primer atentado a agente de la autoridad y el primer ingreso en la cárcel. A partir de ahí, toda su vida fue una pendiente muy pronunciada.

Esteban Ramos debía figurar por méritos propios en el inventario de la cárcel. Más que un preso, casi, y sin casi, era una institución. Nunca se quejaba, pues para él la prisión era más un hogar. Iba a su aire y no planteaba ningún problema. Presos y funcionarios lo querían como en una cárcel se puede querer.

Para Esteban, la libertad había sido tan hostil que sólo en la cárcel se encontraba a gusto, y cuando le echaban, cosa que, como mucho, sucedía cada seis meses, el alma se le arrugaba. Para él, mejor era morir allí dentro que en la calle, de golpe y más solo que un pájaro en el desierto.

En prisión, a Esteban lo que más le gustaba era ponerse al sol y siempre andaba con una caja de puros bajo el brazo, donde guarda unas cuantas fotografías. Salvo Modesto Tamames, todos los presos tenían fotografías que les servían de ayuda para sobrellevar el encierro. Esteban, de vez en cuando, abría su caja y enseñaba las fotos a Amador y a sus amigos más íntimos.

—¿Es tu hijo?

—No, yo no tengo hijos. Soy yo cuando era niño.

Esteban Ramos, de no haber sido por la traición de su novia, hubiera sido un hombre distinto al que hizo el destino. Me lo imagino de maestro de escuela, rodeado de niños y contando cuentos e historias de amores y desengaños. A Esteban, el calendario y el amor lo cogieron a contrapelo.

Modesto Tamames era el preso más veterano y, de todos, también el más respetado en la cárcel, aunque en verdad no se sabía bien si era miedo o respeto lo que inspiraba. Llevaba preso diez años, y cumplía una condena de treinta por parricidio. Había nacido en Corrales del Vino, donde vivía con su madre. El padre, un albañil, además de muy bebedor, era extremadamente violento y había estado varias veces en la cárcel por pendenciero. Tanto a su madre como a Modesto les pegaba con frecuencia y sin motivo, sobre todo cuando llegaba borracho a casa. Un día, a la caída de la tarde, empezó a golpear a su mujer y Modesto se puso en medio para defenderla. El padre cogió un cuchillo de cocina y se fue hacia él.

En ese momento, Modesto agarró una pala y golpeó a su padre hasta matarlo. Después de curar a su madre las heridas, le dio un beso, se echó al hombro el cuerpo de su padre muerto y se presentó en el cuartel de la Guardia Civil.

—Modesto, ¿pero qué has hecho?

—Lo que ve, mi brigada. Aquí nos tiene a los dos. Se acabó la pesadilla.

—Tengo que detenerte y encerrarte.

—Hágalo. Por mi parte, a lo hecho, pecho.

Modesto no era muy grande. Entre metro setenta y metro setenta y cinco, delgado pero fibroso, muy moreno, de naturaleza medio salvaje. Para él, quien hiciera mal a un familiar o a un amigo se merecía la muerte sin indulgencia.

Modesto no creía en casi nada. Menos, todavía, desde que ingresó en la cárcel. Bueno, creer, creer, sólo creía en la ley del talión, pues decía que nadie le había demostrado que la justicia fuera justa y que a él debieron absolverle por legítima defensa de su madre y también de sí mismo.

A Modesto le apodaban *el Caldo* porque de pequeño, en la matanza, se bebía la sangre del cochino sacrificado y lo que más le gustaba era estar solo, con sus cosas. No hay peor solitario que el preso de una cárcel, y Mateo Alemán, el del *Guzmán de Alfarache*, pensaba que los hombres solitarios eran animales o dioses. Modesto Tamames, evidentemente, debía de tirar más a lo primero que a lo segundo. Lo último que hubiera deseado es ser un dios.

Cuando el horario lo permitía, Modesto se pasaba las horas muertas tumbado, dando vueltas a su vida y mirando una lista que se había hecho con los personajes a los que más despreciaba. Los llevaba anotados en la parte interna del antebrazo derecho. Por riguroso orden de escalafón, eran curas, jueces, caciques y alcaldes. Decía que a todos les tenía un destino para cuando le llegase la oportunidad de pasarles factura.

En su constante cavilar, Modesto no dejaba títere con cabeza. Él no presumía de lo que hizo, de haber matado a su padre, aunque cuando se refería a él hablaba del «cabrón de mi padre», pero decía que pedir justicia en un tribunal era lo mismo que perseguir al viento en el océano.

—Los hombres somos igual que las bestias. Como ellas, procedemos del polvo y, como ellas, volveremos al polvo.

—Sí, pero unos más iguales que otros.

Cándido Pulido era el compañero de celda de Modesto. Estaba condenado a doce años por pegar a un vecino en defensa propia, mejor, en defensa de una linde, y por blasfemar mientras le agredía. El hecho en sí no era tan grave, pero resultó que el vecino en cuestión era el alcalde y que a consecuencia de los golpes recibidos sufrió fractura de mandíbula, desviación de tabique nasal y pérdida de dos incisivos, lesiones de las que tardó en curar quinientos días, con las secuelas de defecto y deformidad del rostro. Total, un delito de lesiones graves, otro de atentado a la autoridad y otro de blasfemia. De los doce años, llevaba cumplidos tres y confiaba en que relativamente pronto le podrían conceder la libertad condicional.

Modesto y Cándido se hicieron muy amigos, no se sabe bien si porque la cárcel une o si por aquello de que perro no come perro, o porque juntos habrían de purgar por delitos que cometieron y de los que nunca se arrepintieron por culpa de la severidad del castigo impuesto.

—Modesto, yo reconozco mi delito, pero la pena que me echaron fue demasiada. Por eso no tengo ningún remordimiento.

—Ni falta que hace. Los alcaldes son todos unos hijos de puta y, como mínimo, se merecen una paliza. Lo que pasa es que los fiscales tienen que ganarse el sueldo acusando a todo bicho viviente y pidiendo las penas más duras.

—Pero, al final, los más culpables fueron los jueces que me condenaron.

—Los súbditos deben aprender el lenguaje de la autoridad y deben resignarse a la injusticia. Los jueces de la Casa de los Momos están convencidos de que con ellos no hay zamorano descarriado ni puta que se resista.

Como la mayoría de los presos, Cándido también tenía aficiones. Las suyas consistían en hacer figuras de papel, pajaritas, barcos y aviones, que luego regalaba, y en componer coplillas. También le gustaba leer la buena o mala ventura. Decía que en las rayas de nuestras manos está reflejado el futuro que nos espera y que no era cosa de confiar en el azar o en el milagro. Presumía de que sus glóbulos, además de rojos y blancos, eran gitanos:

—Cuando la línea madre se cruza con la que arranca del dedo índice, no falla. Quien la tiene así es un malvado y un cruel.

—Y qué más —preguntaba Modesto.

—Déjame ver.

Modesto mostró a Cándido la palma de su mano izquierda, pues era zurdo, y, tras unos segundos de silencio, le dijo:

—¿Quieres que te diga la verdad?

—Pues claro.

—¿Ves estos tres surcos que tienes en el dedo pulgar? Pues auguran mal futuro. Además, en la raíz del anular hay una protuberancia, que es señal inequívoca de desgracia.

—¿Te parece poco la de estar aquí? Así, cualquiera.

En la cárcel de Zamora, a diferencia de otras, trabajar era muy llevadero y se podía elegir hacerlo en el economato, en la peluquería y hasta en la biblioteca o en la capilla. A cada recluso se le entregaba una libreta donde mensualmente se anotaba el trabajo realizado y los días redimidos, que eran uno por cada dos trabajados.

En un taller de carpintería muy completo, los presos fabricaban muebles de estilo castellano que luego se vendían a un par de comercios de Zamora y también a particulares, familiares o amigos de los funcionarios.

La encuadernación quizá era la actividad más apreciada por los presos e igual de bien vista por la Junta de Régimen de la cárcel. A mi padre, Amador le encuadernó varios tomos del Derecho Civil de José Castán, que aún conservo. Las pastas son muy feas, de un azul añil que hace daño a la vista, pero muy resistentes. Amador también trabajaba en la pequeña granja de la prisión, donde había ganado vacuno y un huerto en el que se cultivaba un poco de cada cosa, pues tampoco la tierra daba para más.

En la cárcel, la primera norma era la disciplina y la segunda, la mano dura, doctrina que defendía radicalmente el capellán, don Florencio, un cura de origen castrense que en sus peroratas decía que una prisión era un cementerio y cada celda un nicho, aunque, para ganar adeptos, distinguía entre presos creyentes y no creyentes. Mientras que a los primeros les vaticinaba que serían carcomidos por los gusanos, en cambio a los segundos les reservaba alguna que otra bienaventuranza.

—La cárcel debe ser una máquina de tornear al hombre, un potro para domar al preso.

—O sea, don Florencio, que poco pan y muchas hostias.

—Sin duda. El objetivo es la educación total.

Estaba claro que para don Florencio y sus discípulos no se trataba de encerrar a quien había cometido un delito e intentar su rehabilitación, sino de domesticarlo con arreglo a unos métodos de estricta severidad. Esta doctrina también la patrocinaba el propio director de la cárcel, don Marcial Garrote —antes que él hubo uno muy competente y muy bondadoso, don Valeriano Seisdedos—, para quien los presos eran todos unos seres antisociales e irrecuperables con los que no valía la pena tener consideración alguna, hasta el punto de que era partidario de abrir de par en par las puertas de la prisión para que todos los reclusos se escapasen.

—Se equivocan los que hablan de rehabilitación. Algún día, esos reformadores de los cojones se convencerán de que no vale la pena perder el tiempo con los presos.

—Muy bien, don Marcial —decía Florencio, el capellán—. El Estado no tiene por qué mantener a la escoria de la sociedad.

Era evidente que para el director Garrote y para don Florencio, el cura, la cárcel, más que una institución dirigida a la prevención del delito, era una arma harto peligrosa en manos de funcionarios irresponsables. No era nada extraño que con esos principios la sociedad odiase al delincuente, y viceversa.

—Hay que ser un miserable con toda esta caterva de miserables. Están aquí por haber infringido la justicia y lo que se merecen es que seamos injustos con ellos. Nada de humanidad, ecuanimidad y otras zarandajas. Éstos son peores que los coyotes mexicanos.

—Pero, Marcial, supongo que habrá algún preso bueno.

—Ni uno. Y si lo hubiera, lo mejor es ser implacable con él. El castigo del bueno es una advertencia para los malos. Cuando se sanciona a un preso sin haber hecho nada, el resto de los reclusos saben perfectamente lo que puede sucederles.

Aunque sin llegar a la radical teoría del poco pan y mucha hostia de don Florencio, la disciplina era una regla inquebrantable. De ninguna manera se toleraba faltar el respeto a un funcionario ni, por supuesto, la resistencia a cumplir las órdenes. No digamos la agresión. En la cárcel se podía charlar y hasta cantar, pero siempre que no se emplearan palabras atentatorias a la moral y a las buenas costumbres. Y a Dios, ni mentarlo, salvo para darle gracias.

Modesto Tamames era el preso que tenía más sanciones. La verdad es que Modesto era un hombre tranquilo, eso lo sabía todo el mundo, reclusos y funcionarios pero había un oficial —Valentín Riesco era su nombre— que le hacía la vida imposible y le provocaba constantemente. Una noche, en el comedor, cuando regresaba con la bandeja de la cena, Riesgo le debió decir algo muy ofensivo porque, de repente, Modesto enfureció, le tiró la bandeja a la cara, lo cogió por las solapas del uniforme y, a gritos, le insultó y le amenazó de muerte con un tenedor que le puso debajo de la barbilla:

—Hijo de puta. La próxima vez te saco las tripas aquí mismo.

A Modesto, este incidente le valió una temporada en el agujero. Riesco dio cuenta al director y la Junta de Régimen le sancionó con cuarenta días de aislamiento en celda de castigo, unos calabozos situados en los sótanos de la prisión, donde todo lo que había era una colchoneta tirada en el suelo y un orinal para hacer las necesidades fisiológicas. La celda era una estancia húmeda y abovedada, sin luz, donde las ratas eran la única compañía, y eso siempre que les dejases a su alcance un mendrugo de pan.

En la cárcel de Zamora no se torturaba en el sentido físico, pero, lo mismo que en otras prisiones, los malos tratos no recaían en el cuerpo sino en el alma. En la cárcel, donde se actuaba de verdad era en la voluntad, algo que ha ocurrido desde siempre, desde que el hombre decidió encarcelar a sus semejantes. La privación de libertad tenía un castigo complementario que afectaba a la personalidad. En su ejecución se daban elementos que nada tenían que ver con la ley, y a los magistrados de la Audiencia no les importaba cómo se aplicaban las penas que imponían. Entre el tribunal presidido por don Teófilo y la cárcel había una raya que nadie quería pasar. En el fondo, los jueces siempre tuvieron miedo a la reja.

Para Esteban, el compañero de Amador, las injusticias casi siempre se cometían por dinero. Decía que a los hombres de vara y toga no los movían nobles ideales y que todo iba bien mientras los que pasaban por sus manos fueran pobres y honrados.

—Débiles hay muchos y todos carne de cañón. Lo malo será cuando la venganza clave sus colmillos en las carnes de esos amos de la ley.

—¿Qué pasará entonces?

—Pues que la sangre querrá sangre y arderá Troya.

—Y para ese día ¿falta mucho?

—Está al caer. Cada cosa a su tiempo.

Cándido Pulido, cuando más hablaba, era antes de dormirse. Decía que charlar un rato antes del sueño daba ánimos para poder soportar el día siguiente. Le daba igual un tema que otro, aunque, puesto a elegir, elegía el de las mujeres. Cándido pensaba que la gloria estaba en los senos de una mujer y que el camino hasta el cielo se hacía a lomos de una buena hembra. Él comparaba a media docena de mujeres bellas con un coro de ángeles y confesaba que la mujer era el aliento del hombre.

Cándido Pulido amaba con pasión a la Reme, una puta que ejercía por libre y aunque era baja y gorda y con el culo caído, total, un adefesio, a él le gustaba una barbaridad. Estaba deseando salir de prisión sólo para disfrutar con ella. Todas las noches soñaba que se fugaba y se satisfacía con la Reme y, aun dormido, el cuerpo le temblaba de placer. Los años en prisión, a Cándido le pesaban como losas de granito y decía que la mayor alegría era el recuerdo del tiempo en que fue un joven galán. Para él, la libertad, como las flores o el sol, no tenía dueño y Cándido se pasaba las horas muertas pensando en el día en que habría de gozar con su Reme como nadie podía gozar en el mundo.

—¡Vivan las mujeres, Modesto!

—¡Vivan! Y vivan los cabrones que se tiran a las mujeres y a las queridas de los alcaldes, de los jueces, de los gobernadores civiles y militares y hasta de los curas, obispos y otras jerarquías de la Iglesia.

—Hombre, yo a tanto no me atrevo. Como te oigan, te procesan por desacato. O te vuelven a meter en el hoyo, que es peor.

—A mí nadie me puede castigar por lo que pienso.

Como he dicho al principio, la segunda y última vez que mi padre vio a Amador fue con ocasión de la visita que hizo, junto con Teófilo, el presidente, y Ventura, el fiscal, el día de Nuestra Señora de la Merced. Aún no se había celebrado el juicio por la muerte de Paula, pero debía de estar a punto de celebrarse. Era el 24 de septiembre de 1965 y el juicio lo habían señalado para octubre. Evidentemente, don Germán se había equivocado. Amador iba a ser juzgado después de casi un año de preso preventivo.

Al volver de la cárcel, ya en casa, mi padre nos contó que Amador estaba muy cambiado, que tenía unos ojos muy tristes, medio cerrados, hablaba con la cabeza inclinada y había adelgazado mucho. Eran signos evidentes de pesimismo y de que la prisión le deterioraba a pasos agigantados.

—¿Qué tal, Amador?

—Cómo quiere que esté, don Matías. Mal, muy mal. Aquí sigo sin saber quién mató a Paula. Usted sabe que yo no hice nada. Soy tan inocente como el primer día. Espero que así se demuestre en el juicio. Tengo que salir como sea para encontrar al asesino.

—No le haga caso, don Matías —dijo Marcial, el director—. Aquí no hay inocentes, aquí todos son culpables.

—Ten calma y confía en la justicia, Amador.

Amador empezó a hundirse el mismo día en que sus padres fueron a visitarle. Su encuentro con ellos fue terrible para los tres. Algo menos para el señor Isidro. Supongo que sería porque la vida poco podía enseñarle ya. Los locutorios estaban en el sótano, donde no había más que humedad y mal olor. Para entenderse había que dar voces, y Amador, antes de hablar en esas condiciones, prefirió el silencio y mirar a los ojos de sus padres. El señor Isidro tampoco dijo palabra y la señora Piedad lloraba mientras le entregaba un paquete con comida. Ninguno de los dos llegaron a imaginar que su hijo estuviese en un sitio como ése. Amador suplicó a sus padres que se fueran y que nunca más le visitaran, que era mejor escribirse, cosa que hacía una vez a la semana, sobre todo para tranquilizar a su madre, que se había ido muy preocupada con la delgadez del hijo.

En la primera carta, Amador les contó que comía normal. Café con leche y un bollo de pan para desayunar. Los lunes, martes, miércoles, jueves y sábados, cocido. Los viernes, potaje de bacalao y patata, y los domingos, paella. La cena a base de judías, lentejas y patatas con carne, también según los días de la semana.

Aunque no era gran cosa, algunos presos se quejaban de que pasaban un hambre saguntina. Supongo que eso lo dirían por el asedio de Aníbal a los de Sagunto. Amador, sin embargo, no protestaba. Él siempre había sido de poco comer, estaba sano y no necesitaba demasiadas calorías. Tampoco en prisión Amador estuvo enfermo y si algún día sentía hambre se acercaba al economato y se compraba una lata de sardinas o un bote de leche condensada.

Entre los documentos que mi padre me dejó hay un folio muy curioso. Se trata de unas anotaciones donde, con asteriscos y subrayados en rojo y azul, clasifica a los presos en varios apartados. Concretamente, en cuatro. Al primero lo denomina el de los inocentes, las víctimas de errores judiciales. En éste figuran el nombre de Amador Crespo y el de otros dos reclusos llamados Antolín Alba y Gaspar Molina. Tres, en total. Tiene escrito que no son muchos, pero que con uno basta.

En el segundo grupo coloca a los que habían delinquido en circunstancias anómalas, como el arrebato, el trastorno mental o la embriaguez, y en un recuadro se pueden leer los nombres de Cándido Pulido, Modesto Tamames y Antonio Reina, del que nunca habla y no he sabido quién era.

El tercer apartado lo titula el de los predestinados y está dedicado a presos que desde muy jóvenes vivieron en la miseria o la desgracia y que fueron fatalmente arrastrados al delito. Es el caso de Esteban, el compañero de celda de Amador.

La cuarta columna es la de los presos corrientes, sin características especiales.

Que mi padre confeccionara estas categorías de presos prueba que los encuentros con Amador y otros reclusos debieron de impresionarle. Es más, recuerdo que hubo una temporada en que estuvo muy interesado en averiguar si el delincuente, en realidad, era o no un ser libre y en saber cuál podía ser la influencia que sobre un criminal tenían los genes familiares o un clima determinado.

A mí, por sus gestos y silencios, me parecía que a mi padre, cuanto más leía, mayores dudas le entraban y que había cuestiones a las que no podía o no quería encontrar respuestas convincentes. Por ejemplo, por qué y con qué derecho unos pocos hombres, empezando por él, se arrogaban el poder de castigar, encarcelar, e incluso condenar a muerte, a un semejante. Mi padre debió de llegar a la conclusión de que debajo de cada ser humano hay una serie de instintos morales y criminales y que hasta la mejor persona es capaz de cometer la mayor de las crueldades. Una noche, después de cenar, a mi hermano y a mí nos contó que Beethoven era hijo y nieto de alcohólicos y tenía tantos síntomas de degeneración que hasta su discípulo Brahms decía de él que igual que fue un genio de la música, podía haber salido un artista del crimen.

Como el río que todos los días dejaba una banasta de peces muertos sobre la orilla, así de turbia discurría la vida en prisión. Para Amador y la mayoría de los reclusos, la cárcel era un calvario en el que cada uno arrastraba su cruz particular. Cruces duras y ajadas, parecidas a las piedras del viejo puente, lo mismo que el corazón de Esteban Ramos, el compañero de celda de Amador. Y, a todo esto, Cándido Pulido, tan coplero él, no paraba de canturrear:

En los muros de la cárcel
han escrito con carbón:
Aquí el bueno se hace malo
y el malo se hace peor.

VIII

A puerta cerrada

Aquella mañana, el presidente apareció en el despacho con un humor de perros. Para mi padre y el resto de los funcionarios no era una sorpresa. Don Teófilo tenía muy mal carácter y casi siempre estaba enfadado.

—Si un juez está de mal café, lo prudente es dejar la toga hasta que se le pase el cabreo. En la justicia influye mucho el estado de ánimo de los jueces.

Tanto es así que un viejo magistrado del Tribunal Supremo, ya fallecido, decía que todos los jueces, lo primero que debían hacer cada mañana nada más levantarse, era limpiarse el corazón y los intestinos.

No era éste el caso de don Teófilo, para quien juzgar a un semejante era oficio que no requería una especial tranquilidad de espíritu. Al mal juez que era don Teófilo, la mala uva se le notaba en la primera providencia. No digamos cuando abría la boca.

Ya en el interior de la sala, don Ventura, el fiscal, y don Germán, el abogado defensor, apenas oyeron a Teófilo pronunciar las primeras palabras supieron que el juicio contra Amador Crespo no iba a ser pacífico. Sólo don Germán sabía que los malos modales del presidente, además de habituales, obedecían a un fin premeditado. Impresionar. Pero no era cosa de achantarse.

—Armando, ¿podemos empezar? ¡Ya está bien!

—Cuando quieras, presidente.

—¡Valentín!

—Usted dirá, don Teófilo.

—¿Dónde se ha metido? Le he dicho mil veces que no le quiero ver distraído. ¿Se ha enterado? Se lo advierto por última vez. Haga saber a la gente que está esperando fuera que se puede marchar. El tribunal ha acordado que el juicio sea a puerta cerrada. Después comunique a la fuerza pública que pasen al procesado.

—Sí, señor presidente. Perdón, señor presidente. ¡Juicio a puerta...!

Antes de que Valentín ejecutara la orden del presidente, don Germán pidió la palabra. Quería expresar su disconformidad con la decisión de que el juicio no fuese en audiencia pública.

—Con la venia. Protesto por el acuerdo que acaba de anunciarnos el señor presidente. Soy el primero en reclamar el mayor de los respetos debidos a la persona de la víctima y a su familia. Pero prefiero renunciar a ese derecho antes que sacrificar el principio de publicidad.

—No ha lugar a la protesta. Hágalo constar así, señor secretario.

—Insisto, señor presidente. Creo que a mi defendido no le importa que la gente presencie el juicio. Tampoco a la familia de Paula Flores. Hacer justicia a escondidas es muy sospechoso.

—Le recuerdo, señor letrado, que la facultad de decretar el secreto del juicio es mía. En su momento, por escrito, se le notificará la resolución oportuna. Usted verá lo que debe hacer.

—Le agradezco la sugerencia, señor presidente, pero conozco mi oficio. De momento le digo que si la justicia no es pública, algo oculta.

Don Teófilo había tomado esa decisión previa consulta con los otros dos magistrados. Don Joaquín estuvo de acuerdo con él. No así mi padre. Le parecía que no concurrían razones de moralidad ni de orden público que justificasen la medida. Una vez más, se impuso el dos a uno.

—¡Juicio a puerta cerrada! Traigan al acusado.

—Con el permiso de usía. ¡El preso!

—Cabo, pueden pasarlo.

—Siéntese el acusado.

Después de que el secretario procediese a la lectura de los escritos de acusación y de defensa, don Teófilo exhortó a Amador a decir la verdad. Amador no lo podía creer. Estaba donde, siendo niños y no tan niños, los dos habíamos visto juzgar a la gente. Amador se sentaba donde otros hombres se habían sentado antes. Hombres acusados de cosas tan terribles como matar a sus semejantes. Igual que él.

—Póngase en pie el acusado. Debe usted responder de manera clara y precisa a las preguntas que le fueren hechas. Diga su nombre y dos apellidos.

—Me llamo Amador Crespo Lozano.

—¿Apodo?

—Que yo sepa, no tengo.

—¿Edad?

—Veintitrés años.

—¿Natural?

—De Tábara.

—¿Y vecino?

—También de Tábara.

—¿Estado civil?

—Soltero.

—¿Profesión?

—Del campo.

—¿Ha sido procesado anteriormente?

—No.

—¿Sabe leer y escribir?

—Sí.

—El fiscal le acusa de un delito de aborto y otro de homicidio en la persona de Paula Flores Gómez y pide para usted una pena conjunta de veinte años y unos meses de reclusión menor. ¿Se confiesa reo del delito?

—Yo no maté a Paula. Alguien me mató a Paula.

—Está bien. Conteste al fiscal. El señor fiscal puede interrogar al procesado.

Don Ventura ordenó unas cuartillas donde tenía extractadas las preguntas que pensaba formular. Se caló las gafas y miró a Amador.

—Señor presidente, con la venia. Amador Crespo, ¿es cierto que mantenía usted relaciones de noviazgo con Paula Flores?

—Sí.

—¿Desde cuándo?

—Formales, desde hacía dos años.

—¿Qué quiere decir con formales?

—Que hacía dos años que estaba seguro de que me casaría con ella.

—Mantuvo usted trato carnal con Paula Flores.

—Nunca. Yo la amaba y la respetaba.

—Entonces, ¿usted no sabía que Paula estaba embarazada?

—No.

—¿Niega, por tanto, haber intervenido en el aborto de su novia Paula Flores?

—Lo niego.

—¿Y en su muerte?

—Lo he dicho desde el primer día. Yo no maté a Paula. A mí me mataron a Paula. Ustedes no han hecho nada por saber quién es el verdadero asesino.

A don Ventura este reproche de Amador no le gustó nada, pero, como hombre educado, se calló. No así el presidente. A don Teófilo, Amador le sacaba de quicio. En la mirada se le notaba que lo odiaba. También en las palabras. Le brotaban como llamaradas.

—Le recuerdo que aquí el acusado es usted. Y de asesinato. No pienso consentirle que calumnie al tribunal.

—He dicho lo que pienso. La verdad. La verdad no ofende. Dolerá, pero no ofende.

—¡Cállese! Señor letrado, o su cliente guarda el respeto debido o le expulso de la sala.

Don Germán hizo una seña a Amador pidiéndole calma. De sobra sabía que don Teófilo era un hombre azotado por la furia. Cada vez que celebraba juicios con él terminaba descompuesto. «A este energúmeno le corre ira por las venas», decía.

—Siga el señor fiscal.

—Con la venia. El procesado puede decirnos cuándo vio a Paula por última vez.

—El día 16 de noviembre de 1964. En su casa de Bermiyo. Antes de que cerrasen la caja para enterrarla.

—Me refiero a la última vez que la vio viva.

—Viva, dos días antes de que apareciese muerta.

—Entonces no estuvo con ella el domingo 14 de noviembre del año pasado.

—No. El sábado 13 fue la última vez.

—¿Dónde estuvo con Paula ese día?

—Primero fuimos al cine. Luego estuvimos paseando.

—¿Puede recordar qué película vieron y por dónde pasearon?

—Sí. Era *Los Diez Mandamientos*. La ponían en el cine Barrueco. La película fue muy larga. Después, antes de dejarla en casa del señor presidente, dimos una vuelta por la avenida Requejo.

—¿Cómo se despidieron? Supongo que quedarían para el día siguiente, que era fiesta.

—No. Al despedirnos me dijo que el domingo trabajaba porque la señora daba una merienda en casa y la necesitaba.

—¿Sabe usted si eso era verdad?

—Cuando me lo dijo, así lo creí. No tenía por qué pensar que Paula mentía. Hace unos meses me he enterado que no, que no hubo tal merienda y que Paula podría haber salido como cualquier otro domingo.

—¿Y ese domingo, precisamente, qué hizo usted?

—Me quedé en casa, en Tábara, con mis padres.

—¿Cuándo se enteró usted de la muerte de Paula?

—El mismo día que la encontraron muerta. Me llamó Sonsoles, la otra chica del presidente, y me lo dijo. Luego me lo confirmó el señor Alonso, el padre de Paula.

—Señor presidente, pido que se muestre al procesado el pañuelo encontrado al lado de la víctima y que figura como pieza de convicción número 5.

—Exhíbase, señor secretario.

Menos mal que don Armando era un funcionario veterano, aparte de recatado. El «exhíbase» del presidente era de esas fórmulas y expresiones forenses que, por tajantes y alambicadas, llegan a confundir a la gente, cuando no a molestar. En uno de los muchos juicios que presencié siendo chaval, un hombre que entró en la sala con la boina puesta, a la voz de don Teófilo de «descúbrase», se puso tan nervioso que empezó a desnudarse. Hubo que pararle porque estaba dispuesto a quedarse en paños menores.

—¿Reconoce el acusado este pañuelo?

Amador lo miró con cierta desconfianza. Después contestó con firmeza.

—Sí. Era mío.

—¿Sabe usted dónde apareció?

—Sí. Me lo dijeron en el juzgado el día en que me detuvieron. Al lado del cuerpo de Paula.

—¿Sabe que en el pañuelo había restos de saliva de Paula?

—Si ustedes lo dicen, será verdad.

Don Ventura continuó.

—¿Puede usted explicar por qué Paula tenía su pañuelo cuando apareció muerta?

—Se lo había dado yo unas semanas antes.

—¿Un regalo?

—No. Paula se merecía mucho más que eso. Se lo dejé un día que lo necesitaba. Me dijo que ya me lo devolvería.

Don Ventura hizo tres preguntas más. Todas en torno a lo mismo. Pero se dio cuenta de que era inútil, que Amador contestaba con firmeza. Estaba seguro de que a nuevas preguntas, nuevas respuestas de Amador, todas contundentes y todas en favor de su inocencia.

—Señor presidente, el Ministerio Público no tiene más preguntas para el procesado.

El interrogatorio de don Ventura no fue del agrado de don Teófilo. Le había parecido blando, nada incisivo. Giró la cabeza hacia el lado izquierdo y en voz baja comentó con don Joaquín la actitud del fiscal.

—Este Ventura está raro. Parece como si le faltara convicción. Como si se arrepintiera de acusar.

—No me extraña, le creo muy capaz de retirar la acusación. Enrique me ha comentado que durante la instrucción tuvo varios enfrentamientos con él. Que siempre se mostró partidario de la inocencia de Amador.

—Muy bien, señor fiscal. Tiene la palabra la defensa del acusado.

Era el turno de don Germán.

—Con la venia. ¿Puede decirnos el procesado qué pasó en la comisaría de la policía el día en que le detuvieron?

—Señor letrado, ¿qué busca con su pregunta?

—Señor presidente, algo muy sencillo. Saber por boca del acusado si fue golpeado en dependencias policiales, por quién y para qué.

—En ese caso, se rechaza la pregunta. Está fuera de lugar por capciosa.

—Pues que conste mi protesta.

—Sí me golpearon, don Germán. Me dieron con...

—He dicho que la pregunta era impertinente. Señor secretario, que no conste en acta la respuesta del procesado.

Todos los presentes sabían que a Amador le habían pegado. Fueron Romualdo, el comisario, y otro inspector de policía. Querían a toda costa que se confesase culpable de la muerte de Paula. Don Ventura había visto las lesiones el día en que Amador declaró ante el juez.

Aunque era evidente que a los detenidos se les pegaba en comisaría y en los cuarteles de la Guardia Civil, este tipo de prácticas tenía que taparse. Era muy peligroso para la justicia y para el orden que se supiera que se toleraba la sucia y vil tortura. Los jueces tenían que atajar cualquier insinuación o reclamación que perjudicase el honor de los agentes de la autoridad.

—Para conseguir que los delincuentes confiesen sus delitos debemos aceptar que se los maltrate. Ya sé que no está bien, pero es conveniente y ventajoso para el funcionamiento de las instituciones.

—Y para la defensa de nuestros derechos.

—Además, son muchos los culpables que hemos descubierto con esos métodos.

—¿Y no habremos condenado a algunos inocentes?

—No más que a otros que hemos absuelto por tratarlos con guante blanco.

Ésta era la forma que don Enrique y don Teófilo tenían de entender los derechos de los detenidos y acusados, lo que por otra parte coincidía con la justicia que administraban. Ahí estaba el más fiel testimonio de sus dogmas, de sus contradicciones y de sus errores elevados a la categoría de crueldad. Lo que consideraban justo y necesario era una parte de la justicia enferma que administraban. Ellos, las extremidades de ese cuerpo podrido.

Don Germán hizo a Amador un interrogatorio muy hábil. Tampoco era muy complicado preguntarle. Bastaba con la seguridad de sus convicciones. Amador, más que exculparse, culpaba. Eso debió de desconcertar al presidente, que seguía mirándolo con una animosidad que no podía disimular. En su cabeza imperaba el prejuicio de culpabilidad. Sin embargo, Amador no le había dado ni una sola posibilidad para que pudiera considerar probada su participación en los hechos.

Don Teófilo y don Joaquín tenían teorías muy raras. Una de ellas, la favorita de don Teófilo, era que si el acusado, al ser preguntado, balbuceaba, sudaba o temblaba, eso decía mucho en su contra.

—Es verdad. El sonrojo también demuestra la culpabilidad. Ésa es la mejor confesión de un acusado.

—Entonces, Joaquín, según tú, los tímidos van apañados. ¿Has oído hablar de la erotofobia?

—¿La eroto... qué?

—Sonrojarse por sonrojarse o por temer que alguien piense mal de uno.

No era el caso. Durante el interrogatorio del fiscal y de su abogado, Amador pudo haber tenido los ojos brillantes, nunca húmedos. Amador quizá habló en tono seco y bronco, pero ni una palabra tarda o vacilante. Amador era noble, pero no se sonrojaba por estar frente a los jueces. Y Amador no sudaba. Jamás sudaba.

La prueba testifical se desarrolló sólo con dos personas. Se trataba de Sonsoles, la otra criada de don Teófilo, y de Agustín, el marido de Adela, la portera de San Torcuato, el padre de Rosarito. Ambos eran testigos del fiscal. Habían declarado ante don Enrique, en la instrucción sumarial, y don Ventura quería examinarlos en el juicio oral.

Don Germán no presentó más que un testigo. Se trataba del conductor del coche de línea en el que Amador había viajado desde Tábara a Zamora el sábado día 13. Pero no le iba a servir de mucho, pues lo único que atestiguaría era eso, que lo vio en el autobús tanto en la ida como en la vuelta, pero nada más. El domingo no había servicio y eso no probaba casi nada, al menos no probaba que no pudiera haber ido a Zamora por otros medios. Don Germán dudó en si daba o no los nombres del señor Isidro y la señora Piedad para que actuaran de testigos. Pero al final, por temor al resultado, no lo hizo. La relación paterno filial le vendría a don

Teófilo como anillo al dedo para no tener en cuenta sus respectivas versiones. En el sumario, don Enrique ya lo había dejado caer.

—Lo que digan los padres del procesado me trae sin cuidado.

—Pero ellos pueden probar que Amador estuvo en casa, en Tábara, el domingo en que mataron a Paula.

—¡Y yo en Sebastopol! Los padres del procesado no valen. Nunca dirán nada que perjudique a su hijo. Necesito otros testigos. Gente del pueblo que lo viera en el bar o por la calle el domingo 14 de noviembre.

—Amador no salió de casa en todo el día.

—Pues mala suerte.

Sonsoles, la otra criada del presidente, iba a dar testimonio de que había visto a Amador la tarde del domingo 14 de noviembre. Según ella, venía de ver a una amiga que vivía en la Ronda de San Pablo cuando vio a Amador que subía desde los Tres Árboles, un poco más abajo del campo de fútbol Ramiro Ledesma Ramos. Por su parte, Agustín había declarado ante don Enrique que el sábado por la tarde se encontró con Paula al llegar a la Audiencia. Pero iba sola. Según su versión, Amador no la acompañaba.

A don Germán nunca le gustaron estos testigos. Pensaba que ninguno estaba en condiciones de ser veraz. Le daban mala espina.

La relación de Sonsoles con Paula y el solo hecho de que sirviera en casa del presidente justificaban de sobra los recelos de don Germán. Por un lado resultaba normal que estuviera sugestionada. Habían trabajado juntas y convivido muchas horas y muy intensamente. Pero, por otro, no se podía descartar que doña Teresa y hasta el propio don Teófilo le hubiesen indicado lo que tenía que declarar. Los sentimientos de doña Teresa eran conocidos y no resultaba nada extraño que le hubiera hecho a Sonsoles las admoniciones o recomendaciones de rigor. En ese caso, el efecto era como el de una orden cuartelera. Como mínimo, Sonsoles y también Agustín estarían dispuestos a hacer suyas las opiniones de sus jefes.

—Señor presidente. Quisiera oponerme a que los testigos Sonsoles Mezquita y Agustín Díez declaren en este juicio. La primera, por ser compañera de trabajo de la víctima. El segundo, por estar casado con una portera de esta Audiencia de la que vuestra ilustrísima es presidente.

—¿Y qué tienen que ver ambas circunstancias? Los dos dirán la verdad.

—Tienen que ver más de lo que podemos imaginar. Estoy absolutamente convencido de que los dos testigos van a declarar sugestionados. Eso por no decir algo peor. Ya sé que el término sugestión a algunos de los presentes les sonará a hipnotismo. Pero la sugestión es, sobre todo, un fenómeno normal que se da en la vida todos los días. No tengo dudas de que los dos testigos, honras aparte, están influidos por sus respectivas situaciones y que carecen de la libertad y voluntad necesarias.

Don Germán sabía muy bien lo que estaba diciendo. A mi padre el argumento le pareció impecable. Lo tiene anotado. Sonsoles y Agustín, desde el primer día, habían hecho suyas las emociones de doña Teresa. Lo más probable es que también hubiesen asumido las opiniones de ella y de su marido. Sin rechistar.

La mentira estuvo presente a lo largo de las declaraciones de ambos testigos. Don Ventura y mi padre debieron de darse cuenta del enorme riesgo que encerraban esos testimonios. Estaba en juego, nada menos, que la verdad y, de paso, la absolución o condena de una persona. Por otra parte, se trataba de un juicio con cierto sensacionalismo, del que la prensa local estaba pendiente. Era inevitable que los sentimientos más primarios estuviesen a flor de piel.

—Madre, ¿es verdad que el mentir es un vicio muy feo?

—El más feo de todos, hijo. Los hombres se comunican por la palabra y ésta debe ser limpia como los chorros del oro.

La señora Piedad había enseñado a Amador a no mentir. De ella había aprendido que mentir era cosa de esclavos y decir verdad propio de hombres libres. Por eso no pudo entender a Sonsoles ni a Agustín. No se explicaba por qué habían faltado a la verdad. ¿Qué habían ganado con eso? ¿Quién los había movido a cometer falso testimonio? Amador sentía vergüenza de ellos. Casi más pena que vergüenza. Él, por naturaleza, odiaba la mentira. No le entraba en la cabeza. Que recuerde, Amador nunca dijo una. Yo sí dije alguna. Pero no por maldad, sino por picardía. Mi madre no era como la de Amador. Mi madre era distinta. Ella también me educó a ser leal con la verdad y desleal con la mentira. Pero, al mismo tiempo, me enseñó a callar cuando la verdad podía perjudicar.

—Ten cuidado, hijo. A veces la verdad absoluta se convierte en necedad.

Sonsoles, la criada de don Teófilo, mintió. Debió de mentir tanto y sentirse tan mal por ello que año y medio después dejó la casa de doña Teresa y se fue a vivir con una prima monja. Se dio cuenta de que con su mentira en el juicio de Amador había despreciado a Dios y que sólo metiéndose en un convento de clausura podía tapar su villanía.

También Agustín tuvo el final que se merecía por testificar en falso y negar algo que era cierto, que Paula, cuando llegó a casa, iba de la mano de Amador. Al cabo de unos meses, Adela, su mujer, y su hija Rosarito lo dejaron tirado como una colilla. Nadie volvió a ver a Agustín. Al parecer acabó en el asilo de la calle San Pablo, para el que Senén, el agente judicial, organizaba festivales taurinos, y murió sin poder soportar el peso de la mentira proferida.

—Agustín tendría que haber muerto desangrado. Alguien debió cortarle la lengua mientras dormía.

La prueba pericial fue un puro trámite. Estuvo en manos de los forenses García y Ortega, los que practicaron la autopsia del cuerpo de Paula, y de don Vicente, que era, por así llamarlo, el perito médico oficial. Además, Vicente había intervenido en la diligencia de levantamiento del cadáver de Paula.

A preguntas del fiscal, los tres ratificaron el informe y las conclusiones de la instrucción. No tuvieron dudas. Paula había muerto por sofocación y el pañuelo de Amador fue el instrumento utilizado para ocluirle la boca y la nariz. Antes, Paula había sido objeto de prácticas abortivas en un feto de dos meses. Según ellos, no había más posibilidades. Don Ventura no pidió ninguna aclaración.

En su turno, don Germán, lo primero que hizo fue solicitar que se leyeran las diligencias de levantamiento de cadáver y de autopsia:

—«En la ciudad de Zamora, siendo las 16.30 horas del día 15 de noviembre de 1964, el Ilmo. Sr. D. Enrique Medina Cuesta, Magistrado-Juez de Instrucción de esta ciudad y su partido, asistido de mí, el secretario, se constituye en el paraje denominado...»

Al llegar aquí, don Armando fue interrumpido por el presidente. Bien porque había que leer 43 folios por ambas caras, bien porque no quería oír más de lo que ya había oído, lo cierto es que don Teófilo dio por concluida aquella lectura.

—Bueno, basta. Creo que esto forma parte de la prueba documental. Con que en su momento se dé por reproducida, será más que suficiente.

—Está bien. Me gustaría preguntar a los doctores si en su opinión hubo disputa...

—¿Cómo? Señor letrado, no le entendemos.

—¿Que si hubo lucha entre el agresor y la víctima?

—Nosotros no apreciamos ninguna evidencia de pelea previa o concurrente. El resultado de nuestras indagaciones es que no.

—¿Y sangre en el pañuelo?

—Los análisis químicos dieron negativo.

—Por favor. ¿Vieron ustedes otros restos de sangre en la ropa interior de la víctima?

Los tres se miraron. En voz baja intercambiaron impresiones. Vicente fue el que tomó la palabra para contestar a don Germán.

—Aunque no lo recordamos bien, creemos que en las bragas había unas manchas rojo oscuras. Sin duda sangre humana. Nos parecieron muy recientes y propias de la manipulación abortiva.

—Por cierto, ¿a juicio de ustedes, dónde se realizó el aborto? ¿En el mismo lugar donde la víctima fue asesinada o en otro diferente? En este caso, ¿lejos o cerca de donde apareció el cadáver de Paula Flores?

Don Teófilo intervino y cortó la pregunta en seco.

—Los señores peritos no están obligados a contestar. La pregunta, más que para un médico, es para un policía.

Don Teófilo se fiaba absolutamente de los forenses, sobre todo de don Vicente. Aparte de ser primo de su mujer y de regalarle las medicinas que los laboratorios daban de muestra, le consideraba un sabio. Nunca consintió que a los médicos se les discutiese un dictamen. En el fondo pensaba igual que de sí mismo, que a quien Dios otorgaba un cargo también le obsequiaba con el don de la inteligencia y los hacía usufructuarios vitalicios de la verdad.

A don Germán, aunque siempre desconfiaba de él, esta actitud del presidente le desconcertó más que nunca. Por sus manos habían pasado muchos asuntos en que, merced a dictámenes médicos equivocados, pero tenidos por don Teófilo como el evangelio, las sentencias habían sido injustas. En la mayoría de ellas, las consecuencias, con ser graves de por sí, se trataba de condenas o absoluciones por lesiones o accidentes. Pero aquí estaba en juego algo más. Qué digo algo más. Mucho más. Por eso, a pesar de los precedentes, don Germán no salía del asombro. Algo no encajaba.

Al concluir el informe de los tres forenses, don Germán se temió lo peor. La instrucción había sido insuficiente, desde el primer momento se había seguido una sola línea de investigación y con esas mimbres Amador iba a ser condenado. Si no conseguía desmontar las tesis de don Vicente y los colegas, sus informes irían a misa.

—Señor presidente, al amparo del artículo 729 de la Ley de Enjuiciamiento Criminal, con suspensión del juicio, solicito la práctica de una información suplementaria. En concreto, que se nombren dos nuevos peritos, catedráticos de Medicina Legal y Ginecología y Obstetricia, para que realicen una pericia complementaria.

Si don Germán había hecho esa petición tenía que ser por algo. Debía de estar convencido de que ese segundo dictamen, en el que no descartaba la exhumación del cadáver de Paula, influiría decisivamente en el resultado probatorio del juicio.

Don Teófilo tardó treinta segundos en rechazar la solicitud. Exactamente los que don Germán empleó en formularla. La decisión estaba tomada apenas hizo uso de la palabra.

—No ha lugar.

Esta vez se trataba de algo más que confianza en don Vicente. En esta ocasión, no era sólo fe ciega.

A la vista de las pruebas, don Ventura quiso retirar la acusación contra Amador. Antes del trámite de conclusiones definitivas había pedido unos minutos de receso, que todo el mundo interpretó que serían para ir al servicio. No fue así. Según el estatuto orgánico del Ministerio Fiscal, para retirar una acusación se necesitaba autorización de la superioridad. Don Ventura telefoneó al fiscal jefe de la Audiencia Territorial y le pidió el preceptivo permiso. Al cabo de un rato le llamaron para decirle que la fiscalía del Supremo no autorizaba desistir de la acusación. Fue el propio fiscal del Supremo el que recomendó dejar en manos del tribunal toda la responsabilidad.

—El Ministerio Fiscal debe estar a la altura de su noble función. Defender a la sociedad con estricto sometimiento a la ley. Son ellos, los magistrados, los que tienen que pechar con el problema. Nosotros postulamos. Ellos deciden la culpabilidad o la inocencia.

—Lo que usted mande. Pero creo que don Ventura no tiene pruebas suficientes de que el procesado sea culpable. Me dice que hay muchas dudas, que podemos equivocarnos.

—Bueno, pues ahora esas dudas se las pasa al tribunal y en paz. Que sean ellos los que acierten o se equivoquen.

En su informe, don Ventura mantuvo la acusación, pero actuó con libertad de criterio. Lo primero que hizo fue referirse a los hechos y explicar el significado del delito de aborto. Lo mismo hizo con el asesinato. Se le notaba que prefería moverse en lo doctrinal y que le costaba entrar en la culpabilidad o inocencia de Amador. Por fin, después de media hora, se arrancó.

—Señores magistrados, confieso que son muchas las dudas que este representante del Ministerio Público tiene respecto a que el procesado sea autor de los hechos. Tengo un sinfín de interrogantes que hacerme, la mayoría sin contestar. Creo que la prueba es muy débil. Sólo he visto indicios, conjeturas. Eso pudo servir para procesar, pero condenar es un peldaño que yo no me atrevería a subir. Si mantengo la acusación es por imperativo legal. Por un lado está la muerte de una pobre chiquilla, pero por otro están las formas judiciales. Estoy seguro de que cumpliréis con vuestra obligación. Lo que me inquieta es que nos equivoquemos, que el error sea irreparable.

Estaba claro que para don Ventura todo era muy oscuro. Había llegado al final del juicio y no estaba convencido de la participación de Amador en los hechos. En esa dirección habló don Ventura durante un buen rato.

—Lo lamento, pero mi responsabilidad termina aquí. Cuando el juicio concluya, empezará la vuestra. Ésa es la grandeza de la magistratura. Decidir quién es culpable o inocente. Vosotros, los jueces, sois hombres de bien. Que el fallo que pronunciéis sea un ejemplo de justicia. En vuestras manos está el destino de este hombre que se sienta ante vos. Que Dios os ilumine.

Don Germán se sintió muy feliz por la postura del fiscal. Aunque formalmente no fuera así, en el fondo había solicitado la absolución de Amador. Era su turno de informe. Realmente, don Ventura se lo había puesto en bandeja. Don Germán bebió un trago de agua y se ajustó la toga. Amador esperaba lo mejor de su abogado. Valentín, el agente, también. Creo que mi padre pensaba lo mismo.

Sin embargo, don Germán tendría que esperar a la tarde. De improviso, el presidente hizo uso de la palabra.

—Dado lo avanzado de la hora se suspende la sesión. El juicio continuará a las cinco de esta tarde.

Creo que ése fue el único día de su vida que don Germán no comió. Quiero decir que no comió como él acostumbraba. Se tomó un bocadillo con Amador. Fue Fermín, el oficial, el que se las arregló para que la Guardia Civil encargada de la custodia dejase a don Germán estar con Amador. Y fue el propio Fermín el que les llevó dos bollos de pan y unas lonchas de mortadela.

—Bueno, por lo menos hoy no tendré modorra. Vaya pelo que vamos a echar con este manjar, Amador. Seguro que esta tarde no se me atasca la lengua.

A la hora señalada se reanudó la sesión.

—Señores del tribunal. Amador Crespo Lozano es inocente. Mi defendido no tiene nada que ver con la muerte de Paula Flores. Se la arrancaron de cuajo.

Durante su informe, don Germán empleó un tono muy crítico. En algunos pasajes rozaba la agresividad. Criticó la instrucción sumarial de don Enrique como un proceso completamente inquisitivo, algo sin pies ni cabeza, fruto del más puro voluntarismo y sin ningún tipo de garantías. Invocó la Declaración de Derechos del Hombre y del Ciudadano y expresó su firme convicción de que si el proceso estuviese en manos de un jurado, la justicia para Amador estaría asegurada.

En el momento en que don Germán mencionó al jurado y empezaba a referirse a la justicia como institución emanada del pueblo, el presidente terció con claras intenciones de cortar por lo sano.

—Se requiere al señor letrado para que se abstenga de cualquier cita legal o jurisprudencial que no sea fuente del Derecho en España. Por tanto, me permito recordarle que en nuestra patria el jurado está derogado.

—Señor presidente, de nuevo quiero que conste mi respetuosa protesta. Me siento limitado en el ejercicio del derecho de defensa. Y, en todo caso, le hago saber que el jurado en España no está derogado, sólo suspendido por decisión del general Franco.

—Y yo le advierto al señor letrado que o cambia de tono o tomaré las medidas disciplinarias oportunas. Hoy mismo daré cuenta de su comportamiento al Colegio de Abogados. El tribunal no puede tolerar tanta impertinencia.

—Muy bien, señor presidente, muy bien. Pero, aquí y ahora, en mi toga mando yo.

Zanjado el rifirrafe, don Germán siguió insistiendo en la más absoluta falta de pruebas en contra de Amador y atacó con una técnica impecable los testimonios de Sonsoles y Agustín y la prueba pericial. Las deposiciones de ambos testigos, aparte de sospechosas, no aportaban nada decisivo. Lo mismo hizo con los dictámenes forenses, plagados de dudas y que permitían pensar que cualquier persona que hubiera tenido a su alcance el pañuelo de Amador podía ser el asesino. Según él, los médicos forenses no habían aclarado puntos esenciales, como el instrumento empleado en el aborto, el lugar donde se practicó o el tiempo que Paula tardó en morir. Para don Germán resultaba evidente que Amador no era responsable de la muerte de Paula, ni tan siquiera del embarazo. Por supuesto, tampoco del aborto. No tenía dudas. A todas luces, Amador, más que culpable, era el ofendido y perjudicado por el delito.

Pero a don Germán, la sola idea de que los magistrados pudieran condenar a Amador le aterrorizaba. En los *Ensayos* de Montaigne había leído que un error judicial es una condena más criminal que el crimen mismo.

Temía una condena injusta de Amador, pero tanto miedo o más le producía el no tener fuerzas bastantes para bregar un montón de años tratando de echar abajo una futura e hipotética sentencia condenatoria. Don Germán, como viejo abogado, siempre se ponía en lo peor y nunca se fiaba de los magistrados, salvo de mi padre. Se lo había dicho a Amador el mismo día en que lo metieron en prisión. Por eso le hubiera gustado terminar su informe con un golpe de efecto, con un aldabonazo en la conciencia de los jueces, si es que la tenían. Le parecía que el caso de Amador se parecía mucho al que contaba Rabelais de un jurista llamado a ser árbitro en un pleito famoso, que después de haber estudiado a fondo el asunto, propuso a los litigantes jugar el fallo a la suerte. Si los dados daban un número par tenía razón el demandante, si no, el demandado. Sin embargo, la libertad de Amador estaba en juego y no quería provocar más. Por eso eligió otro final. Fue la parte más hermosa y más erudita de su informe.

—Ilustrísimos señores. Sean justos. Dice el señor fiscal que son ustedes hombres de bien. No lo niego, pero tampoco eso me sirve. En la maravillosa carta que el 30 de mayo de 1768 François Marie Arouet escribe a Beccaria para comentarle el fallo condenatorio de Jean Calas, le dice que la buena fe de los jueces no excusa la condena de un inocente. Él es el padre de la expresión «cruel buena fe de los jueces». Esto por no hablarles del crimen judicial del que fue víctima el capitán Alfred Dreyfus y que puso a Francia al borde de la guerra civil.

Como es de suponer, ni don Teófilo ni don Joaquín sabían quiénes eran Arouet y Dreyfus. Sólo Beccaria les sonaba. Al fin y al cabo, los tres eran unos revolucionarios y muy dañinos para la justicia. Fue mi padre quien al ver sus gestos, empleando un tono muy bajo para no interrumpir a don Germán, los sacó de su ignorancia.

—Arouet es Voltaire.

—Señores del tribunal. Para absolver a mi defendido, poco se necesita. Sólo hace falta ser justos y sentir algo por Amador Crespo. Él, después de Paula y de la criatura que llevaba en su vientre, es la principal víctima de los delitos que aquí hemos juzgado. Hagamos que la justicia que reclamo para mi defendido sea eso, justa. No demos motivos a que tengamos que cambiarla de nombre, a avergonzarnos de ella. La espada de la justicia está en vuestras manos. Sean diestros. Por mi parte, nada más. He terminado.

—De acuerdo. Póngase en pie el acusado. La ley le concede el derecho de decir la última palabra. ¿Tiene algo que añadir a lo dicho por su abogado?

—Que soy inocente y que el culpable de la muerte de Paula anda suelto.

Una vez más, la contestación de Amador debió de sentarle a don Teófilo como una patada en el vientre. Volvió a mirarle con ojos de rabia. Bueno, el presidente siempre miraba a los procesados con rabia. Él alardeaba de bondadoso y compasivo a la hora de juzgar, pero en el fondo lo que más le apetecía era condenar a la gente de por vida. Por mucho que don Germán se esforzase, el presidente siempre llevaba la espada muy afilada. Y clavos para crucificar a los reos. La vida le dio a Amador que el fiscal no pidió para él la pena de muerte.

La deliberación de la sentencia se dejó para el día siguiente. Don Germán había terminado alrededor de las ocho de la tarde y a don Teófilo le pareció que ya no eran horas. Además tenía que ir a misa con doña Teresa. Tampoco don Joaquín estaba por seguir trabajando. Llevaba toda la tarde echando de menos su anís y su coñac y pensaba desquitarse. Tiró la toga encima de un sofá y se fue a La Codorniz.

—Hombre, Joaquín. Ya era hora. ¿Qué, cómo ha ido el juicio? ¿Condenáis a ese muchacho, o no?

—¡Y yo qué sé! Venga ese «sol y sombra». Lo primero es lo primero.

Mi padre, después de pasar por el despacho y repasar el correo, subió a casa. Traía la misma cara con la que llegó a la hora de comer. Estaba muy silencioso. No me atrevía a preguntarle. Las formas judiciales las guardaba a rajatabla y el secreto de las deliberaciones para él era algo sagrado.

—¿Qué tal, padre? ¿Le absolveréis?

—No me preguntes, hijo. Sabes que no puedo decirte nada.

—Pero Matías, por lo menos, di cómo lo ves.

—Carmen, no insistas.

—Perdóname, padre.

—Nada, hijo, nada. Comprendo tu interés.

—Y yo el tuyo, padre.

Amador regresó a la cárcel justo a la hora de cenar. En el comedor le esperaban sus compañeros. Se sentó junto a Modesto, Esteban y Cándido.

—¿Cómo te ha ido?

—No sé. El fiscal y mi abogado han estado muy bien. Pero prefiero no hacerme ilusiones.

—Haces bien en no fiarte. Los que te han juzgado no conocen lo que es la justicia. Para ellos, la única justicia que existe es la suya, y ésa no es la mejor.

—No le hagas caso, Amador. Contigo se portarán bien. Tu abogado es de los buenos. Es imposible que te condenen por algo que no has hecho.

—Cándido tenías que llamarte. Pobre de ti. Cuando un juez se acostumbra a la injusticia no cambia. Amador, quizá no esté bien que te diga esto cuando estás en capilla, pero así veo el asunto. Ojalá me equivoque.

Amador quería creer a Cándido, pero dudaba de que tres jueces pudieran enderezar su vida, corrigiendo la tropelía que un año antes había perpetrado un colega de ellos. Estaba aturdido. Al final se quedó con las palabras de Esteban, su compañero de celda.

—La justicia es cosa de suerte. La ley se rige por otras leyes, la del azar, la del destino, la de la física, la de la pasión, y así hasta mil quinientas. Procura dormir, Amador. Mañana será otro día.

Cuando a la mañana siguiente me levanté, mi padre no estaba en casa. Mi madre me dijo que se había bajado al despacho muy pronto, alrededor de las cinco. La reunión de los tres magistrados estaba señalada para las diez y supongo que antes querría repasar todas las notas tomadas durante el juicio y ver algunos detalles del sumario que pudieron haberle pasado inadvertidos.

A las diez en punto, don Teófilo hizo aparición. Media hora después llegó don Joaquín. Cada uno, tal cual. El primero impoluto y tieso como una vara. No cogió su bastón de mando de milagro. El segundo, demacrado, sin afeitar, encorvado y con un olor a coñac que apestaba.

—Bueno, la cuestión es bien sencilla. ¿No os parece?

—¿Cómo que sencilla? Para mí es todo menos sencilla.

La manera que tuvo Teófilo de empezar la deliberación descubría su pensamiento. Venía dispuesto a conseguir la condena de Amador. En poco tiempo y con pocas palabras. Los delitos y el delincuente estaban igual de claros. Los primeros aparecían en la causa. El segundo era el que se había sentado en el banquillo. No le iba a resultar difícil. Antes de que el juicio comenzara ya contaba con el voto de Joaquín.

Don Teófilo siempre manejaba el mismo discurso. A la hora de alcanzar un veredicto de condena, para él la prueba consistía en la mera probabilidad. Si de cien papeletas el procesado tenía cincuenta, era más que suficiente. Naturalmente, cuantas veces decía esto, tantas veces mi padre se indignaba. Pero es que, tratándose de Amador, don Teófilo le adjudicó ochenta papeletas.

—Si a vosotros para condenar os basta con la probabilidad, a mí no. Eso es suponer, no probar. La probabilidad sirve para absolver, no para condenar. Para condenar a este chico necesitamos tener la seguridad más absoluta.

—Tú, Matías, como siempre, pidiendo seguridad. Sabes que eso es imposible. La certeza sólo se da en las matemáticas. En el Derecho no. En nuestro mundo de la justicia, la regla que impera es la verosimilitud.

—Tiene razón Teófilo. A los jueces nos pasa lo que a los médicos. Actuamos con el ojo clínico. No tenemos más que probabilidades, y lo mismo que ellos aciertan y se equivocan en sus diagnósticos, nosotros acertamos o erramos en nuestras sentencias.

A esta vulgaridad mi padre replicó con un extraordinario rigor lógico. Le parecía incomprensible semejante argumento.

—¿Cómo? ¿Exigimos a Arquímedes una prueba rigurosa para dar por cierto el principio que todo cuerpo sumergido en un fluido es igual al volumen del líquido que desaloja y nos conformamos con unas simples sospechas para privar de libertad a un ciudadano acusado de un delito? Me parece intolerable.

En realidad, la postura de don Teófilo y don Joaquín no tenía nada de extraña. Era la tesis que predominaba en la mayoría de los tribunales. Los indicios que, según la ley, sólo podían servir para procesar, se elevaban a la categoría de prueba. De poco o nada servía el juicio. Todo quedaba atado en la fase de instrucción. Ése era el gran drama de la justicia penal, condenar por indicios, cuando el indicio sólo tiene valor de probabilidad. Hasta en el Derecho canónico se prohíbe a los jueces condenar por impresiones.

—Queréis condenar con el sumario de Enrique. Os movéis por intuiciones y eso es puro arbitrio judicial. Debemos fallar conforme a las pruebas. Los tres podemos tener nuestras convicciones y no seré yo quien exponga las suyas, pero debemos juzgar por lo que hemos visto y oído.

Don Joaquín estaba absolutamente de acuerdo con todo lo que don Teófilo decía. Bueno, ya he dicho antes que tenían amañado el fallo. Para ellos, como el hombre es un ser imperfecto, jamás podía llegar a dar nada como indudable.

—Convéncete, Matías. Tú, Joaquín, yo, como todo el mundo, somos limitados. Por eso, en la práctica, lo que nos parezca verosímil es la verdad. Yo obro en conciencia y eso basta para convencerme de que estoy en posesión de la verdad.

—¿Y qué es para ti obrar en conciencia?

—¡Coño! Mi conciencia es mi recta razón.

—Perdón, Teófilo. Eso no es conciencia. Eso es soberbia, eso es prepotencia.

—¿No me estarás confesando?

—Lejos de mi intención. Pero conciencia es saber distinguir lo justo de lo injusto. Por cierto, ¿de dónde sacas tú que la culpabilidad de Amador en este asunto es la verdad?

—Tenemos dos testigos que avalan que el procesado falta a su palabra. Y ya conoces el axioma: lo que otorgan y declaran dos testigos, verdad siempre ha sido.

Cualquier intento de convencerlos fracasaba. Era como hablar con una pared. Don Téofilo tenía respuestas para todo. Cortas, absurdas, pero contundentes.

—La verdad somos nosotros. Este tribunal es como una urna compuesta de bolas. Concretamente, de tres bolas, que pueden ser blancas o negras...

—¿Y...?

Mi padre, en ese momento, se dio cuenta de que don Teófilo tiraba por la calle de en medio. Someter la condena a votación. No obstante, él insistía e insistía. Hacía lo imposible por convencerlos.

—La condena de este chico sólo se justificaría si fuera incontrovertible que él intervino en el aborto de Paula y luego en su muerte, o sea, si tenemos completa seguridad. Y de las pruebas, no cabe deducir tal cosa. Aquí están en juego muchos y muy importantes derechos, empezando por la libertad, todos irreparables. Creo que debemos exigirnos el mayor rigor del mundo. No podemos condenar al acusado si existe la mínima posibilidad de que él no haya sido el autor.

—Matías, te repito que la certeza absoluta no existe y que basta con lo que tenemos. Enrique hizo una buena instrucción, los forenses han trabajado bien, los móviles son claros... todas las posibilidades apuntan al acusado.

—No podemos condenar porque sea nuestra voluntad en la forma que se nos antoje, sino hacer lo que las leyes nos ordenan. Os digo que en el juicio no ha habido pruebas suficientes para condenar a Amador. Lo sabéis tan bien como yo. Respetar la inocencia de Amador es lo justo, pero me temo que lo vuestro tiene más de capricho que de justicia.

Esta última frase descompuso a don Teófilo. Dio un golpe en la mesa y se levantó como una fiera. De sus tripas salió lo mejor de don Teófilo Cuesta. Parecía un vendaval de disparates. Don Joaquín asentía cabizbajo a todo lo que decía. De vez en cuando hacía algún comentario. Creo que era lo que mi padre buscaba. Dejarlos en cueros.

—Nos estás llamando prevaricadores y no te lo consiento. La ley dice que sólo a nosotros nos corresponde valorar las pruebas y yo te digo que hay pruebas. Alguien tuvo que ser. Ese crimen no puede quedar impune. La gente necesita un culpable. De lo contrario desconfiarán de nosotros, de la autoridad en general, por no saber dar con el criminal. Además, el prestigio de la policía también está en juego. Amador tenía razones para matarla. Hace falta castigarle.

—Teófilo, lo siento. Pero tú odias a Amador.

—Bueno, sí. ¿Y qué? Reconozco que odio a ese chico y a su familia y a su abogado, ese que no es más que un agitador de masas. Todos son enemigos naturales de la justicia y hay que terminar con ellos.

Mi padre había logrado su objetivo. Quería poner en evidencia al presidente. Demostrarle que era un hombre de cólera y odio, dos pasiones incompatibles con la función de juzgar y que sólo sirven a quienes hacen de la justicia un completo disparate. De todos modos, mi padre seguía preguntándose si habría alguna otra sin razón.

—Teófilo, lo siento, me opongo a seguir esta deliberación. No puedo admitir que se condene a una persona con tan miserables argumentos. Oyéndote hablar parece que ocultas algo. Condenar a Amador con las pruebas tan escasas y tan poco verosímiles es condenar por condenar. Firmaré la sentencia, pero haré voto reservado y te anticipo que seré duro, muy duro. Esta condena, según nos avisaba ayer don Germán, será tan abyecta como los propios delitos que hemos juzgado.

La Audiencia dictó sentencia el lunes 18 de octubre de 1965, justo al tercer día de que el juicio quedara visto. La redacción corrió a cargo de don Teófilo. La parte dispositiva decía literalmente así:

FALLAMOS que debemos condenar y condenamos a Amador Crespo Lozano, como autor criminalmente responsable de un delito de aborto y otro de homicidio, sin la concurrencia de circunstancias modificativas, a la pena de tres años y dos meses de prisión menor por el primero y de diecisiete años, cuatro meses y un día de reclusión menor por el segundo con las accesorias legales correspondientes y el pago de las costas. Indemnizará a los padres de Paula Flores en doscientas mil pesetas. Así por esta nuestra sentencia, lo pronunciamos y firmamos.

Total: veinte años, seis meses y un día.

Lo primero que hizo don Germán al conocer la sentencia fue ir a ver a mi padre. Era al único que tenía respeto y consideración.

—¡Qué disparate, don Matías! ¡Qué atropello!

—Lo siento, don Germán. Poco puedo decirle, salvo, y le ruego que me guarde la confidencia, que haré voto reservado. No estoy de acuerdo con la sentencia.

—Le honra, don Matías. Pero ¡qué salvajada! ¡Han blasfemado! ¡Esto es un sacrilegio! Hay cosas sagradas que deben respetarse por encima de todo y esas cosas son la vida, la libertad, la justicia. La justicia es sagrada. La justicia no se puede pisotear, ni tampoco a la gente sencilla.

—Estoy de acuerdo, don Germán. Qué quiere que le diga. A ese pobre muchacho lo han pisoteado, lo han aplastado.

—¿Pero qué argumentan?

—Que la justicia son ellos y que si se han equivocado, un error más.

Mi padre y don Germán sabían que esto no era verdad. Como lo sé yo. Recuerdo que cuando estudié la carrera en Salamanca, mi profesor de Derecho Procesal, creo que era don Mauro San Román, nos decía a los alumnos que la justicia penal no tiene derecho a equivocarse y que no hay errores judiciales inevitables. Don Mauro llamaba negligentes a los jueces que desempeñaban su función rutinariamente y se refugiaban en la coartada del error.

—El juez debe seguir buscando la verdad incluso cuando cree haberla encontrado. Que no se os olvide. El error inevitable no existe.

Nunca lo olvidé. No hay error que pueda cargarse en el debe de la fatalidad. La única causa del error es el juez. Él es el responsable del fallo, en su doble sentido. Quien no lo vea así, sepa que quizá escape a la responsabilidad penal, incluso a la civil, pero siempre le quedará la más pesada, la moral. Si se tiene un mínimo de conciencia, con ésa cargamos hasta el resto de nuestros días.

En el caso de Amador no hubo error involuntario. Lo que hubo fue verdadera voluntad de errar.

Así lo dejó escrito mi padre:

Con Amador no nos equivocamos. Lo que pasó es que mis colegas condenaron a tu amigo a ciencia y conciencia. De este modo destrozaron a un hombre y ensuciaron la justicia. Prevaricaron y mi culpa está en que guardé silencio, en que alivié mi conciencia con un voto secreto en contra, y ya está. Ahora, hijo, te digo que actué mal. Lo que debí hacer, en cuanto terminó la deliberación, fue coger el primer tren a Madrid y presentarme ante el presidente del Tribunal Supremo para denunciar lo ocurrido. Pero me faltó valor. Teníamos que vivir.

Aunque siento decirlo, creo que a partir de ese día mi pobre padre empezó a morir.

Amador se enteró de la sentencia condenatoria por don Germán. Se la llevó personalmente a la prisión sin saber cómo sería la reacción de Amador, aunque esperaba que sabría encajarla de acuerdo con su carácter y entereza.

—Lo siento, Amador, he hecho lo que he podido, pero ha sido imposible convencerlos. Hay jueces incapaces de ser justos por una sola vez.

—No se preocupe, don Germán. No es miedo a seguir en prisión lo que tengo.

—Amador, ¿entonces?

—Miedo a mí mismo, don Germán. Ése es mi temor.

—No te comprendo, Amador.

—¡Qué más da! En todo caso, muchas gracias, don Germán. Se lo digo de todo corazón.

—Bueno, todavía nos queda el Supremo. Podemos recurrir en casación. Hablaré con tus padres.

—No se moleste. No hay nada que hacer. Aquí, en la cárcel, dicen que en los altos tribunales, los verdugos sólo se diferencian de sus colegas de provincia en los galones y en la herramienta.

Después de visitar a Amador, don Germán fue a Tábara para comunicar la sentencia a sus padres. Llevaba el encargo de Amador de que les dijera que estuviesen tranquilos, que él lo estaba. No iba a ser fácil convencerlos y conseguir que aplacasen su rabia. Pero don Germán estuvo como siempre, muy bien. Ni el señor Isidro ni la señora Piedad hicieron el menor comentario, salvo agradecer a don Germán su trabajo y sus molestias. Todo lo dijo don Germán. Se desahogaría por ellos.

—¿Usted cree que se han equivocado, don Germán?

—De eso nada. La sentencia es una iniquidad. No se han equivocado. Han condenado a su hijo deliberadamente, a conciencia.

—Pero, ¿don Matías? Usted nos dijo que el padre de Fernando era muy bueno y muy justo.

—Y lo es. Él se ha opuesto a la condena de su hijo, pero ha sido inútil.

Cuando don Germán se marchó, el señor Isidro se sentó frente a la lumbre, miró a su mujer y con enorme serenidad dijo:

—Piedad, ruega a tu Dios que ponga un rayo en la mano de nuestro hijo.

Una sentencia puede ser injusta por error, pero en el error no hay intención de cometer injusticia. La sentencia de Amador no fue errónea, fue venal. Amador lo supo en cuanto la leyó. Don Germán le había dejado una copia. Al terminar se puso como un toro bravo. Mugió terriblemente y para probar su furia se levantó de la cama, arrancó el lavabo de cuajo y lo arrojó contra el espejo. En realidad estaba haciendo lo que Virgilio describe en la *Eneida*, embestía al aire como preludio de su futuro combate.

Después miró a Esteban.

—Lo siento, no he podido evitarlo.

Amador respetaba mucho a su compañero de celda. A menudo, Esteban, que conocía como nadie lo que era la suerte, pues para algo le había acompañado nada más nacer, cuando veía a su amigo flojo de esperanza le pasaba la mano por el hombro y le daba ánimos.

—Amador, tranquilo, que contra los empujones del destino no hay nada que hacer.

Al cabo de muchas horas, Amador consiguió conciliar el sueño. No serían menos de las tres. Mientras dormía, la noche avanzaba al ritmo de la corriente del río Duero. Arriba, en la ciudad, las losas de la plaza mayor crujían al son de la campana de San Juan. Themis, la anciana diosa de la justicia, lloraba a moco tendido porque nadie le hacía caso y, lo que es peor, porque sentía la humillación de que tampoco nadie creía en ella.

Don Germán, siguiendo instrucciones del señor Isidro, interpuso recurso de casación ante el Tribunal Supremo, pero ni tan siquiera pudo formalizarlo. Los motivos del recurso fueron varios, fundamentalmente por error en la apreciación de las pruebas, que demostraban la equivocación del tribunal. Sin embargo, la Audiencia Provincial, o sea, los mismos magistrados que pronunciaron la sentencia recurrida, con el voto en contra de mi padre, denegó la admisión a trámite del recurso y, por tanto, no pudo sustanciarse. Según los magistrados, la defensa de Amador había incumplido ciertos requisitos, entre ellos no haber presentado el escrito de recurso dentro de plazo, sino con un día de retraso, y el no haber hecho promesa de constituir un depósito en metálico que exigía la ley. A pesar de que el recurso se presentó dentro del término legal —la sala no descontó el domingo, que era inhábil— y que el compromiso de hacer depósito era un defecto subsanable, lo cierto es que el Supremo rechazó la queja formulada contra la decisión de los magistrados de Zamora. Y la sentencia quedó firme.

Don Germán se esforzó todo lo que pudo para sacar libre a Amador. Pero de nada sirvieron sus buenos oficios e influencias. La suerte de Amador hacía tiempo, mucho tiempo, que estaba echada. Él lo presentía. También el señor Isidro. Desde el día en que la Guardia Civil se lo llevó, temía que su hijo no tuviera un juicio equitativo, que todo fuera una repugnante ejecución.

La defensa de Amador Crespo costó cuarenta mil pesetas, más dos mil de gastos de procurador y sesenta o setenta duros de propinas. Ni don Germán ni don Horacio, el procurador, quisieron cobrar. Pero el señor Isidro pagó. Vamos que si pagó. Hasta la última póliza.

En la cárcel, Modesto Tamames, que había advertido a Amador de que jamás confiara en sus jueces, apenas hizo comentarios a la sentencia.

—Tenías razón, Modesto. Han condenado a Amador. Estos tíos cuando fallan, follan, y cuando follan, fallan. Se mean, se cagan y se corren en la justicia.

—A ver si te desengañas para siempre, Cándido. Que todavía estás en la higuera. Para esos hijos de puta hay que ser miserable con los miserables. Utilizan la justicia para destruir a los que no son como ellos.

—¿Y a ti no te parece que una injusticia como ésta criará más y más injusticias?

—Seguro que sí.

—Yo me apunto al tribunal del juicio final, donde se juzgue a don Teófilo, a don Matías, a don Joaquín, a don Enrique, a don Ventura, a don Marcial, a don Romualdo, al gobernador civil...

—Ese día, Cándido, todos ellos serán condenados a arder por los siglos de los siglos.

—Amén.

A raíz de la sentencia que lo condenó, la personalidad de Amador empezó a tornearse. Al mes, más o menos, le apetecía estar solo mejor que acompañado. De ser un hombre abierto, serio pero comunicativo, pasó a reconcentrado y, sin llegar a antipático, se hizo persona de pocas palabras. Se metía en la celda muy pronto, a veces no bajaba a cenar, y se pasaba las horas escuchando Radio Zamora con un transistor que le había regalado la señora Piedad por su cumpleaños.

Al cabo de un tiempo, Dios regaló a Amador lo que su madre le había pedido para él, justo la tarde en que se enteró de la sentencia.

—Está decidido. Gracias a Dios ya lo tengo todo decidido. Ahora sólo me hace falta una buena ocasión. Con un par de horas que me den de libertad, me arreglo. A partir de ese momento todo será coser y cantar.

Una noche, antes de que el oficial de guardia golpease con la porra en la puerta de la celda para indicar a los presos que era hora de silencio absoluto, Cándido y Modesto comentaban entre sí que Amador llevaba una temporada muy pensativo.

—¿No estará preparando un crimen?

—Tal vez, pero hace bien en no decir nada. El ruido es malo para cazar porque alerta a la pieza.

—¿Y tú crees que la venganza sirve para algo?

—Supongo que para curar heridas y borrar cicatrices.

—¿Y la compasión?

—La compasión con las alimañas no existe.

Hay gente que no soporta vivir en libertad.

Si pienso esto y lo escribo aquí es porque a los dos meses de la condena de Amador, exactamente la víspera de Nochebuena de 1965, Esteban Ramos falleció. Justo una semana después de que, por vigésima vez, lo pusieran en la calle por falta de motivos para estar en prisión. Apareció muerto a la puerta de la iglesia de la Magdalena. El certificado de defunción rezaba que la causa del óbito fue un infarto de miocardio agudo a causa del frío. Sin embargo, para la gente de la cárcel, sobre todo para Amador, Esteban murió asfixiado por exceso de libertad.

—A Esteban deberían ponerle el uniforme de preso y enterrarlo en el huerto de la cárcel. Seguro que ése hubiera sido su último deseo.

No fue así.

Esteban Ramos fue amortajado con un mono de albañil y recibió sepultura en un rincón del cementerio de Zamora. Al entierro no asistió nadie y los gastos fueron sufragados por sus amigos de la cárcel, que arañaron hasta el último céntimo de su peculio para que en las pompas fúnebres hubiese un mínimo de dignidad. La recaudación no dio para una sepultura. Ni siquiera para una lápida. Sólo alcanzó para un baldosín de cerámica donde se puso: «Aquí yace E. R., cuyos restos cubre el cielo.»

Hay personas que, por desgraciadas, sólo saben vivir en cautiverio, como los animales mansos y domésticos, y cuando se los suelta se mueren sin remisión. En el caso de Esteban Ramos, la cosa estaba muy clara. Quien, poco a poco, lentamente, se siente a gusto entre rejas, termina odiando la libertad.

IX

Agua fuerte

El 10 de enero de 1970, don Joaquín García Luengo, el compañero de tribunal de mi padre, se quitó la vida.

—¿Y cómo lo hizo?

—Se tiró al Duero desde el puente de piedra, a la altura del noveno arco y ante la mirada de La Gobierna. Lo hizo borracho y frente a las aceñas de Olivares, a favor de corriente.

—Joaquín jamás nadó contra corriente. Al revés, lo que siempre le gustó fue ser llevado por las aguas, aunque fuesen fecales.

Era puro invierno, esa estación propicia para las tragedias. En Zamora se dice que entre el día de Reyes y el de Santa Inés es cuando el Duero tiene más bravura, que se nota en la forma de embestir contra el puente. Nunca como por esos días el río está tan soberbio y desafiante.

—Agresivo, sin duda. Pero, además, una semana al año, que no es fija porque lo mismo puede ser en otoño que en primavera, el agua del Duero es peor que el ácido nítrico. Corroe todo lo que se le echa.

—¿Y los peces?

—Ésos son los únicos que tienen bula.

El día en que Joaquín se suicidó, el Duero iba muy crecido y todo el mundo daba por seguro que en unas horas se desbordaría. Cuando el Duero se pone furioso y se hincha no hay quien lo controle. Eso, los que mejor lo saben son los vecinos de la parte baja de la calle Balborraz.

—Hay inviernos en que Zamora es más agua que tierra.

La noche estaba húmeda, muy fría, y la niebla no permitía ver a más de cinco pasos. El río seguía rugiendo y la luz de las farolas iluminaba la silueta trágica de un hombre.

Era don Joaquín, el magistrado, que se había parado en mitad del puente. Apoyado en la barandilla, se quedó mirando el agua que avanzaba velozmente. Por la cabeza del juez debió de desfilar un ejército de terribles recuerdos y remordimientos. Mientras, el viejo puente, el de las piedras más pesadas y resistentes, parecía que le escuchaba sonriente.

A don Joaquín la vida no le dio más que desgracias. Me parece que ya he dicho que tuvo tres hijos. Los dos primeros murieron apenas nacer. Uno, a los ocho días, de pulmonía. El otro, con quince meses, atragantado con una avellana. Pablo, el tercero, fue una calamidad. A los dieciocho años empezó a beber y a fumar marihuana, hábitos que adquirió en un viaje a Ibiza, donde empezaba la moda *hippie*. De eso tuvo mucha culpa su madre, doña Isabel, que le consintió todo.

Creo que ya conté que doña Isabel era medio tísica y se pasaba la vida rezando. En esto no se parecía nada a doña Aurora, la mujer de don Enrique, que era terrateniente y daba mucho que hablar, tanto que había rumores de que hasta el accidente que la dejó tetrapléjica fue obra de su marido al enterarse de que mantenía relaciones con un funcionario de la Diputación Provincial y con un alférez de complemento. Primero uno y luego el otro, aunque en estos asuntos lo mejor es quedarse en los comentarios.

De Pablo, el hijo de don Joaquín y de doña Isabel, sólo se supo que un buen día desapareció de casa. Desde entonces, sus padres no volvieron a hablar de él. No hace mucho me enteré de que murió de una sobredosis de heroína. Me parece que esto también lo he dicho.

Lo único que don Joaquín hacía era lamentarse de su mala suerte. Doña Isabel, su esposa, al poco tiempo enloqueció y hubo que ingresarla en un hospital para enfermos mentales. Según mis notas, estuvo cinco años en el Camilo Alonso Vega de Madrid, sobre el kilómetro 14 de la carretera de Colmenar Viejo.

—Pobre Isabel, al final loca y yo sin poder hacer nada por ella, salvo emborracharme para olvidar.

Mientras don Joaquín recordaba todo esto y alguna cosa más, el viejo puente, ese puente con lema y leyenda que siempre hizo gala de una paciencia infinita, esperaba en la oscuridad profunda de la noche a que su visitante, por fin, se decidiera. No sería muy larga la espera.

Antes de lanzarse al río, don Joaquín debió de pensar que no sólo los genes se transmiten de padres a hijos, sino también las actitudes y hasta los vicios. La justicia divina castigó a Pablo García transfiriéndole la desordenada voluntad y las debilidades de su padre.

—En don Joaquín todo era mala conciencia y su cabeza una charca de lodo y tencas, algo que sólo puede calmarse con el suicidio.

—Sí; en esos momentos, debió de fallarle hasta el instinto de conservación. Tirarse al agua para morir era pura inercia.

Mi padre me contó haber leído un estudio que demostraba científicamente que la gente se suicidaba según las profesiones y los hábitos. Decía que, por ejemplo, los actuarios de seguros, los médicos y los registradores de la propiedad se quitaban la vida precipitándose al vacío, y por eso casi todos ellos elegían los pisos más altos para vivir. Según la misma teoría, los escritores se mataban de un tiro en la sien y los amantes despechados con cianuro.

—¿Y este método no lo utilizan también los dictadores carniceros?

—No sé si todos, pero ahí tienes a Hitler.

—¿Y los hombres de honor?

—Depende. Los militares de verdad, no los aficionados ni los de las milicias universitarias, emplean pistola.

—¿Pero cuál?

—Siempre la suya. Nunca la ajena.

—¿Y los jueces cómo os matáis?

—La verdad, hijo, es que no hay estadísticas, pero jueces suicidas ha habido pocos. Quizá sea porque carecemos de valor, aunque yo tuve un compañero de promoción que se arrojó a un pozo vacío.

Don Joaquín García Luengo, el magistrado, no debió de querer que su muerte desdijera del resto de su vida. Se arrojó desde el hermoso puente, viejo y de piedra, al río Duero para perderse en sus aguas de cobre y esparto. Al parecer, no fue la única vez que tuvo esas intenciones. A raíz de su muerte, un agente de la Audiencia contó que en el armario del despacho, entre los códigos y los sumarios, don Joaquín guardaba unos frascos muy raros con muchas pastillas. El resto del personal pensó que cuando decidió quitarse la vida, don Joaquín optó por la forma más premeditada y más corta.

—Llegó un momento en que, aun sin querer morir, no soportaba la vida.

Nunca el Duero fue un río egoísta. Al contrario. Una cosa es que fuera hospitalario e implacable con los que se entregaban a él, y otra avaro.

—El río Duero, a los ahogados, al cabo de dos o tres días o, a lo más tardar, una semana, después de lavarlos bien y centrifugarlos, los devuelve panza arriba y sin zapatos.

El cadáver de don Joaquín apareció rígido y frío a las cuarenta y ocho horas. Justo el jueves 12. Estaba tirado en la orilla del río, a la altura del Campo de la Verdad. Su cuerpo presentaba una hinchazón descomunal y tenía la lengua fuera y los ojos llenos de cangrejos. Llevaba puesto un traje negro y calcetines azules. En el bolsillo interior de la chaqueta, dentro del estuche de las gafas, había un papelito escrito a lápiz donde, no sin dificultades, podía leerse: «Querido Teófilo. He decidido quitarme de en medio. Ya no me queda nada. Ni siquiera la bebida me mantiene.»

El cadáver de don Joaquín, aunque no estaba en perfectas condiciones, permitía leer algunos de los últimos momentos de su vida. La cara tenía un rictus de asco, de reproche hacia sí mismo.

—Lo siento, pero ya se sabe que la cara es el espejo del alma, suponiendo que don Joaquín tuviese alma. Mi opinión es que no.

En la ciudad, el suicidio de don Joaquín García Luengo produjo interpretaciones encontradas. El día antes de morir, en vista de que no apareció por el despacho ni por La Codorniz —digamos primero el bar y luego la Audiencia—, algunas personas pensaron que se habría quedado dormido después de una noche en alcohol. Sin embargo, otros, más bien la mayoría, apostaron por la muerte. Luego, cuando se encontró su cuerpo en la orilla del río, la noticia fue una conmoción en la ciudad.

—Hay cuerpos muertos que producen indiferencia y otros que dan miedo.

Éste debía de ser el caso de don Joaquín ahogado, tan hinchado y tan maloliente.

Un profesor del instituto, que pasaba por allí en el momento en que sacaban el cadáver del río, le hizo una fotografía que al día siguiente salió en el periódico. Sin embargo, su imagen se borró tan pronto como su recuerdo y a los tres días, en su despacho, lo único que quedaba era una papelera con restos de frutos secos que, prácticamente, era lo que comía en los dos últimos años.

Cuando el forense Carlos Moneo volvió al juzgado, después de dejar el cadáver en el cementerio, mi padre se lo encontró cabizbajo y hablando solo. No se le entendía una palabra, pero le preguntó por su estado.

—¿Qué tal lo has visto?

—Muerto y como una cuba.

—¿Seguro que había bebido?

—No tengo ninguna duda. Había una botella de ginebra en el lugar donde se tiró. De todas formas, mañana, después de la autopsia, te lo podré confirmar, pero por el olor creo que cuando se lanzó al agua no veía ni el río.

Al magistrado Joaquín García, en el depósito de cadáveres, se le trató muy desconsideradamente, sin miramiento alguno ni respeto al cargo. Tuvo mala suerte con el forense. Ya he dicho que le tocó Carlos Moneo, con el que había tenido serios contratiempos profesionales y personales. Encima, a este forense no le gustaban nada los muertos a contrapelo, o sea, por voluntad propia.

Don Joaquín, en cuanto veía a un médico, le soltaba que eran unos buitres, que se alimentaban de sangre y de vísceras. A Carlos esto le molestaba horrores. Ante el suicidio de don Joaquín, Carlos llegó a decir que para él los suicidas no merecían ningún respeto, que eran unos cobardes y, en el caso de don Joaquín, un cabrón.

En algunos círculos, sobre todo en la Audiencia, llegó a comentarse que el forense, o sea Carlos Moneo, además de las tres cavidades reglamentarias, le abrió los testículos para confirmar que sus huevos no tenían dos yemas, que era de lo que presumía cuando ponía una sentencia por cojones. Pero para mí que esto no fue más que una auténtica maldad, aparte de exageración, nacida de la boca de don Armando, el secretario, que siempre andaba con frases como ésas.

Carlos Moneo sólo tardó media hora en la autopsia y, acto seguido, extendió el oportuno informe y preceptivo certificado de defunción: «Asfixia por inmersión.» Eso es lo que había escrito en el papel, pero entre los funcionarios comentaba que el verdadero diagnóstico tendría que haber sido que la mentira y el vino le llenaron los pulmones y lo ahogaron.

Zacarías, el enterrador, que en lo que llevaba de mes había presenciado la autopsia de dos ahogados en el Duero, contó que en la de don Joaquín el cadáver soltó un par de pedos y que don Carlos, el forense, ni se inmutó. Lo atribuyó a que la putrefacción cadavérica, con el aumento de gases, origina movilizaciones en el muerto. Incluso le explicó que había casos de partos postmortem de mujeres embarazadas que, una vez fallecidas, expulsaban el feto por la presión del aire de los intestinos.

La verdad sea dicha, el que don Joaquín ventoseara después de muerto no era de extrañar. Alguna vez había oído a mi padre que se le escapaban gases mientras deliberaba y, además, que ni sentía vergüenza ni se excusaba por ello.

Los hallazgos necrópsicos del cadáver de don Joaquín no aportaron más datos que los esperados, salvo, por ejemplo, que en el estómago se encontraron cacahuetes en segunda fase de la digestión. La presencia de alcohol no decía nada, pues su alcoholismo era crónico y, a diferencia de algunos suicidas que, antes de poner fin a su vida, beben copiosamente para darse valor, don Joaquín no se emborrachó para poder matarse, sino que la muerte lo emborrachó aún más.

La muerte de don Joaquín dio lugar a los más variados comentarios entre funcionarios, abogados y procuradores. Entre ellos hubo el del erudito de Elías Casado, el secretario del juzgado, vago como nadie pero, eso sí, muy leído, que en pleno velatorio recordó a Cervantes.

—La mayor cobardía del mundo es matarse. El homicidio de sí mismo es señal de que falta valor para soportar los males que se temen.

Sin embargo, casi todos coincidieron en que don Joaquín, aunque no menos que algún que «otro» vivo, fue un magistrado que no había hecho otra cosa que mancillar la justicia y criar la desgracia ajena. Fermín, por ejemplo, opinaba que fue un náufrago que acabó arrastrando las cadenas de su propia historia judicial.

—¡Vaya frase! ¿Es tuya?

—No, pero como si lo fuese. Es de un amigo mío que se llama Cebrián, un escritor de postín. Me la ha regalado.

Doña Aurora, la mujer de don Enrique, además de ir de rica y en silla de ruedas, se dedicaba a dar consejos. Ante los comentarios que estaba oyendo, en un gesto de finura recomendó serenidad.

—En estos momentos, lo que procede es tranquilidad y prudencia.

—Aurora tiene razón. Hacer juicios de una persona cuando está de cuerpo presente es propio de gente ordinaria y de mala cuna.

Estrella, la auxiliar, al oír esto murmuró:

—Habría que haberla visto a ella si su marido se hubiera bebido el río.

La noticia del suicidio de Joaquín llegó a la cárcel como la pólvora. Fue al día siguiente, en una mañana fría, de cielo oscuro y con el viento silbando entre los ojos medio abiertos del puente. Aún dormían los peces en los recovecos del río y el jefe de servicios supervisaba el primer recuento de los presos.

En el patio de la prisión, más de un recluso lamentaba no haber sido él quien acabase con don Joaquín. Para muchos, tuvo el final indigno que merecía, se había suicidado como un miserable y no les dio ninguna lástima. Al contrario, les produjo una inmensa alegría.

Cándido Pulido hizo su propia versión. Reunió a sus más allegados y les dio la noticia con mucha ceremonia:

—El juez García, el tercero del tribunal, el que sentenció y condenó a tanto inocente, ha sido condenado a muerte y ejecutado.

—¿Y quién ha puesto la sentencia?

—Él mismo. Se ha suicidado.

—¿Cómo?

—Anoche se tiró de cabeza al río.

—¿Y se conocen los detalles?

—Por lo visto, antes se había bebido una botella de ginebra, mezclada con cianuro y lejía.

—¿Y qué más?

—Voló sobre el río entre horribles dolores y vomitando sangre y heces. Al parecer se arrojó desde el puente de piedra y el cadáver ha aparecido a la altura del Campo de la Verdad, hinchado y sin ojos, porque se los comieron los peces.

Amador Crespo oía la noticia y los comentarios de sus compañeros, pero no pronunciaba palabra.

—Amador, ¿qué piensas?

—Nada, yo no pienso nada.

—¡Coño!, por lo menos di algo.

—¿Qué quieres que diga? No se me ocurre nada. Bueno, quizá que a veces la guadaña de la muerte siega a destiempo.

En Tábara, el pueblo de Amador, la gente comentó que los barbos del río Duero se habían portado demasiado bien con el cadáver de don Joaquín, pues cuando veían un buen cebo sacaban una espina que llevaban en el lomo y lo cortaban en trozos muy pequeños para comerlo mejor.

—Piedad, trae una botella de coñac, la mejor que tengamos, y dos copas. Eduardo, hermano, en estos momentos es cuando hay que beber.

—¿Cuánto, Isidro?

—Con moderación, pero con alegría.

—O sea, que la mitad hoy y la otra mitad para la próxima.

—Esperemos que no esté muy lejos.

La esquela de Joaquín fue muy raquítica, del tipo D, o sea, la inferior. Seguro que a él le hubiera gustado la más grande, pero Miguel, el de la funeraria, dijo que a don Joaquín no se le conocían parientes de garantía y que o le anticipaban el dinero o no había nada que hacer. La verdad es que tenía razón, pues la esquela era cosa del periódico y la norma de la casa era que con los muertos insolventes no se trabajaba a crédito.

El 13 de enero de 1970, festividad de San Hilario, a las doce horas, don Joaquín recibía sepultura en el cementerio de San Atilano. Ese día, la ciudad apareció nevada. Al cruzar el puente de hierro se podía ver el río comiendo copos de nieve como si fueran palomitas de maíz. Los ojos del puente de piedra estaban cegados por la crecida y el Duero corría como suele correr durante los inviernos, pero más. Iba feroz, casi loco. Luego, en el cementerio, con un frío que calaba los huesos, algunos comentaban que nunca el río había hecho tanto ruido ni llevado ese color tan oscuro.

—Ya se sabe que los ríos, cuanto más profundos, más silenciosos.

No fue la de don Joaquín una cristiana sepultura, como suele decirse. Lo enterraron en la zona civil, destinada a los suicidas. Según el reglamento de la Santa Madre Iglesia, el lugar de descanso de los que morían así tenía que ser tierra yerma.

Además, todos sabían que don Joaquín se había pasado media vida presumiendo de que no creía en Dios y que ni falta le hacía. No hubo manera de convencer al párroco. Hasta Vicente, el forense, se ofreció a certificar que Joaquín padecía una alteración mental. Ni eso sirvió para poder darle sepultura en el recinto sagrado del cementerio. Terminó, como ya he dicho, en el civil. Hubo un funcionario, cuya identidad omito, que llegó a decir que habría que haberlo enterrado en el vertedero de San Frontis para dar de comer a las ratas y servir de abono.

A la vuelta del entierro, Antonio, el oficial de fiscalía, y Horacio, el procurador, se pararon a tomar una cerveza en Casa Avelino y a comentar la desaparición de don Joaquín. Estaban de acuerdo en que su muerte era justa y en que Dios no lo perdonase.

—Bueno, se acabó. Ya está don Joaquín en el hoyo.

—Muere bien quien muere como merece. A más de un cliente mío le gustaría encargarle unas misas.

—¿Y eso?

—Mira Antonio, cuando un juez mancha la toga, lo que debe hacer es tirarse con ella al río para lavarla y lavarse él.

Ahora que sé tantas cosas de él, ojalá que el Todopoderoso se haya apiadado del alma de don Joaquín García Luengo. Pero creo que fue un cobarde que toda su vida la pasó malviviendo, agonizando y muriendo. Muy probablemente, nada hubo más ilustre en su carrera, ni mejor sentencia puso que su propia sentencia de muerte.

Cuentan los más viejos que nunca como ese día en que «aquel juez se quitó la vida», el Duero fue tan hambrón, que viéndolo correr parecía un animal feroz tras su presa. También que todos los 10 de enero, San Gonzalo, el río Duero, a su paso por Zamora, ruge.

A Amador Crespo, unos hombres vestidos de negro le amargaron la existencia. Pero bien sabía Amador que la paciencia comienza llorando y que, al final, ríe y ríe. Siendo estudiante en el colegio Corazón de Jesús, cayó en sus manos ese poema del paisano León Felipe que, más o menos, comenzaba así: «Aguardad vuestro turno con paciencia y con fe...»

X

Ojos de piedra

Nada es más rápido que el paso de los años. Por ejemplo, desde que asesinaron a Paula, para Amador Crespo los diez últimos correrían como las aguas de este río Duero que hoy vuelvo a tener delante de los ojos.

Amador, que había prometido a su padre ser paciente como un caracol, al poco tiempo de entrar en la cárcel se pasaba las noches sin pegar ojo, pensando en si algún día podría ver realizado su sueño.

A Amador, la obsesión por saber quién preñó y mató a Paula le golpeaba en la cabeza con insistencia. Lo mismo que las ansias de venganza. De madrugada se levantaba de la cama y paseaba por la celda, de arriba abajo, de un lado para otro. No quería perder temple ni serenidad, pero tampoco que la pasión le abandonara. Estaba convencido de que necesitaba esas tres cosas para cumplir su propio compromiso.

Desde luego, a Amador no le gustó nada que don Joaquín García, el magistrado de la Audiencia, muriera como murió. Ni que don Enrique, el juez de Instrucción, se fuera de este mundo de la manera que habría de irse.

—Qué le vas a hacer, Amador. No siempre llueve a gusto de todos. Confórmate con que a los dos les llovió lo que se merecían, enfermedad y muerte.

—Haz caso a Cándido. Con que los hijos de puta se vayan para el otro barrio, basta.

Don Enrique Medina Castro, el juez de Instrucción, el marido de doña Aurora, siempre juzgó más con los ojos que con la ley. Para él, su santa voluntad y el dinero eran las mejores leyes y sus ojos los mejores intérpretes, aunque dudo de cuál de las dos herramientas de trabajo iba en primer lugar.

A don Enrique le gustaba el dinero tanto o más que a su mujer. Tenía fama de que cobraba por administrar justicia. De fuentes de la Audiencia misma y de la curia procedía el comentario de que cuando al juzgado de don Enrique llegaba un asunto que afectaba a un conocido suyo o a alguien de quien podía obtener beneficio, en el margen superior izquierdo de la portada del procedimiento ponía A. A. o A. B., que quería decir «Asunto amigo» y «Asunto bueno». A partir de ese momento, el caso quedaba predeterminado y se resolvía de la forma más ventajosa para el allegado o para él. Incluso se habló del pleito de un pariente lejano que, fallado en un juzgado de la provincia y habiéndolo perdido, a instancias de don Enrique, la misma demanda se presentó en su juzgado para que lo decidiese en sentido contrario, con lo cual la deshonra y la suciedad de la justicia eran indiscutibles. La última fechoría conocida eran las presiones sobre el delegado del Instituto Nacional de Previsión para que a su mujer le pagarán una pensión de invalidez total por cuantía de 19.500 pesetas mensuales.

—A Enrique el día menos pensado le va a castigar Dios. No se puede jugar con la justicia como él lo hace.

—Ya. Matías, todo lo que tú quieras, pero lo hace y, además, impunemente.

—¿Qué quieres que haga yo, Germán? Todos nos lamentamos en privado, pero nadie mueve un dedo. Además, es muy hábil y no hay quien lo pille.

—Mira, en eso coincido contigo. Total, que lo mejor será esperar a que un día se apruebe una ley que disponga cortar las manos a los jueces ladrones y corruptos.

A don Enrique Medina Castro, el juez de Instrucción, su hora le llegó cuando le diagnosticaron que padecía un glaucoma bilateral, con pérdida progresiva de la visión. El pronóstico fue que, salvo un milagro, en menos de seis meses se quedaría ciego.

Fue doña Aurora la que contó a los compañeros la enfermedad que padecía su marido. Un día que habían ido con don Teófilo y doña Teresa a Miranda do Duero, un pueblecito en la raya de Portugal, donde la gente de Zamora iba a comprar café —el de la marca Nicola era el mejor—, toallas y juegos de cama, mientras descansaban en la terraza de un bar, Aurora empezó a hablar:

—Enrique no se encuentra bien. Estamos muy preocupados y os lo queremos decir muy en secreto. Está perdiendo la vista. Al principio no le dimos importancia. Ya sabéis que Enrique es miope de toda la vida, pero lleva un año que ve muy mal y le duele constantemente la cabeza. La semana pasada estuvimos en Madrid y nos dieron malas impresiones. Todavía nos falta el informe definitivo, pero parece que es un glaucoma.

Don Teófilo trató de quitar dramatismo, pero debía de saber —es de suponer que por el propio afectado— que el asunto era muy grave, sobre todo que el glaucoma era irrecuperable. Doña Teresa, muy en su papel, quiso amortiguar la situación.

—Creo que deberíais ir a más médicos. Hoy hay técnicas muy modernas. Digo yo que eso se operará.

Don Enrique no hablaba. Sólo escuchaba y, de vez en cuando, sonreía tímidamente. Él, mejor que nadie, sabía lo que le pasaba y estaba convencido de que la avería era seria y que no tenía arreglo. Se había informado bien y además se daban todos los síntomas del tipo más grave de glaucoma. Cefaleas por encima de las cejas, visión completamente borrosa y halos alrededor de la luz de una bombilla eran manifestaciones incontestables.

Pero peor que ver mal o no ver nada, peor que el dolor insoportable de cabeza, peor que tener una pupila como una moneda de dos reales, peor que todo eso era la etiología de la enfermedad. Y es que don Enrique, desde hacía doce años aproximadamente, padecía una sífilis ocular que, poco a poco, le había lesionado el nervio óptico. De la enfermedad se defendería como pudiera, aunque era consciente de que terminaría ciego, pero la idea de que en la ciudad llegara a conocerse la causa real le mataba de vergüenza.

A don Enrique, el mal determinante de su glaucoma crónico se lo pegó una puta de raza mora, llamada Fátima, que antes había ejercido en África y que se vino a España cargada de treponemas pallidum, es decir, de la bacteria de la sífilis.

Al hablar de los magos de la tribu, o lo que es igual, de la Casa de los Momos, dejé apuntada la afición de don Enrique por las putas del barrio de La Lana, pasatiempo que empezó a practicar a raíz de que su mujer, doña Aurora, se quedara en silla de ruedas.

Al principio, a don Enrique cualquier puta le iba bien, pero en cuanto conoció a Fátima se encaprichó de ella. Fátima, aparte de mora, era muy complaciente y —me parece que lo he dicho más atrás— trabajaba en el bar La Viña, que estaba en la calle Cortarrabos. Ella estaba encantada, pues ser la puta preferida del juez era un salvoconducto de mucha garantía.

Según los entendidos —me refiero a Fermín, el oficial—, la puta mora Fátima tenía una ventaja que no poseía ninguna de sus colegas, y es que era coja.

—Quien no ha jodido con la mora coja no conoce lo que es el placer perfecto. Así te explicas el encoñamiento de don Enrique.

—¿Y eso, Fermín?

—Pues muy sencillo. El alimento que no necesita la pierna mala se queda en el coño, y no veas qué vigor, qué presión. Te saca hasta la última gota.

Fermín, el oficial, me contó que don Enrique, para que no lo viesen, siempre que iba al barrio chino a echar un polvo con Fátima se disfrazaba. Por eso de que el cargo era el cargo, tenía miedo a que la gente se enterase de su vicio. A buen seguro que sería un mal ejemplo para una ciudad tan pequeña y de tan buenas costumbres. Eso sin contar el riesgo de que, si se llegaba a saber en la inspección de tribunales, el expediente disciplinario no se lo quitaba nadie. En el reglamento orgánico de la carrera, ese tipo de conductas hacían a un juez desmerecedor de ejercer tan excelsa función.

El disfraz que utilizaba don Enrique consistía en ponerse un grueso bigote postizo y unas gafas de sol, con lo cual lo confundían con don Romualdo, el comisario. Ese mismo camuflaje era el que utilizaba don Eduardo, el cura de Peleas —no me acuerdo si de Peleas de Arriba o Peleas de Abajo—, de manera que había días que Fátima no sabía muy bien con quién fornicaba. Bueno, a don Enrique lo identificaba porque tenía menos vello en el pecho que los otros dos y era de eyaculación precoz.

Don Enrique, cuando terminaba la faena, o sea, cuando había gozado, vestido y pagado, propina incluida, por eso de la mala conciencia y para evitar el qué dirán, le rogaba a Fátima que no se lo contase a nadie, que bien sabía que era un adúltero pero que la fuerza de la lujuria podía con él y que no podía resistir la tentación de sus tetas y sus muslos.

—No se preocupe, don Enrique. Yo, como una muerta.

—Eso, eso, el próximo día te haces la muerta, que a mí la necrofilia me gusta mucho.

Insisto en que todo esto lo contaba Fermín. No sé cómo lo sabía, aunque es de suponer que sería por Fátima, que al final terminaría como una traidora, además de puta de solemnidad.

Doña Aurora jamás pensó que a su marido pudiera llegarle una enfermedad tan grave como la que le llegó y que le fuera a dejar peor que a Lucas, el vendedor de cupones de la plaza Alemania. Podrá parecer increíble, pero doña Aurora de ningún modo aceptaba que las enfermedades no respetasen las clases sociales, ni las cuentas corrientes, ni las hectáreas, ni los cargos.

—¿Un rico puede morir como un pobre?

—Exactamente igual. Tanto palma un notario como un auxiliar administrativo.

—¿Y una señora presidenta como una puta tuerta?

—También.

Doña Aurora, la paralítica, llevaba cuesta arriba la desgracia de su marido. Siempre tuvo mal carácter y peor corazón, sobre todo desde que quedó como quedó. Sin embargo, al cabo de los cinco meses, cuando se dio cuenta de que no cabía la esperanza, doña Aurora cambió. Se portaba muy bien con don Enrique, estaba volcada con él y no consentía que nadie le aplicase el terrible tratamiento que le habían puesto y que consistía, básicamente, en cuatro fricciones diarias en los ojos con un ungüento de yoduro de mercurio.

Peor fue la reacción de don Enrique. La pérdida de la visión le produjo un sufrimiento psíquico superior al deterioro sensorial. Según los médicos, hizo un cuadro psicopatológico de humor depresivo, ira y hostilidad, insomnio, falta de apetito, aislamiento social, pérdida de autoestima y llanto. Si el síndrome depresivo persistía, no se descartaban futuras ideas suicidas.

—Aurora, no te empeñes en animarme. Cada día veo menos. Noto que se me acaba la luz por horas.

—Ten resignación, Enrique. Tienes que comer y recibir a tus amigos. Nunca te faltarán mi comprensión y el apoyo de tus compañeros y funcionarios. Todos te quieren con locura.

—No puedo estar en tinieblas. Así no quiero vivir. Que se vayan las visitas. Prefiero estar solo. Que acabe pronto esto.

—No seas terco, Enrique. Es muy difícil, pero no perdamos la esperanza de que puedas ver algún día.

—¡Vete! ¡Déjame en paz! ¡No quiero verte!

Doña Aurora engañaba a su marido, cosa que los funcionarios no veían bien. Don Enrique estaba sin amigos, triste, más zafio que nunca. Ella, puliéndose la fortuna en médicos. Él, pudriéndose en su propia enfermedad.

Los había muy duros con la situación. Por ejemplo, mi padre. Su opinión la dejó anotada:

Enrique va lentamente camino de la ceguera. Se niega a aprender el método de lectura Braille. Las palabras de doña Aurora, su mujer, no le consuelan ni le sirven de nada. Él lo que quiere es seguir peleándose con los funcionarios, maltratar a abogados y procuradores. No acepta una baja en el escalafón. Menos aún, perder antigüedad, honores y tratamientos protocolarios.

Don Enrique hacía realidad aquello de que la justicia es una lotería para idealistas y gente de buena fe. También que es mentira lo que se dice de que el juez es un hombre maravilloso, ajeno a cualquier pasión o debilidad.

—Amador, ¿te has enterado de que el juez de Instrucción se ha quedado ciego?

La pregunta se la hacía Modesto Expósito mientras, junto con Cándido, daba una vuelta por el patio de la prisión.

—Sí. Y lo siento.

—¿Por qué?

—Dudo que ése sea un adecuado castigo.

—Te parece poco. ¡Mal tuvo que portarse para que Dios le castigase de ese modo!

—Sólo él sabe bien lo que es una condena justa.

—¿Queréis que os cuente lo que he soñado esta noche?

—Alguna guarrería de las tuyas, Cándido.

—Te prometo que no, Modesto. Escuchad. Era un domingo por la mañana, hacía mucho frío. Yo iba a oír misa a la iglesia de San Juan cuando de repente, en un rincón de los soportales del ayuntamiento, vi el cuerpo de un hombre sentado en el suelo. Tenía un bastón en la mano derecha y con la izquierda extendida pedía limosna. Me detuve por si estaba enfermo y necesitaba ayuda. De pronto, cuando lo miré y le pregunté si necesitaba algo, me contesto: «¡Cándido Pulido, ten misericordia de mí!» Me quedé de piedra. ¿Sabéis quién era? Pues don Enrique, el juez, que además de ciego era mendigo. Pensé que su mujer y sus compañeros lo habían abandonado y que estaba pobre como las ratas.

—¡Coño! ¿Y qué hiciste?

—Pues lo que hubieras hecho tú. Le pregunté: «¿Qué puedo yo, un pobre preso, hacer por usted?» Él me contestó que le ayudase a recobrar la vista. Volví a preguntarle: «¿Pero cómo, don Enrique?» «Con un trasplante, me han dicho que hoy son fáciles de hacer, que no hay problemas y que sólo hace falta encontrar a un hombre de buena voluntad.»

—¿Y le diste el ojo?

—La verdad es que al principio dudé, pero luego le dije que no, que seguro que habría rechazo, que el ojo de delincuente siempre tendría que ir mal en un juez, que si yo también era corto de vista... Total, que al final salí como pude, le dije que se pusiera en lista de espera de un banco de ojos y le recordé lo del Evangelio: «Don Enrique, tenga usted fe, mucha fe, verá como recobrará la vista.»

—¿Eso está en el Evangelio?

—Supongo que no, pero qué más da. Se lo dije y punto.

—Bien hecho. ¡Que se joda!

Esteban Ramos —q.e.p.d.— acostumbraba a decir que cuando se desea el mal al enemigo que te ha hecho mal, lo bueno no es el mal, sino la alegría que produce ver sufrir al malvado.

La última vez que don Enrique salió a la calle fue meses antes de morir. Dicen los que lo vieron que el aspecto era lamentable. Iba con un bastón blanco, arrastrando los pies, sin afeitar y con unas gafas negras como dos trozos de carbón. Le acompañaba una mujer medio india que hacía de lazarillo, pero de la que no se fiaba, pues decía que un día en el semáforo de San Torcuato, esquina con la calle del Riego, le quiso matar. Por lo visto, la mujer silbó como si fuera un gorrión y don Enrique, creyendo que el semáforo se había puesto verde para los peatones, se puso a cruzar y estuvo a punto de morir atropellado. Pero al margen de este percance, era evidente que a don Enrique le quedaban pocas hojas en el calendario. Llevaba tres años jubilado por incapacidad manifiesta.

El 26 de noviembre de 1973, festividad de San Amador —también fue casualidad—, falleció don Enrique Medina Castro. A diferencia de don Joaquín, don Enrique murió en la cama. Sí, completamente ciego, pero en la cama, aunque también oliendo mal como don Joaquín. En el mes y pico que estuvo sin levantarse, antes de morir, no consintió que lo lavasen. Ni siquiera doña Aurora, a pesar de lo mucho que lo quería, era capaz de aguantar el olor de la última semana y se pasaba el día echando por las sabanas colonia Heno de Pravia, de la casa Gal.

Elías, el secretario del juzgado, que iba a verle todas las tardes y le daba conversación, contaba que don Enrique tuvo un final terrible, que los dolores de cabeza debían de ser tan intensos que decía que el glaucoma le estaba agujereando el cerebro como si fuera una máquina taladradora.

—Ojalá hubiera tenido menos dolores y más remordimientos de conciencia.

—Vale, don Germán, vale. Que todavía está caliente.

—Y yo. Mira, podría decir que siento su muerte, pero mentiría. La verdadera enfermedad de Enrique fue que estaba lleno de basura. Lo que le producía los dolores de cabeza era la mierda que tenía dentro.

—Entonces, ¿lo que le dejó ciego no fue el glaucoma ese?

—Nada de eso. Lo que le dejó ciego fue el pecado. Fue Dios el que le mandó el castigo para demostrarle que Él es el verdadero Juez Supremo.

Para don Paco, el cura de Peñausende, Dios tuvo mucho que ver en la ceguera y en la muerte de don Enrique.

—Dios, por compasivo y piadoso que sea, también es justiciero y trata al hombre en proporción a sus culpas. Dios no es que sea rencoroso, pero sí lleva las cuentas de las ofensas que los hombres cometen contra Él y contra otros hombres, y desea que los injustos tengan su escarmiento. La ley del talión es vieja como la humanidad. En el Libro del Éxodo se puede leer que pagarás vida por vida, ojo por ojo, diente por diente, mano por mano, pie por pie, quemadura por quemadura, herida por herida, golpe por golpe. Esos ocho artículos, más el de que a hierro muere quien a hierro mata, son los que mejor se saben los habitantes del pueblo de Dios. Y el retribucionismo, la doctrina más arraigada. ¡Abre bien los ojos y mira las maravillas de mi Ley!

Don Enrique, que siempre creyó que vivía rodeado de amigos, murió abandonado. Salvo Elías, el secretario, y, por supuesto, doña Aurora, su mujer, que le puso un ramo de rosas blancas en el ataúd, a don Enrique todo lo que le acompañó en el instante de decir adiós fue soledad y más soledad. Era el premio a una vida alumbrada por la abyección y alimentada por la maldad.

—¿Y don Enrique no dejó descendencia?

—No. Ni antes ni después del accidente de ella, ni de la enfermedad de él, hubo hijos.

Un día, en el café París, don Enrique, mientras echaba una partida de chamelo con Armando, el secretario, le confesó a Eustaquio, el limpiabotas, su paternidad frustrada.

—Yo siempre quise tener hijos, pero Dios no ha querido y mi mujer no ha podido. Me hubiera gustado perpetuar la especie.

Eustaquio, alias *Botines*, dejó la gamuza, levantó la cabeza, miró a don Enrique y le dio su versión científica:

—Pues ya sabe, don Enrique. Para hacer una casa de varias plantas hay que poner buenos cimientos y arrimar mucho material.

Don Enrique no cogió el mensaje de Botines, el limpiabotas, pero alguna puta indiscreta del bario chino llegó a comentar que el juez de Instrucción de Zamora era poco hombre.

—Don Germán, ¿es cierto que Enrique, en el mismo instante de morir, gritó: «¡Aurora, veo! ¡Aurora, veo!»

—Sí, claro que vio. Vio lo que los vivos no ven. Vio la muerte. E incluso vio algo más. Vio el infierno y vio un carro de fuego tirado por cuatro corceles que arrastraban su cadáver.

Hay dudas de si don Enrique fue al infierno o al purgatorio. Nunca se pudo averiguar, pero en la cárcel de Zamora se hicieron apuestas. Unos se inclinaron por el infierno, otros por el purgatorio. Sin embargo, la mayoría opinó que el purgatorio fue el recibidor donde don Enrique fichó y puso sus huellas dactilares antes de pasar al infierno y sufrir todos los tormentos imaginarios.

Lo dije al principio. A Amador no le hizo feliz la forma de morir de don Enrique. Le consideraba el más culpable de todos. Es cierto que a veces, cuando oía comentarios sobre la ceguera de don Enrique, sentía satisfacción pensando que fechoría por fechoría, pero él hubiera preferido que nadie se cruzase en su camino. Deseaba un ajuste de cuentas, cara a cara. Aun así, se reconfortaba pensando que don Enrique se acordase de él y de que quien la hace la paga, porque el castigo sigue muy de cerca al delito y al que se lo merece termina llegándole.

Dios ciega a quienes no ven, y a don Enrique la sífilis que le pegó la puta mora Fátima y el glaucoma que se le metió entre ceja y ceja y le vació los ojos fue el justo pago de tanto mal que causó. Definitivamente, don Enrique fue un hombre vil y habría de terminar como lo que fue. En Zamora, cuando preguntas por él, todo el mundo dice lo mismo, que mientras estuvo en activo, en su juzgado la única ley era la de embudo.

—¡Ah! ¿Aquel que terminó ciego? Era un malvado. Menudo cabrón. Era un tío repugnante.

—¿Y es verdad que le quedaron las cuencas de los ojos como los arcos del puente?

En ese momento, don Germán soltó una carcajada que se oyó en toda la ciudad y llegó hasta el Duero. Allí, los peces celebraban no sé sabe qué fiesta.

—¿Y Amador?

—Está esperando a que escampe.

Poder ver es algo maravilloso, como poder oír. No sé qué es antes, si la vista o el oído. Tal vez el oído, pero sin vista el hombre, cualquier hombre, por muy poderoso que sea, salvo que tenga bien abiertos los ojos del entendimiento y de la bondad, se extravía fácilmente, yerra en sus pasos y termina en el precipicio sin remisión. La luz es una de las cosas más importantes de este mundo. También en la justicia. La esencia de la justicia radica en la luz, en la luz de dar a cada uno lo suyo. En el planeta justicia, por muchas leyes que haya, por muchos jueces que pongamos, si falta luz y no hay fotosíntesis, todo, en muy poco tiempo, se convertirá en polvo y oscuridad.

XI

«Dies irae»

El 15 de diciembre de 1974, el Consejo de Ministros, a propuesta del Ministerio de Justicia, previo informe favorable del Patronato de Nuestra Señora de la Merced, concedió la libertad condicional a treinta y nueve reclusos que cumplían condena en diferentes prisiones. Uno de los favorecidos por la decisión fue Amador Crespo Lozano, preso en la cárcel de Zamora.

Dos meses antes, una comisión provincial, formada por el presidente de la Audiencia, el fiscal, el magistrado más antiguo, que era mi padre, el director de la cárcel y otro funcionario de prisiones, había aprobado el expediente, aunque con el voto en contra del primero y del cuarto.

Amador, que había extinguido las tres cuartas partes de la condena, se había hecho acreedor del beneficio por su conducta carcelaria, tenía una instrucción superior a la básica y, a juicio de los técnicos, ofrecía garantías de hacer vida honrada.

A los dos días de que se recibiese la orden de libertad, Amador salió de prisión con su certificado de liberado. Antes se le advirtió de que seguía vinculado a la cárcel, tanto para su reintegro, si fuera necesario, como para buscar ayuda y consejo en caso de desgracia. Así, literalmente, lo disponía el Reglamento de Prisiones.

Amador al abandonar la cárcel no avisó a sus padres. Temía que no lo reconociesen. Aunque don Marcial Ferrero, el director, no consiguió rematar la faena del juez don Teófilo Cuesta y sus secuaces, once años de prisión le dieron la vuelta como a un calcetín, cosa que no es de extrañar. Está demostrado que no hay recluso que después de cinco años de encierro sea la misma persona que cuando entró. Amador, mientras estuvo preso, envejeció al galope. Le salieron unas enormes ojeras y millares de arrugas le poblaron la piel. Amador no murió en prisión de verdadero milagro.

En media cuartilla, mi padre escribe: *Amador nunca se acostumbró a la injusticia de la muerte de Paula y de la suya propia. La idea de venganza siempre le rondó la cabeza. Y es que cuando a un inocente se le encierra un puñado de años sin saber por qué, en la cabeza de ese hombre se incuban las ideas más raras.*

Amador, salvo algún que otro bache de impaciencia, siempre estuvo dispuesto a esperar lo que hiciera falta. En prisión había aprendido que el tiempo es inmortal, que todo es cuestión de aguantar, y que si no se pierden los nervios, nunca es tarde.

A Amador, la muerte de Paula y la sentencia que lo condenó, además de servirle de tortura, le avivó el ingenio. A los tres años de estar en la cárcel, supo que, un día u otro, pero siempre en su punto, recogería el fruto maduro. Modesto Tamames era el que mejor le aconsejaba.

—Amador, la cecina, cuanto más curada, mejor.

—Un poco dura, ¿no?

—Sí, pero ésa es la más sabrosa.

En la tarde del 18 de abril de 1975, después de celebrar en familia el cumpleaños del señor Isidro, Amador cogió el coche de línea de la empresa Lorenzo Velasco y llegó a Zamora con un solo pensamiento, una escopeta envuelta en periódicos y una muda. Ése era todo el equipaje.

A las siete, desde la estación de autobuses se dirigió andando a la pensión La Sayaguesa, en la calle Quebrantahuesos. Podía haberse alojado en el hotel Suizo o en el Cuatro Naciones, pero Amador siempre fue austero en todo y no era cosa de dar lujo a sus intenciones. Debió de pensar que la única pasión que debe alojarse en estancias confortables es la de los amantes.

—Quisiera una cama.

—¿Por cuántos días?

—Por uno. Para esta noche nada más.

—¿Con cena?

—No. No tengo hambre.

—¿Y desayuno?

—Bueno. Está bien. Con desayuno.

Al final, Amador alquiló la habitación por día y medio. No iba a necesitar más. Pagó quinientas pesetas por adelantado y tal cual estaba, vestido y calzado, se echó sobre la cama.

Antes había dado un par de vueltas por la ciudad. Se detuvo en algunas calles para él inolvidables. Sobre todo la del Riego, que le recordaba esas idas y venidas al juzgado, la Audiencia donde Paula trabajó de criada del presidente, la muerte de Paula, el día del juicio. Todo le retumbaba en la cabeza como si le estuviesen dando con una piedra.

Amador durmió con la escopeta al lado. A la mañana siguiente, de madrugada, se despertó. De la chaqueta sacó su reloj, un Certina tamaño cadete regalo de sus padres el día de la primera comunión, que estaba viejo porque era viejo y no tenía correa porque se le rompió al año de tenerlo y no se había molestado en poner otra nueva. También le faltaba la aguja pequeña, pero eso no impedía que fuese un reloj muy preciso.

La verdad es que Amador miraba el reloj por puro acto reflejo, pues no lo necesitaba para saber la hora exacta. En el campo había aprendido a calcular el tiempo por el sol y por las vueltas de la noria. Luego, en la cárcel, cambió de sistema y se guiaba por los latidos de sus amarguras, algo en lo que siempre creyó, pues a Cayetano, el relojero de la calle Santa Clara, el que estaba al lado de la heladería La Ibense, varias veces le había oído decir que el corazón era el reloj más fiel porque trabajaba a muy buena temperatura.

A eso de las doce del mediodía, la hora del Ángelus, Amador empezó a prepararse. Estaba convencido de que a partir de ese instante cada minuto que pasara era un minuto que ganaba. Pensaba que, aunque las cosas le habían ido muy mal, se pondrían bien en cuanto hiciera frente a su verdugo. Amador, que había esperado mucho —casi, casi, todo lo que podía aguantar—, estaba a punto de saldar cuentas. Nada ni nadie se lo podía impedir.

A las dos de la tarde, Amador comió. Poca cosa. Un plato de fideos que dejó a medias y una naranja. Nada más. Desde pequeño, quizá desde que estuvo interno en el colegio y conoció el comportamiento de los curas a primeras horas de la mañana, Amador relacionaba el ayuno con las malas obras. Le pasaba lo mismo que con los colores y los olores.

A Amador, el color negro siempre le dio mala espina. Como a casi todo el mundo. Lo asociaba con oscuridad, peligro, traición, injusticia y muerte. También había olores que no soportaba, como el del incienso o la cera. Le traían malos pensamientos.

Sin embargo, otros colores y olores, como el verde y el de alfalfa recién segada despertaban en él sentimientos muy agradables. Debió de ser por eso, por la influencia de los colores y los olores y, en resumidas cuentas, porque la jornada se presentaba gris y nauseabunda, por lo que Amador, para su hazaña, eligió el día de Jueves Santo, cuando todo Zamora huele a incienso, y se vistió de marrón oscuro.

Alrededor de las tres de la tarde del 19 de abril del año 1975, Amador Crespo Lozano acabó con la vida de don Teófilo Cuesta Sánchez, el presidente de la Audiencia de Zamora. Lo mató de dos tiros a la puerta del palacio de Justicia, en la calle San Torcuato.

Amador hizo con don Teófilo lo mismo que antiguamente se hacía con los criminales; ejecutarlo en el lugar donde cometieron el crimen. Nadie pudo oír lo que uno y otro hablaron antes de que Amador se encarase la escopeta y apretase el gatillo, pero, según las declaraciones prestadas, primero, ante la policía y, después, ante el juez, Amador tuvo el detalle de anticiparle sus intenciones.

—¿Me recuerdas?

—No. ¿Quién eres?

—Soy Amador Crespo.

—Ah, sí, ya me acuerdo. ¿Qué quieres?

—Voy a matarte.

—¿Pero por qué?

—Porque hace diez años, dos meses y cuatro días que me quitaste la vida. Hoy soy yo quien va a quitarte la tuya.

—Espera. Déjame que te explique...

—Tú y el otro magistrado me condenasteis injustamente. Tenéis que pagar por lo que me hicisteis.

—Ten calma, por favor, no dispares. Piensa en lo que vas a hacer. Es posible que nos equivocásemos..., pero... Además, ya sabes que el otro magistrado se suicidó.

—Sí, aquél murió sumergido en el río y el juez de Instrucción, ciego, pero tu destino es otro. A ti te llevo esperando muchos años y sigues vivo.

—No dispares..., por favor. De tu condena, todos fuimos culpables... Te pido perdón. Si tú quieres, me pongo de rodillas. No me importa nada arrepentirme aquí mismo, decirte que estoy avergonzado. Hago lo que me pidas, pero no me mates.

—¡Ya es tarde! ¡Haberte muerto antes!

Don Teófilo, sabedor de que Amador no se volvería atrás, que su sentencia de muerte era firme y no admitía recurso, en esos últimos segundos de vida debió de recordar todas sus malas obras, todos sus atropellos, el porqué de la condena de Amador, el silencio que rodeó a la muerte de Paula. Estoy seguro de que si Amador le hubiera dejado un respiro, habría contado todo. Pero no fue así.

El impaciente dedo índice de Amador apretó el gatillo. Sonaron dos disparos. Uno, primero. Detrás, otro. Los dos prácticamente al mismo tiempo. Los dos en el blanco. Amador tiró al bulto, casi al jadeo, como si se orientase por el aliento de don Teófilo, aunque quizá a donde apuntó fue a la diana roja de su alma. La escopeta de Amador era una Sarasqueta del calibre 16. Tenía el ánima estriada y disparaba cartuchos que su padre, el señor Isidro, compraba vacíos en la armería Macías. Los dos cartuchos que mataron a don Teófilo los había rellenado Amador con postas de plomo.

A Amador Crespo, la sangre de don Teófilo le salpicó. Algo normal, no sólo por la corta distancia a la que disparó, sino porque a Amador, entre unos y otros, le encendieron la sangre y deseaba nadar en sangre.

—¿Tú sabes qué hizo Amador cuando le saltaron las gotas de sangre de Teófilo?

—¡Y yo qué sé! Supongo que nada. La sangre del enemigo es una mancha muy agradable.

Otra versión es que Amador, antes de disparar, insultó a don Teófilo.

—¿Qué tal, pedazo de cabrón? Eres un hijo de puta y dentro de nada serás un cadáver. Te voy a dejar que ni te reconozcan.

—Sé que no tengo escapatoria, pero antes déjame que me encomiende a Dios Todopoderoso.

Sin embargo, creo que esta conversación no existió y que es fruto de la invención de alguien que odiaba a don Teófilo, pues no hay ni un documento que pruebe que Amador y don Teófilo cruzasen estas palabras. Amador tampoco las reconoció como suyas. La verdad es que a Amador no le iban las florituras verbales ni don Teófilo era tan templado.

Lo único cierto es que don Teófilo no debió de enterarse, que la muerte fue instantánea, porque parte de la masa encefálica y del cuero cabelludo quedó pegada en la pared y la mitad de los intestinos desparramados en la acera.

Mi padre fue el primero que supo de lo sucedido. Aunque era fiesta, estaba en el despacho leyendo unas sentencias pendientes de firma y oyó los disparos. Se asomó a la ventana e inmediatamente bajó a la calle. Allí, a dos pasos de la puerta de la Audiencia, se encontraba don Téofilo, muerto en medio de un charco de sangre. Amador estaba a su lado, sentado en el bordillo de la acera, con la escopeta todavía humeando.

Mi padre jamás creyó que Amador fuese un criminal tan convencido como para hacer lo que hizo, de la forma en que lo hizo y el lugar donde lo hizo. Sin embargo, no tardó mucho en comprenderlo. Amador mató a Teófilo no sólo para acabar con él, por verle morir, sino también para disfrutar del espectáculo de cómo la injusticia que representaba se ahogaba en odio y sangre.

Yo me enteré de la muerte de don Teófilo por mi hermano Andrés. Me llamó a Segovia, donde por entonces estaba destinado, para contármelo. No me lo podía creer.

—Qué me dices. ¿Amador, un asesino? Imposible.

—Sí, Fernando, sí. Increíble, pero cierto.

—¿Pero no estaba en la cárcel?

—Debía de llevar unos meses en libertad condicional.

—¿Lo han detenido?

—Bueno, sí, pero no hizo falta porque él mismo se entregó.

Aunque comprendí cómo se sentiría después de lo mucho que llevaba pasado y sufrido, nunca imaginé que Amador llegara al extremo de matar a nadie. Amador era un hombre pacífico y enemigo de todo lo que supusiera violencia. Odiaba el atropello.

Quizá sea retroceder bastantes pasos de los que llevo dados, pero creo que lo que voy a contar puede servir para conocer a Amador un poco mejor. Un día en que Senén, el agente judicial de la Audiencia, nos llevó a casa de Justo León, un viejo amigo suyo que había sido verdugo de la Audiencia Territorial de Valladolid, si bien a veces, por necesidades del servicio, se le prorrogaba la competencia a otras ciudades.

Amador y yo fuimos con Senén a buscar lombrices para pescar. Senén y Justo, además de vecinos, se conocían de tiempos de la Legión, donde habían hecho la mili juntos y, por lo que me contaba, también un montón de barbaridades. Por ejemplo, fornicar con cabras y moros.

La casa de Justo estaba a las afueras de la ciudad, por el barrio de San José. Delante tenía un trozo de huerta. Recuerdo que cuando llegamos, una mujer estaba sentada a la puerta pelando patatas. Era la esposa de Justo. A Amador y a mí nos llamó la atención que fuera tan pequeña, flaca y pálida. No pronunciaba palabra. Senén nos dijo que era sordomuda. Por señas nos indicó que pasáramos. La casa era muy modesta, con los techos muy bajos, un metro setenta, aproximadamente. También recuerdo que había mucha humedad y que no tenía ventanas.

Al ver a Justo, Amador y yo nos quedamos parados. Tendría sobre sesenta años, pero la edad era lo de menos. Estaba en camiseta, haciendo aparejos de pesca que luego vendía. Lo más impresionante es que le faltaba el brazo derecho a la altura del codo y que empleaba el muñón como si fueran los dedos. Al ver nuestras caras, nos explicó que la culpa de la avería fue de una granada que le explotó en África. Con la misma destreza que ataba los anzuelos, lió un cigarro y nos lo ofreció. Le dijimos que no —ya he contado que Amador y yo, de fumar, nada—, que muchas gracias.

Después de marcharnos, Amador le hizo a Senén muchas preguntas. Estaba aterrorizado y no entendía que hubiera hombres cuya profesión consistiese en quitar la vida a otros. Senén nos contó que Justo, por eso de que no se le enfriasen los sentimientos, cuando pasaba mucho tiempo sin llevarse un condenado a la boca hacía prácticas con su mujer y hasta llegaba a ponerle el garrote al cuello. Amador, en su ingenuidad, también preguntó a Senén por algunos detalles del trabajo de Justo.

—¿A cuántos ha matado?

—No lo sé, pero no menos de diez.

—¿Y puede dormir?

—A pierna suelta. Al principio soñaba que los agarrotados iban en procesión y lo llevaban clavado en la cruz. Hace tiempo que encontró el remedio. Ahora, todas las noches, antes de dormirse, ahoga a sus víctimas en aguardiente de Cazalla.

—¿Y cuánto ganaba?

—Desde luego, rico no se ha hecho, y a la vista está. No sé si Justo cobraba por sueldo o por arancel. Otro verdugo que conocí y que se llamaba Plácido me contó que por apiolar al violador y asesino de una niña pasó una factura de cien duros, aparte gastos de desplazamiento y dos días de pensión completa.

Cuando Amador y yo contamos a mi padre que habíamos conocido a Justo León, nos dijo que, salvo raras excepciones, a los verdugos no les gustaba su carrera y que por eso ellos no hablaban nunca del número de hombres a los que mandaban para el otro mundo, ni de la técnica que empleaban. También nos contó que a Justo, al poco tiempo de su jubilación, le habían concedido la medalla de San Raimundo de Peñafort, en la categoría segunda.

—Fernando, ¿pero cómo se puede premiar al que asesina?

—Ya ves, Amador. A mí se me ocurre que quienes matan no son los verdugos, sino aquellos que ordenan hacerlo al firmar las sentencias de muerte.

Si Amador cambió la sangre del hombre noble por la del verdugo fue porque la injusticia cometida con él, lo mismo que otras muchas injusticias, igual que casi todas las injusticias, le devoró las entrañas y le pulverizó el corazón. Pero se diferenció de un verdugo en que él no fue un mero ejecutor de la justicia y mató por un mísero sueldo, sino un matarife de hoja ancha que aniquiló a su enemigo por asco y odio.

La actitud de Amador ante el cuerpo de su pieza era la de un hombre satisfecho por haber realizado una proeza. Así lo encontró mi padre y en ese estado de ánimo lo detuvo la policía cuando llegó. Mientras lo esposaban, Amador miraba al cadáver de don Teófilo con un gesto que denotaba todo menos arrepentimiento. Era evidente que estaba decidido a firmar su confesión con mano firme.

El asesinato de Teófilo salió bien porque Amador lo preparó a conciencia y no lo anunció. Estoy convencido de que Amador diseñó su venganza justo el mismo día en que se le condenó por el asesinato de Paula, su novia. El crimen no fue en él una vocación, sino una fatalidad. En su sesera, durante muchos años, días y horas, maduraron multitud de poderosas razones. Convertir a Amador Crespo, un hombre corriente y moliente, en un criminal fue cosa fácil. Bastó con arrebatarle lo que más quería, encima condenarle por ello, esperar, tener una escopeta a mano y asegurarse de que lo que iba a hacer era un acto de soberana justicia.

A don Teófilo, Amador Crespo no le dio tiempo a preparar su tránsito a la otra vida y hacer testamento. Tampoco respetó su derecho a morir en casa, al lado de Teresa, su mujer. A ella, eso de que a su marido le quitasen la vida de repente le debió de desconcertar mucho, pues, con lo ordenada que era, le hubiese gustado organizar el óbito con mucho detalle.

—¿Quién le iba a decir a Teófilo que la muerte le sorprendería de esta manera?

—Pues la verdad es que nunca se lo pregunté. Lo que sí sé es que a los hombres cobardes no les gusta la muerte. A mí me alegra que los cobardes se mueran, es la justa cosecha de quien siembra su vida de miseria e indignidad.

—Entonces, por lo que dicen, don Teófilo estuvo poco digno al verse frente a Amador.

—No lo sé ni me importa, pero normalmente los ajusticiados carecen de dignidad.

Los únicos que tienen valor para mirar a los ojos a la muerte son los que saben que en este valle de lágrimas estamos de paso y siempre están dispuestos a decir adiós.

—Lo peor es que a Teófilo no le dio tiempo a redactar su esquela ni, por supuesto, a poner que «Descansó en la Paz del Señor, después de recibir los Santos Sacramentos y la bendición de Su Santidad».

—Ni paz ni bendiciones.

Cerca de una hora estuvo don Teófilo tendido en la calle a la espera de que don Antonio Illán, el juez de Instrucción, y Carlos Moneo, el forense —Vicente fue incapaz de asistir—, practicasen las diligencias de inspección ocular, recogida de efectos y levantamiento del cadáver. Los trámites fueron rápidos y a media tarde, en el depósito del cementerio de San Atilano, con la única compañía de un mendigo muerto y sin identificar, el cuerpo de don Teófilo ya estaba sobre una mesa de mármol, envuelto en una sábana, en espera del trámite de autopsia. Mientras, el policía municipal de servicio comentaba la imagen de don Teófilo muerto en aquel antro y rodeado de palas, cirios y flores secas.

—Si te soy sincero, a mí me reconforta ver a un hombre tan importante ajusticiado por la ley del talión y entre olores a humedad, sangre revenida y olvido.

A las nueve de la noche, aunque la causa de la muerte estaba clara como el agua, pues las heridas hablaban por sí mismas y ahorraban cualquier trabajo, el forense ponía sus manos sobre el cadáver de don Teófilo. No fue Vicente, el primo de Teresa, su mujer, ni Carlos, el otro forense, los que intervinieron, sino uno que se apellidaba Marín y que vino de Salamanca.

El cuerpo de don Teófilo estaba hecho migas y de las tres cavidades reglamentarias el forense sólo abrió la torácica, porque las otras dos bien abiertas estaban. Antes de practicarle la autopsia hubo que lavarlo entero y limpiarle la sangre y la mierda.

—Cuando lo desnudamos vimos que Teófilo se había hecho sus necesidades. Debió de ser en el momento en que hablaba con Amador, instantes antes de que le disparase.

—Es lógico, cuando sabes que te van a matar, salvo que seas muy valiente, te cagas. En ese momento, ni la toga, ni el señoría, ni nada te controla los esfínteres.

Mientras realizaba su trabajo en aquel cuchitril, el mismo donde se habían practicado las autopsias de Paula y de don Joaquín, y en el que malamente cogían el muerto, él y otro más, al doctor Marín el cuerpo de don Teófilo le traía cosas a la memoria. Por ejemplo, que hasta el siglo XIII se entendió que la anatomía más próxima al hombre era la del cerdo. También recordaba que en algunos pueblos de Castilla, cuando el cadáver era el de alguien con fama de mala persona, existía la costumbre de fregar con cepillo de carda el suelo del depósito de cadáveres y sus proximidades.

—¿Y eso?

—Porque se pensaba que si la sangre de aquel mal hombre tocaba los pastos, el ganado se volvía loco.

A Senén, el agente judicial, al ver rajar el tórax de don Teófilo se le escapó una sonrisa. Le parecía una paradoja que fuera tan blando con lo duro que aparentaba ser. El forense lo miró con mucha serenidad.

—Aunque el personaje produzca risa, no olvides que a los muertos no se les debe tomar el pelo por eso de que no tienen posibilidades de réplica.

—Doctor, usted perdone, pero ¿ha visto que tiene el hígado como un colador?

—Si tú lo dices. ¡Anda, apunta!:

1.º) Se trata de una muerte violenta. 2.º) Causa de la muerte: parada cardiorrespiratoria. 3.º) Causa de lo anterior: destrucción de centros vitales cerebrales y abdominales. 4.º) Causa de lo anterior: heridas múltiples por arma de fuego. 5.º) Etiología médico legal: homicidio.

Miguel Raposo era el dueño de la funeraria y tenía fama de hombre esmerado y diligente. Presumía de que sus muertos eran los más limpios de España. Lo mismo le daba recomponer un cadáver hecho papilla por el tren que llevar muerta a doña Encarna, la madre de don Armando, el secretario de la Audiencia, hasta Ponferrada, dándole conversación para aparentar que iba viva. Digo esto porque yo lo viví.

Miguel era una persona muy envidiada en Zamora. Por culto y por adinerado. La funeraria se llamaba La Soledad desde tiempos de su padre. Por respeto a su memoria no le cambió de nombre comercial, pero a él el nombre que le gustaba era El Largo Adiós. En cuanto a los beneficios obtenidos con la desgracia ajena, Miguel decía que la muerte no descansaba ni en vacaciones y daba tajo todo el año.

—Lo de Miguel, alimentándose con las tragedias de los demás, es de carroñeros. Yo haría lo que aquel gobernador ateniense, que condenó a muerte al enterrador de la ciudad porque sacaba demasiado provecho de la muerte.

A Ramón, el médico de casa, esta crítica le parecía absurda. A su juicio, todo el mundo vivía a costa del otro. Según esa teoría, habría que condenar a muchos más, empezando por él, que, como médico, vivía de la enfermedad y la muerte del vecino.

—¿Y los arquitectos cuyos negocios se basan en la ruina de las casas?

—Pues es verdad. Lo mismo que los secretarios judiciales. ¿No depende su arancel de los pleitos de la gente?

Miguel era también un embalsamador de primera. Caro, eso sí, pero muy bueno. Según don Ramón, dejaba los cadáveres de maravilla.

—Algunos quedan como los maniquíes de Sederías Segovianas.

—¿Y el de don Teófilo?

—Éste quedó tan recompuesto que daba la impresión de que en cualquier momento se podía levantar y echar a andar.

La misma tarde del asesinato de don Teófilo, la noticia llegaba a Tábara. Nadie, salvo sus padres, creía que Amador había matado al presidente de la Audiencia.

La gente que lo conocía a fondo tenía a Amador como un ser incapaz de hacer daño a nadie. Ni siquiera a quien tanto daño pudo hacerle. Menos si, como decían, cuando lo tuvo cara a cara, el juez estaba indefenso. En un hombre que amaba la vida y que a los peces que cogía los devolvía al río y a los pájaros que capturaba los soltaba al campo, aquello era impensable.

La señora Piedad dio la noticia por buena en cuanto se lo dijeron. Desde que su hijo fue preso, todas las noches, a eso de las diez, se sentaba a ver las estrellas y rogar a Dios que no se olvidara de hacer justicia. Aquel día se reunió con su vecina Clara y sacaron la silla a la calle.

—Nunca me aburriré de ver morir a los que hicieron mal a mi hijo.

—Te comprendo, Piedad. La venganza y la esperanza son como el agua que nos calma la sed. A los enemigos se los vence sobreviviéndoles.

—Cuantos más, mucho mejor. Si pudiera y me dejaran... No sabes con qué gusto pagaría el entierro de todos. Pero me preocupa qué le puedan estar haciendo a Amador y lo que le pasará a partir de hoy.

El señor Isidro oía a su mujer mientras se fumaba el último Ideales del día.

Para el señor Isidro, el mayor de los pecados era la injusticia, y a su hijo Amador, durante el tiempo que estuvo encarcelado, le pedía constantemente lo que le rogó cuando se lo llevó la Guardia Civil. Que aguantara, que tuviera paciencia. En cada carta siempre se despedía diciéndole que con un poco de fe los cadáveres de sus enemigos le saldrían al encuentro.

—Ya sé que todo retraso que prolonga nuestras alegrías siempre nos parece largo. Pero, exista o no exista, doy gracias a Dios por haberme mantenido vivo y permitido ver el día en que la justicia ha acudido en auxilio de mi hijo. Piedad, saca la media botella de coñac que sobró cuando lo del otro juez que se suicidó. Y avisa a Eduardo.

—¡A la salud de mi sobrino! Que aprendan los ricos y los poderosos que también los humildes sabemos hacer mal.

—Sí, Eduardo, sí. Que el infierno acoja a quienes tanto daño hicieron a Amador.

En la cárcel, los presos no se enteraron del asesinato del presidente de la Audiencia hasta la mañana siguiente. Fue al leer la noticia en *El Correo de Zamora*, que, además, traía una esquela a media página donde ponía: «Muerto en acto de servicio.»

A Modesto Tamames se lo dijo otro recluso mientras paseaba por el patio de la prisión. Al saberlo, no pudo ocultar su alegría y fue de preso en preso, estrechando las manos.

—¡Por fin! Hay que saber aguantar un poco y morir después de los muertos condenados a muerte.

Como en el caso de don Joaquín, los presos preguntaban por los detalles.

—¡Joder! ¡Cuenta, cuenta!

—Por lo visto, lo esperó a la puerta de la Audiencia y le disparó a quemarropa.

—¡Sí, señor! ¡Con dos cojones!

—Con dos cojones y con dos tiros de posta.

—¿Cuánto tardó en morir?

—Nada, en el acto. Lo dejó seco.

El comentario unánime es que la muerte de don Teófilo fue una muerte cantada, un homicidio sin agravantes ni atenuantes, en respuesta a la muerte de Amador a manos del presidente y de los otros jueces.

—Que nadie olvide que a Amador lo ataron de pies y manos y lo colgaron del mástil de la bandera del palacio de Justicia, a la vista del público, para recreo de todos.

Durante toda la noche, el ataúd con Teófilo dentro estuvo expuesto en el salón de pasos perdidos de la Audiencia. Fueron muy pocos los que le hicieron vela. Apenas una docena de hipócritas con cara de estar pensando que la muerte hizo bien con llevarse al difunto.

A quienes se veía más afectados era a los hijos. La viuda, doña Teresa, aunque aparentaba estar muy afligida, sin embargo no lloró a su marido, lo cual era lógico. Sólo debe llorarse al marido cuando en vida te ha hecho sonreír. Las que en su matrimonio lloran por culpa del cónyuge, deben reír en el momento de darle sepultura. Teresa asistió al entierro de su marido con un gran velo que le tapaba la cara, pero, a pesar de ello, se le podía ver un rostro tan triste como seco, que hablaba suficiente.

Pilar, la hija de don Teófilo, estaba emocionada al ver a su padre de cuerpo presente. Le parecía un verdadero santo. Pero hubo más opiniones. Algunos de los asistentes, al ver a don Teófilo en la caja mortuoria, pensaban que las medallas y las distinciones mancillan al hombre inmoral.

Uno de los momentos más difíciles fue cuando hubo que decidir el lugar de enterramiento. La mayoría de familiares, empezando por su mujer, querían trasladar a don Teófilo a Bande, su pueblo natal, y enterrarlo allí. Pensaban que a él le hubiera gustado descansar al lado de los suyos. Sin embargo, al final lo enterraron en Zamora.

—Es malo morir lejos de donde se nace.

—Peor es que te entierren donde nadie te aprecia.

El entierro fue a la mañana siguiente y estuvo precedido de un funeral en la iglesia de San Vicente, que está a la espalda de la Audiencia. El féretro bajó difícilmente por las escaleras del palacio de Justicia y hubo un momento en que se temió que caja y muerto terminaran en el suelo. Los portadores eran don Vicente, el forense; don Ventura, el fiscal; don

Félix Tejedor, el magistrado suplente; don Armando, el secretario de la Audiencia; don Elías, el secretario del juzgado, y don Mateo, el juez municipal. En total, seis, pero a cada cual más flojo. Estaba claro que entre todos no reunían fuerzas suficientes para llevar a hombros el féretro. La culpa no se la echaban al muerto, pues si con vida Teófilo era un canijo, no digamos sin ella, sino a doña Teresa, que se empeñó en una caja de pino macizo. Todo debía parecerle poco para su querido esposo, pero sus colegas, entre la caja y la pena, no estaban nada seguros de que llegarían hasta el coche fúnebre que esperaba en la acera de San Torcuato, justo donde el día antes el muerto había caído muerto. Si he escrito muerto dos veces seguidas, quede claro que ha sido con toda intención. Don Teófilo Cuesta, el presidente de la Audiencia, no sólo estaba muerto, sino que bien muerto estaba.

Allí, en la puerta, esperaban el gobernador civil, el alcalde, el presidente de la Diputación, el gobernador militar y los delegados provinciales de los respectivos ministerios. Todos, bueno, todos menos los solteros, iban con sus señoras. El clero de la ciudad estaba representado por el obispo, reverendo Diego Benítez, con quien Teófilo confesaba una vez por semana.

De Madrid no asistió ninguna autoridad, ni política ni judicial. Quienes sí estuvieron fueron el presidente y el fiscal jefe de la Audiencia Territorial de Valladolid y los jueces de 1.ª Instancia e Instrucción de la provincia.

—¿Y todos iban en actitud recogida?

—Sí, sí, todos, sin excepción. Bien es verdad que en los entierros la gente finge mucho y pone cara de compungido, aunque en ese momento esté echando pestes del muerto.

El entierro constituyó una sentida manifestación de duelo. Negros crespones y coronas de flores cubrían la caja mortuoria. La familia se esmeró y eligió una grandiosa sepultura. A pesar de lo beata que era, doña Teresa se olvidó de que san Agustín advierte que la pompa de las exequias son más un consuelo para los vivos que un auxilio para los muertos.

A don Teófilo lo enterraron con toga y le pusieron todos sus atributos, que no eran pocos, pues tenía muchas condecoraciones. Las puñetas eran de encaje de bolillos de Almagro. Se las había hecho su mujer con técnica tipo berberecho y tenían corazones, dragones, garrotas, soles y serpentinas.

Ese día, en el cementerio de San Atilano hacía más calor del normal por esas fechas. Zacarías, el sepulturero, sudaba como un condenado y los de la comitiva estaban medio asfixiados. Alfredo Casaseca, el segundo de los dos magistrados suplentes, sufrió una lipotimia y tuvo que ser atendido por Carlos, el otro forense, aunque cuando se recuperó de verdad fue en el momento en que le dieron de beber agua de un botijo que Zacarías tenía en la caseta de entrada y que envolvía con un paño húmedo.

En la sepultura de don Teófilo, los funcionarios de la Audiencia y los abogados y procuradores pusieron flores para que le acompañasen mientras se descomponía. Mandaron rosas, claveles y gladiolos. Unos presos de la cárcel le enviaron —naturalmente sin firma— un pequeño ramo de crisantemos morados, como la túnica de los nazarenos de la procesión del Santo Entierro. Para los presos y también para otros desgraciados, el crisantemo es la flor de los solitarios y además aguanta bastante.

—Ni siquiera la tierra se portó con Teófilo como con el resto de los huéspedes. Al cabo de dos meses, toda la sepultura estaba cubierta de cardos y zarzas.

Mi padre, no sólo no lloró sino que hasta le costó cierto trabajo sentirlo. Lo dice por escrito:

Hoy, mi estado de ánimo es de tristeza, pero no por la desaparición de Teófilo, sino por Amador.

A mi padre, la muerte de Teófilo debió de producirle dos cicatrices en el corazón. Una muy profunda, por Amador. Otra, no más que un simple rasguño, por su colega. Mi padre no mandó flores ni contribuyó a pagar la corona de la Audiencia. Se limitó a rezar y a desear a su compañero aquello que los romanos deseaban a los suyos en el momento de darles sepultura. Rogó para que la tierra le fuese leve.

En su comparecencia ante el juez, Amador estaba totalmente tranquilo y no dio muestra alguna de arrepentimiento. Al contrario, parecía aliviado, relajado, convencido de haber ejecutado una buena obra.

—Amador Crespo, ¿se arrepiente usted de lo que ha hecho?

—No. He cumplido con mi deber, señoría. Tenía que matarlo.

—Pero ¿por qué?

—Por lo mismo que se corta la mala hierba.

Los jueces no saben que la sangre llama a la sangre. También ignoran que existen dos clases de arrepentimiento, el de cabeza y el de conciencia, aunque a veces se presentan mezclados. El de conciencia es de santos. El otro es el de los malvados. Por ejemplo el de Pilatos. Amador Crespo no sintió ninguno de los dos cuando mató a don Teófilo.

Lo he dicho antes. Jamás pensé que Amador pudiera cometer un delito tan grave como el que cometió, pero la verdad es que me sienta bien saber que un hombre perverso pagase todo el mal que hizo. Creo que el destino de aquel que condena a alguien sabiendo que es inocente debe ser la muerte. No se puede ser compasivo con ese tipo de gente. Perdonar la vida a don Teófilo hubiera sido como dar limosna a un ladrón de mendigos.

A Amador Crespo, el día en que mató a don Teófilo, justo después del segundo disparo, se le terminaron buena parte de las angustias. El resto de la pena era porque seguía sin saber el nombre del matarife que acabó con Paula. Sólo descansaría para siempre el día en que lo supiera. Respecto al asesinato de don Teófilo, al cabo de una semana se dio cuenta de que no se había equivocado. Durante muchos años le odió. Luego, una vez muerto, le despreciaba.

—Es muy peligroso acosar a un hombre y no dejarle otra salida que matar.

— Y tanto. Las dentelladas del hombre acorralado son terribles.

Fue el día de San Raimundo de Peñafort cuando Valentín, el agente judicial de la Audiencia que visitaba a su mujer, fallecida hacía poco, se encontró a Zacarías, el enterrador, al lado de la tumba de don Teófilo.

—Qué, Zacarías, ¿limpiando un poco la sepultura del presidente?

—De ninguna manera. Bien sucio murió. Que siga así. Tenía ganas de orinar y me ha parecido buen sitio.

—La verdad es que a todos les ha llegado el momento de rendir cuentas.

—Los asesinos de Amador irán cayendo uno a uno y aquí se reunirán todos. Primero, don Joaquín, luego, don Enrique, el juez; después, éste. Ya falta menos.

Dice la leyenda que la peor hora, la hora que eligen los fantasmas para hacer la puñeta al respetable, son las doce de la noche.

Yo creo que para Amador Crespo, la peor de las horas fueron las tres de la tarde.

A las tres de la tarde, Amador nació.

A las tres de la tarde, Amador enterró a *Nube*, su perro.

A las tres de la tarde encontraron el cadáver de Paula, el amor de Amador,

A las tres de la tarde, la Guardia Civil detuvo a Amador por orden del juez don Enrique Medina.

A las tres de la tarde acabó el juicio seguido contra Amador por un delito que no cometió.

A las tres de la tarde, don Germán notificó a Amador la sentencia que le condenaba a más de veinte años de reclusión por un delito que no era suyo.

Y a las tres en punto de la tarde, Amador mató de dos tiros a don Teófilo, el presidente del tribunal que lo condenó.

A las tres de la tarde, del 21 de abril de 1975, el señor Isidro fue a Zamora para ver a su hijo. Estaba detenido en comisaría. Sólo cruzaron la mirada y se dieron un abrazo. La policía no les dejó que hablasen entre sí. Tampoco les hacía falta.

Luego, el señor Isidro se llegó hasta el río. De nuevo sus aguas iban teñidas de rojo. Ahora, eso sí, tranquilo, despacio pero sin descanso, igual que las estrellas dan luz y la sangre calma la sed del corazón. Yo calculo que el día en que Amador mató a don Teófilo Cuesta Sánchez, el Duero iría al mismo trote que la ira, más o menos, a diez por hora. No es mucho, pero sí lo suficiente para que la infamia no pudiera escapar.

Nota. Entre los folios del sumario incoado por la muerte de Teófilo Cuesta hay media cuartilla, supongo que obra de algún enemigo de la víctima, que pone lo que sigue.

Diligencia. La extiendo yo para hacer constar que, según pruebas indirectas y de referencias, el juez don Teófilo Cuesta Sánchez llegó a su cargo como una comadreja, ejerció sus funciones como un gallo y murió como un perro.

XII

La penitencia

El paso del tiempo, ni rápido ni lento sino a su ritmo, todo lo arregla, incluida la injusticia, a la que suele reparar con silencio y poco espectáculo.

Cuando los jueces de la Audiencia de Zamora lo condenaron por la muerte de su amada Paula Flores, a Amador Crespo todo se le puso en contra y nada le quedó en pie. De golpe le arrebataron la libertad, la inocencia, el trabajo y hasta el amor y el honor. Salvo unos cuantos que le volvieron la espalda, la familia y su pueblo estuvieron donde siempre. En su sitio.

Ahora, después de once años de aquel desaguisado, cuando Amador Crespo va a ser juzgado de nuevo, de aquellos jueces que lo sentenciaron faltan dos, sin contar al juez de Instrucción. Sólo mi padre, don Matías Blanco Losada, queda vivo.

A las nueve y media de la mañana, Amador baja del coche celular y entra en el palacio de Justicia, al que muchos vecinos de Zamora prefieren seguir llamando la Casa de los Momos.

—La verdad es que el nombre le viene ni que pintado.

—Ése sí que era un dios, no otros.

—Usted siempre igual, don Germán.

Amador lleva un guardia civil en cada costado. Lo mismo que cuando el juicio de Paula, aunque con una notable diferencia. Amador ha cruzado la puerta erguido. Su aspecto no es el de un ganador, pero tampoco el de un derrotado. No es que vayan a premiarle, ni lo espera. Le complace sentir que merece castigo por lo que hizo. Sabe que en esta ocasión sí recibirá un veredicto justo.

Mi padre, Matías Blanco Losada, aunque formó parte del tribunal, no fue en calidad de presidente. A la muerte de don Teófilo le propusieron sustituirle y asumir la presidencia de la Audiencia, pero rechazó la oferta. «Nunca me sentaría en ese sillón tan vacante», escribió. En su lugar, el Ministerio de Justicia nombró a un magistrado más joven, Juan Ramírez Bernal, hasta la fecha destinado en Ávila.

El tercer magistrado era don Ismael García Sierra. Había llegado a Zamora en febrero de 1971, en sustitución de don Joaquín. Esa plaza también la quiso don Enrique, pero no se la dieron porque, además de que ya veía muy mal, los informes que emitieron de él lo calificaban de no idóneo, o, lo que es igual, no apto para el cargo.

—Hay que reconocer que la superioridad fue muy benevolente y se quedó corta en la calificación.

—¿Tú crees?

—Hombre, aparte de inútil, Enrique era vil e inicuo. Eso como poco.

—¿Y quién actuaba de fiscal?

—Don David Ríos, el teniente fiscal.

—¿Y don Ventura?

—No quiso o no pudo intervenir. Por lo visto, no se encontraba nada bien, aunque sin precisar de qué, si de salud o de espíritu.

Amador, de nuevo, tenía como abogado defensor a don Germán Santos. Estaba a punto de retirarse. Tan a punto que sería su último caso. Aceptó el asunto por puro compromiso moral consigo mismo. Su intervención no iba a ser tan dura y larga como la anterior. Así se lo había pedido Amador. A cambio, don Germán rogó a Amador que, aunque reconociese los hechos, sin embargo no se confesase culpable.

—Por el asesinato de don Teófilo sólo debes reconocer tu culpa ante ti mismo. El resto, déjamelo a mí.

—¿En qué basará la defensa?

—En algo tan sencillo como que cada uno se defiende como puede. Mi tarea es que el tribunal comprenda que tu crimen fue producto de otro crimen.

El escrito de acusación del fiscal contenía seis conclusiones:

1.ª *Amador Crespo Lozano, cuyas circunstancias ya constan, y que padece un delirio paranoico que anula su voluntad, en venganza por la condena que le fue impuesta por este tribunal el 18 de octubre de 1965, de la que hacía responsable a dos de los magistrados intervinientes, entre ellos al que fue presidente, Ilmo. Sr. D. Teófilo Cuesta Sánchez, decidió acabar con su vida. En ejecución de su idea, el procesado, una vez que salió en libertad y logró identificar a don Teófilo, decidió matarlo, lo que llevó a cabo a las tres de la tarde del día 19 de abril de 1975, en el momento en que el presidente salía de la Audiencia, lo que verificó de dos disparos con una escopeta de caza del calibre 16 y a una distancia aproximada de dos metros, que alcanzaron de lleno a la víctima y que produjeron su muerte inmediata.*

2.ª *Los hechos anteriormente relatados son constitutivos de un delito de asesinato, cualificado por la alevosía, y otro de atentado de los artículos 406, 1.ª y 231, ambos del Código Penal, en relación con el artículo 71 del mismo Código.*

3.ª *De referidos delitos es autor material el procesado Amador Crespo Lozano, al haber realizado material y directamente los hechos que los integran.*

4.ª *Concurre la circunstancia agravante de premeditación conocida, del artículo 10 número 2.º del Código Penal y la eximente de enajenación mental, primera del artículo 8 del repetido Código.*

5.ª *Procede decretar el internamiento del procesado en un centro psiquiátrico penitenciario por tiempo indeterminado, comiso del arma y costas.*

6.ª En concepto de responsabilidad civil indemnizará a los herederos de don Teófilo Cuesta en la cantidad de ochocientas mil pesetas.

Aparte del fiscal, la familia de don Teófilo, por su cuenta, había nombrado a un abogado que acusara a Amador. A oídos de doña Teresa, la viuda, había llegado la noticia de que el fiscal era partidario de considerar a Amador una especie de loco furioso o, lo que es igual, un inimputable exento de toda responsabilidad. Ella quería que al asesino de su marido se le impusiera la pena más severa, o sea, la de muerte. A la hora de elegir, siguiendo recomendaciones de algunos colegas de su difunto marido, encargó los servicios a un abogado de Madrid, Emilio Cortés Oliva, famoso por sus tesis antiabolicionistas de la pena de muerte. El tal Cortés, aparte de seductor, presumía de ser el abogado que pedía más penas de muerte ante los tribunales. También el que más conseguía, que todo hay que decirlo. Ambas circunstancias le valieron que entre la curia se le conociera con los sobrenombres de *Donjuán Togado* y *Carnicerito de las Salesas*.

—Lea el señor secretario las conclusiones provisionales de la acusación particular que representa a la mujer e hijos de don Teófilo Cuesta Sánchez.

—Con su venia, señor presidente. La acusación particular, en su escrito de conclusiones provisionales, dice:

A la primera. Conforme con el fiscal, salvo que el procesado Amador Crespo padezca cualquier tipo de anomalía mental. Entendemos que era perfectamente consciente y dueño de sus actos en el momento de cometer los hechos.

A la segunda. Conforme con el fiscal.

A la tercera. De acuerdo con la correlativa del Ministerio Fiscal.

A la cuarta. Disconforme, en parte, con el fiscal. Concurre la agravante de premeditación, pero ninguna otra que exima o atenúe la responsabilidad del acusado.

A la quinta. Esta acusación solicita para el acusado la pena de muerte o alternativamente, treinta años de reclusión mayor, accesorias y costas, incluidas las de la acusación particular.

En cuanto a la responsabilidad civil, el procesado indemnizará a la viuda e hijos de don Teófilo Cuesta en la suma de dos millones de pesetas.

El trámite de lectura previa finalizó con las conclusiones de la defensa, que eran coincidentes en todo con las formuladas por el fiscal, a excepción del internamiento de Amador en un centro psiquiátrico.

—Amador Crespo Lozano, ¿ha oído usted el relato de hechos que hacen tanto el fiscal como la acusación particular y su defensa?

—Sí, señor.

—Bien. Ahora le pregunto: ¿se confiesa usted autor de la muerte del ilustrísimo señor don Teófilo Cuesta García, el que fue presidente de esta Audiencia Provincial, hecho ocurrido el 19 de abril de 1975?

—Señor presidente, confesarme, no.

—¿Entonces?

—Lo que hago es declararme responsable de esa muerte. Sí, yo maté al que fue presidente de esta Audiencia. Pero quede claro que antes de hacerlo le quité todos los tratamientos. Yo acabé con la vida de Teófilo Cuesta, a secas.

En cuanto Amador pronunció estas palabras, el presidente se dio cuenta de que el juicio iría rápido. Inmediatamente abrió la fase de interrogatorio del acusado.

—¿El señor fiscal va a interrogar al procesado?

—Señor, seré muy breve. Un par de preguntas, nada más.

—Adelante.

—Ha reconocido usted que mató a Teófilo Cuesta. ¿Por qué?

—Creo, señor fiscal, que los hechos son más claros que lo que yo pueda decir. Por venganza. Teófilo Cuesta, lo mismo que su otro compañero, el que se tiró al río, pisoteó mis derechos. Mis derechos le han pisoteado a él.

—¿Qué quiere decir?

—Lo que oye, señor fiscal. Él fue injusto y yo también.

—¿Cuándo decidió usted darle muerte?

—El día en que me notificaron la sentencia por la muerte de mi novia. Hoy hace, justamente, diez años y catorce días, descontados los domingos que no cuentan para los asuntos de justicia.

A continuación hizo uso de la palabra el abogado de doña Teresa, que se había empeñado en asistir al juicio y tomaba nota de todo lo que allí pasaba.

—Ilustrísimo señor presidente. En nombre de la familia de la víctima que ejerce su acción particular deseo preguntar varias cosas.

Amador no estaba por contestar al acusador privado, pero el presidente le advirtió que tenía que responder.

—Se exhorta al procesado a decir verdad. Debe hacerlo de una manera precisa y clara. Continúe el señor letrado.

—Diga el procesado: ¿antes de disparar sobre don Teófilo habló con él? ¿Qué le dijo y qué le contestó él a usted?

—Creo que ya lo declaré ante el juez de Instrucción. Le dije la verdad, que iba a matarle, que llevaba mucho tiempo esperando ese momento. Él se limitó a pedirme perdón y a rogarme que le dejase vivir.

—Y usted le disparó a quemarropa. ¿Es así?

—Llámelo como quiera. Sólo sé que no podía fallar y no fallé.

—Entonces, ¿quiere decir que usted estaba sereno?

—Completamente tranquilo. Sobre todo de conciencia.

—¿Reconoce usted la escopeta que tiene ahí delante y, caso afirmativo, fue con ella con la que disparó a don Teófilo?

Antes de responder a esta pregunta, Amador se acercó a una mesa baja y de reducidas dimensiones donde se colocaban, además de otros efectos, las armas empleadas en la comisión de los delitos que se juzgaban. Allí, desmontada, estaba la Sarasqueta del señor Isidro, con su etiqueta: JUZGADO DE INSTRUCCIÓN NÚMERO 3 DE ZAMORA. SUMARIO 6/1975. CAUSA CON PRESO. En ese momento, Amador se dio la vuelta y miró al señor Isidro, que estaba entre el público. Después contestó:

—Sí, la reconozco. Ésa fue el arma con la que lo maté. Pero lo podía haber hecho igualmente con cualquier otra cosa.

—¿Qué significa esto último?

—Lo que he dicho y usted ha oído. Que no tenía escapatoria. Que lo hubiera matado con las manos o con los dientes.

Al oír esta respuesta, doña Teresa no pudo reprimirse. Tampoco sus hijos y algunos amigos que los acompañaban:

—¡Asesino, asesino! ¡Tienen que colgarte!

No fue una decisión fácil la que tomó el presidente del tribunal al escuchar esos gritos, pero cumplió escrupulosamente con su deber. La ley prohibía cualquier muestra de aprobación o desaprobación y autorizaba al presidente a expulsar a quien perturbase el juicio.

—¡Silencio! ¡Se llama al orden! Abandonen la sala los autores de esas voces. Señor agente judicial, en uso de sus facultades de policía de estrados, cumpla con la obligación encomendada.

No hubo necesidad de que el funcionario judicial interviniese. Doña Teresa se levantó y, tras una mirada displicente hacia los magistrados, abandonó el juicio, seguida por los suyos.

—Puede continuar el señor letrado.

—Está todo más claro que el agua, señor. Ninguna pregunta más.

—Su comentario sobre la claridad sobra, señor abogado. El letrado de la defensa puede interrogar.

Don Germán fue muy breve es sus preguntas.

—Con la venia. Ha dicho usted que mató a don Teófilo Cuesta por venganza. ¿Nunca pudo apartar de su cabeza esa idea?

—No, señor, nunca. Vengarme, para mí se convirtió en un instinto al que no podía vencer. Lo sabía.

—¿Sabía qué?

—Que tenía que hacerlo, que tenía que matarle.

—Pero ¿por qué tenía que hacerlo?

—Por la necesidad de castigo. Eso fue lo que me pasó con él. Cuanto más tardase en matarlo, peor me sentiría. Matar al presidente que injustamente me condenó y destrozó la vida era mi deseo, mi impulso y mi juramento.

—Pero ¿usted es consciente de que matar es un delito?

—Sí. Y un mandamiento de la ley de Dios, que rige para todo el mundo. Salvo para mí.

—¿Y por qué a usted no?

—Porque antes me obliga la ley del talión.

—¿En dónde está esa ley?

—Yo sólo sé que un mal mata otro mal, lo mismo que una injusticia hace justicia a otra injusticia.

—No hay más preguntas, señor presidente.

A continuación se pasó a la prueba testifical y pericial.

La primera consistió en las declaraciones de los policías que detuvieron a Amador.

La prueba pericial se limitó a los informes emitidos por los médicos sobre el estado mental de Amador en el momento de los hechos. Hubo dos posturas que iban desde la plena conciencia del acto e imputabilidad absoluta, hasta la exención completa de responsabilidad por enajenación mental.

—¿El ministerio fiscal y las demás partes tienen algo que decir en cuanto a la prueba documental?

—Por reproducida, señor presidente.

Esto fue lo que contestaron el fiscal y los dos abogados para que el tribunal tuviera en cuenta las actuaciones practicadas en el sumario.

Ni don David ni don Germán modificaron sus conclusiones provisionales. Las elevaron a definitivas. Sí lo hizo el abogado de la acusación que representaba a la familia de don Teófilo. Iba a aumentar la petición de pena.

—Señor presidente. Ante la gravedad de los hechos, esta acusación, lamentablemente, se ve obligada a pedir para el acusado Amador Crespo la pena de muerte, pero sin alternativa. Únicamente en este particular y en la cuantía de la indemnización, que se fija en tres millones de pesetas, variamos nuestras conclusiones.

Abierto el trámite de informes orales, el primero en intervenir fue el fiscal, que lo hizo para argumentar a favor de la locura de Amador, tesis que el propio Amador rechazaba con apenas mirarle a los ojos. Don David concluyó sus palabras pidiendo una sentencia conforme a sus conclusiones definitivas.

—No quiero cansarles, señores del tribunal. Sólo quiero decirles que el procesado es un hombre al que la cólera volvió loco y destruyó cualquier tipo de reflexión, un hombre al que la rabia enfureció y destrozó como si fuera un castigo de Dios. Amador Crespo perdió la razón desde el momento mismo en que fue condenado por la muerte de su ser más querido. Desde entonces, su comportamiento ha sido como el de un animal, y que este representante del ministerio público recuerde, la última condena a un animal fue en el siglo XV cuando el obispo de Lausana condenó a las sanguijuelas que infestaban las aguas de Berna.

Amador, al oír estas palabras, no pudo ocultar su malestar. Fue tan evidente, que el fiscal hizo la oportuna aclaración. Don David era un hombre muy correcto con todo el mundo, incluidos los procesados.

—Ruego que no se me interprete mal. Con la cita histórica no he pretendido ofender al acusado, ni insultarle. Como tampoco lo pretendo con esta otra con la que pongo fin a mi intervención. Señores magistrados, si el genial Ulpiano ocupara este sitio, sin duda que nos diría: «El acto criminal de un enfermo mental es igual a una teja que nos cae sobre la cabeza.» Muchas gracias. He concluido.

—Es el turno de palabra de la acusación particular.

—Con la venia, señor presidente. Por imperativos de la cortesía forense, mis iniciales palabras han de ser de salutación al ser ésta la primera vez que tengo el alto honor de actuar ante vosotros...

—La presidencia agradece su cortesía, señor letrado. Puede continuar.

Una hora y cuarenta minutos empleó el abogado don Emilio Cortés Oliva en tratar de convencer al tribunal, no de los hechos en sí, que estaban acreditados y aceptados por todos, empezando por Amador, sino de la plena responsabilidad de Amador en el momento de matar a don Teófilo y en la necesidad de imponerle la pena de muerte.

—Dicho en términos de estricta defensa, creo que el fiscal es un hombre de ideas equivocadas. Con todos los respetos y consideraciones, su postura me parece inadmisible. Confunde al loco físico con el loco moral. El acusado que tenemos ahí, sentado en el banquillo, es eso, un loco moral, un ser desalmado. Nos lo ha dicho uno de los peritos: «el acusado tiene perfecto intelecto e íntegra su voluntad». Así es. No hay en él ni un ápice de deficiencia intelectual, sólo una pérdida de sentido moral, una insania de principios que de ningún modo puede arrebatar a la justicia su espada.

En definitiva, la postura del abogado y acusador de la familia de don Teófilo era que faltaba en Amador una enfermedad mental comprobada, como sinónima de perturbación morbosa. Para él, sólo se daba ausencia de contención moral, de manera que ninguna atenuante, y menos eximente, concurrían en los hechos.

—¿Ha acabado, señor letrado?

—No, señor presidente.

—Pues prosiga. Prosiga.

—El fiscal ha hablado del acusado como un animal o, lo que es casi peor, de una cosa inanimada. Dado su talante, ha querido corregir lo que está a la vista de todos, que el procesado es una fiera. Si se quiere, como poco, una roca o un hierro, no una teja. Ya les he dicho lo que para mí es Amador Crespo Lozano. Un miembro gangrenado de nuestro cuerpo social al que hay que amputar para preservar sano el resto del organismo. Pero admitamos lo que el fiscal ha dicho. Pues bien, yo digo que a un animal que mata se le sacrifica. Ni siquiera se le encierra. ¿Qué haríamos con un perro que nos mata a un hijo? Sencillamente, colgarlo. Amador Crespo es la personificación de la degeneración, el mal que encierra en sí constituye un verdadero peligro para nuestra sociedad, un peligro mayor que el que representaban los bárbaros para nuestros antepasados. En la lucha entre el bien que nosotros representamos y el mal que él encarna, la respuesta no ofrece duda. Ustedes tienen la obligación de defendernos del mal al que, si se me permite el juego de ideas, han de cortar por lo sano.

—¿Algo más?

—No. Muchas gracias. Ahora sí he acabado.

El turno final era para la defensa. Don Germán en su informe apenas consumió veinticinco minutos. Atendía así al ruego de Amador. No se detuvo a discutir los hechos, pues eran indiscutibles. Únicamente hizo hincapié en rebatir la tesis de la acusación particular de que no hubo en la conducta de Amador ninguna circunstancia eximente ni atenuante. Insistió en que Amador, desde el día de la condena, inició un cuadro de desequilibrio emocional que lo llevó a seguir viviendo con la sola idea de acabar con quienes consideraba responsables de la injusticia cometida contra él. Pero lo hizo a su modo. No en vano iba a ser su última actuación ante un tribunal de justicia.

—Señores del tribunal. Créanme que ninguna sorpresa me ha producido la intervención de mi colega madrileño. Las noticias del foro que llegan de la capital de España lo hacen a esta ciudad con vientos de violencia. Me consta que al letrado señor Cortés le gusta limpiar las manchas de sangre con sangre. Dicen quienes lo conocen que todavía no se explican cómo su toga sigue siendo de color negro, que hace tiempo que debería haberla cambiado por otra de color rojo. Lo siento, señor letrado y no por ello nada apreciado colega, pero no puedo consentir que a estas alturas de nuestra civilización humana, cultural y jurídica, usted siga aporreando en los tribunales para que se vierta sangre. La justicia se creó para ayudar a vivir, no para morir.

Nadie presente en la sala salía de su estupor al oír la intervención de don Germán. Ni mi padre, que había escuchado informes de todos los tonos. La dureza de sus palabras a buen seguro que en cualquier tribunal hubieran dado lugar a que el aludido protestara y reclamase la consideración debida, pero el abogado Cortés se daba cuenta de que jugaba en terreno nada favorable y que su exordio no había caído ni medio bien entre los magistrados que tenía enfrente. Estaba claro que don Germán iba a ser despiadado con su compañero. Tan claro como que el presidente ni hizo ademán de llamarle la atención para que moderase el tono de sus palabras.

—Si lo desea, el señor letrado de la defensa puede continuar con su informe.

—Gracias, señoría ilustrísima. Decía que la justicia está para ayudar a vivir. Y para algo más. Por ejemplo, para juzgar a un hombre, esa justicia tiene la obligación de seguir su rastro larga y atentamente. Para juzgar a un hombre no basta con examinar el acto externo. Hay que profundizar, llegar hasta lo más hondo de su ser y ver qué resortes le ponen en el camino del crimen. Pues bien, después de muchos siglos de luchas cruentas entre hombres, de horribles masacres y de caprichosas ordalías, sólo después de tanta sangre hay una verdad inmutable. Me refiero al binomio ofensa defensa que actúa por instinto. Es como el niño que golpea a la piedra que fue causa de su caída o el salvaje que escupe en el río que volcó su canoa. Son reacciones sin medida, puros actos reflejos. Ha hablado el fiscal de que mi cliente es un loco, un enajenado exento de responsabilidad. Para mí sería muy fácil decir que sí, que de acuerdo, que mi cliente es un enajenado mental, que se le ingrese en un manicomio y asunto terminado. Pero no, Amador Crespo no es ni un loco, ni un orate, ni un desmemoriado de los que hablan *Las Partidas* para excluirlos de pena y que resumen en la fórmula de que «el loco no sabe lo que hace». Ustedes han oído lo que el procesado ha contestado cuando le he preguntado si era consciente de que matar es un delito. Tengo aquí anotada su respuesta. Literalmente ha dicho: «antes me obliga la ley del talión, sólo sé que un mal mata otro mal»... Creo que aquí está la clave. Cuando la ley penal expresa que matar es un delito, esa norma sólo se dirige al sujeto consciente y libre, no al sujeto irreflexivo y esclavo, a quien imponerle una prohibición es absurdo, pues de antemano se sabe que no podrá cumplirla. Amador es un preso de la injusticia sufrida, de la que es incapaz de librarse y que le causa un sufrimiento permanente. La idea de resarcirse del atropello que cometieron contra él es algo compatible con su inteligencia, pero que condicionó el sentido de lo bueno y lo malo. Vengarse de la injusticia fue en mi defendido una idea que penetró en su conciencia sana el mismo día en que le detuvieron como culpable de la muerte de Paula, su novia, y que creció desmesuradamente hasta convertirse en una auténtica bola de nieve que le taponó las vías de valoración. Permítanme la comparación. Amador Crespo fue como ese automóvil de frenos muy potentes pero que de nada sirven si el motor se pone a toda marcha y cuesta abajo. A mi cliente, su sólida educación, su robusta moral, sus fuertes principios de nada le valieron porque alguien lo lanzó por la pendiente más inclinada. Señores magistrados. Termino. Mi defendido, Amador Crespo, se ha sentado en el banquillo después de que lo hiciese por primera vez hace hoy diez años. No son ocasiones aisladas. El ahora acusado, a partir de aquella condena, fue un animal herido que no ha podido defenderse de su propia ira y, al final, ha atacado a quien le hirió. Sé que resultará muy duro oírlo, sobre todo a los allegados de don Teófilo, entre quienes los incluyo a ustedes, que fueron sus compañeros, pero la culpa de que mi defendido quitase la vida al que fue presidente de esta Audiencia recae en quienes le llevaron a vengarse. La sentencia que le condenó por la muerte de su novia fue el cebo de su delito, el aguijón que le envenenó la sangre. No se me interprete mal. No estoy diciendo que lo que Amador Crespo hizo lo hiciese con derecho, por necesidad, y que la ilícita muerte de don Teófilo se convirtió en justa. No, no es esto. Lo que digo es que si bien está que la ley castigue al hombre encolerizado, tampoco debemos olvidar que a ese mismo hombre su cólera no le dejó ver la ley. Amador no pudo dominar su cólera. Para él, poder vengarse fue mucho más agradable que vivir. Señor presidente del tribunal. Hace una década, en esta misma sala defendí a Amador Crespo García, acusado de un delito que aún hoy sigo convencido de que no cometió. Recuerdo que entonces, testigo como fui de una acusación infundada, defendí a mi patrocinado con evidente irritación. Hoy no. Hoy, declarada su culpa, no reclamo justicia con enfado. Hoy lo hago con el ruego de que sean magnánimos, que admitan que aquellos hechos todavía por esclarecer y aquella sentencia fue el comienzo de un estado de trastorno emocional muy próximo a la locura. Por todo, les pido que dicten una sentencia que, además de ajustarse a derecho, se ajuste a la justicia. La violencia es enemiga de la ley, pero a veces, en ocasiones como la que sus señorías juzgan, violencia y ley tienden sus manos para saludarse.

—¿Alguna cosa más, señor letrado?

—Sí, señor presidente. Mi colega madrileño empezó su informe con la salutación por actuar ante ustedes por primera vez. Yo voy a terminar el mío con palabras de despedida, pues es mi intención, cuando salga de aquí, colgar la toga para siempre. Llevo cuarenta años pidiendo justicia, buscando justicia, bregando por la justicia y sufriendo por la justicia. No me arrepiento. Creo que nada hay más hermoso que luchar por la justicia. Y si no, fijémonos. Se puede vivir sin trabajo, sin dinero, sin salud y hasta sin amor, pero no se puede vivir sin justicia. Debo advertirles que estas palabras no son mías. Son de don Ángel Ossorio y Gallardo, maestro de maestros. Como él hizo en su día, antes ustedes, hoy, yo dejo consignado que he puesto mi alma al servicio de la justicia. Nada más.

—Póngase en pie el acusado. ¿Desea añadir algo a lo dicho por su abogado defensor?

—No, señor.

—El juicio ha terminado. Visto para sentencia. Pueden abandonar la sala.

La Audiencia Provincial de Zamora dictó sentencia el 4 de mayo de 1976. En ella se condenaba a Amador Crespo Lozano por haber dado muerte a don Teófilo Cuesta Sánchez, el presidente de la Audiencia de Zamora. La pena impuesta fue de veinte años de reclusión menor por un delito de asesinato y otro de atentado, con las agravantes de alevosía y premeditación y la eximente incompleta de enajenación mental. En la misma sentencia se acordó sustituir la pena privativa de libertad por el internamiento en un establecimiento destinado a enfermos mentales.

El testimonio literal de la sentencia condenatoria, facilitada, mediante fotocopia, por un funcionario que, a cambio de la gentileza, sólo pidió que se preservarse su identidad, obra en la adenda de documentos que se incorpora al final de este texto. No obstante, de las notas dejadas por mi padre hay algunos datos interesantes que merecen conocerse. Por ejemplo que, en el momento de deliberar, los tres magistrados estuvieron de acuerdo en que Amador debía ser condenado y que las discrepancias se centraron únicamente en la apreciación de la circunstancia eximente de enajenación, fuese plena o semiplena —en su lenguaje, ellos hablan de completa e incompleta—, lo que incidiría en los años de prisión a imponer y, caso de considerarle un enfermo mental, la sustitución de la prisión por el internamiento en el hospital psiquiátrico penitenciario.

—Bueno, ¿cómo lo veis? —preguntó don Juan, el presidente.

—Tú eres el ponente y, por tanto, tuya es la palabra.

—Gracias, Matías. Si os parece, vamos por partes. ¿Hay prueba? Mi opinión es que sí. El procesado reconoce los hechos y ya se sabe que la confesión del culpable es la reina de las pruebas. En este sentido, creo que están claros el asesinato y el atentado. También que concurren la alevosía y la premeditación. Me parece que no es fácil encontrar un caso tan evidente de muerte al acecho. Amador Crespo dispara de improviso y a muy corta distancia...

—Y tan corta. Parece ser que los tacos de los dos cartuchos quedaron dentro del cuerpo de Teófilo.

—Así es. No hay duda de que el acusado mata a Teófilo de súbito y sobre seguro.

—Coincido contigo. Y supongo que, en cuanto a la premeditación, la cosa también esta clara. El propio Amador Crespo ha venido a reconocer que matar a Teófilo era una idea que tenía desde que le condenaron por la muerte de su novia. Mayor serenidad y frialdad, imposible.

Mi padre estuvo de acuerdo con todas estas consideraciones. No había razones para la duda. Amador mató a Teófilo porque quiso matarlo, no le dejó salida ni posibilidad alguna de defensa y llevaba diez años firmemente resuelto a acabar con él, hasta el punto de que planificó su acción sin dejar nada al azar. Para Amador, matar a Teófilo era como cumplir su destino y el de su víctima. Hasta aquí la deliberación no presentó problemas. Las discrepancias llegaron en el momento de abordar la cuestión de la eximente de enajenación invocada por el fiscal y don Germán.

—Bueno, el punto crucial ya sabemos cuál es. ¿Hay o no hay enajenación en el procesado? ¿Es Amador Crespo plenamente imputable? Recordemos los hechos e incluso algunas frases del procesado que he anotado. Dice «mi conciencia está tranquila», «he cumplido con mi deber», «he matado a ese hombre, lo mismo que se corta la hierba mala». Para mí no hay enajenación mental. El procesado sabía perfectamente lo que hacía. No discuto que haya en él rasgos paranoides, pero el dictamen de los peritos judiciales me ha convencido cuando afirman que el trastorno de Amador Crespo no es tan grave como para considerarle un enfermo mental. ¿Vosotros qué opináis?

—Yo estoy de acuerdo contigo —dijo el magistrado Ismael García.

—Y tú, Matías, ¿qué dices?

—Siento discrepar de vosotros, pero para mí este hombre, aunque sólo sea en relación con la muerte de Teófilo, es inimputable. Me quedo con el dictamen del doctor García Rosado, emitido a instancias de la defensa del procesado. Amador Crespo padece un desarrollo paranoico expansivo, cuya trama obsesiva delirante, más que Teófilo, es lo que el llama «corrupción de la justicia». Para él, en aquella sentencia por la muerte de su novia Paula Flores está la raíz de todo. Teófilo no fue su delirio, lo fue también Joaquín, y prueba de ello es la satisfacción que le produce recordar su suicidio. Es el entorno de la justicia lo que determina su agresividad, una violencia tal que le impide controlar sus actos, a pesar de que los diseñe meticulosamente. Creo que lo procedente es apreciar la inimputablidad completa e ingresar a este hombre en un centro médico asistencial adecuado hasta llegar a su curación.

—Pero ¿y la falta de arrepentimiento, qué? ¿Es que no vas a tenerla en cuenta?

—Naturalmente que sí, pero en sentido opuesto al tuyo. Ésa es otra demostración de la perturbación que padece el procesado. Precisamente, eso es lo que dice el doctor García Rosado. Amador Crespo, por su racionalización patológica de los hechos, ni puede frenar sus actos ni puede arrepentirse. Por no poder, ni siquiera puede mentir. Obra de acuerdo con lo indicado por su pasión violenta contra un mundo, el de la justicia, que fue el que, según su tensión nerviosa, quitó la vida a Paula y se la quitó a él. Pero no olvides su gesto inmediatamente después de disparar sobre Teófilo. Yo mismo le vi sentado en la acera esperando que llegara la policía. Para mí fue una actitud de entrega espontánea y confesión plena, sin paliativos, de su acción.

Al final, por dos votos a uno, prevaleció la tesis del presidente y ponente de la causa. A juicio del tribunal, Amador Crespo, en el momento en que mató a Teófilo, padecía una personalidad paranoide, pero no entraba en el cuadro psiquiátrico completo del paranoico como enfermedad psicótica. A diferencia de mi padre, el presidente y el otro magistrado consideraron que Amador, en su delirio, no quiso atentar contra la justicia como institución, sino contra un magistrado en particular. Concretamente, contra Teófilo Cuesta, que era quien le había condenado diez años antes.

—¿Y qué diferencia hubiera habido entre un Amador paranoide y un Amador paranoico?

—Pues la que hubo. Amador no fue un enajenado, sino que se quedó en la frontera entre la normalidad y la insania.

Tampoco fue pacífica la decisión de ingresar a Amador en un establecimiento para enfermos mentales. Mi padre se opuso frontalmente. La ley lo disponía así, pero, según él, esa medida no era aplicable a quien comete el hecho en situación de trastorno mental transitorio, que luego cede. Para él, meter a Amador en un manicomio, y no otra cosa eran los hospitales psiquiátricos penitenciarios, significaría su destrucción total.

Creo que la argumentación de mi padre no podía ser más sensata. Amador, desde el día en que mató a Teófilo, hasta ese momento, había estado preso preventivo en la cárcel de Zamora, que era una prisión común y ni siquiera tenía un pabellón de enfermos mentales. Allí dentro no había presentado ni un síntoma de alteración mental. ¿Por qué ahora llevarlo al psiquiátrico penitenciario? ¿Qué médico aconsejaba esa medida?

Sin embargo, de nuevo, el peso de los votos inclinó la balanza a favor del internamiento.

—Ésta fue la sentencia dictada por los jueces, incluido tu padre, pero ¿la tuya cuál hubiera sido?

—¿La mía? Mucho más sencilla y más justa. Amador, cuando sintió la mordedura de la injusticia y el veneno de la venganza le entró en las venas, no tuvo más salida que matar. Después, ya en prisión, la sangre se le recalentó aún más, hasta que llegó a hervir y se hizo maestro en casquería. En realidad, ésta fue la única profesión que aprendió en los años de encierro en una celda maloliente. A partir de ahí, todo vino rodado, el odio oculto se transformó en plomo y la muerte de Teófilo se hizo ley.

Don Germán y Amador decidieron no recurrir la sentencia.

—¿Qué hacemos, Amador? Si quieres, vamos al Supremo.

—Como usted diga. ¿Cómo lo ve? Por mi parte, lo dejaría estar.

—Yo no recurriría. Tampoco el fiscal va a recurrir y ya sabes que pedía tu absolución, aunque, eso sí, interesaba que se te ingresara en un hospital psiquiátrico, cosa que el tribunal ha hecho. En esto no estoy de acuerdo, pero no me preocupa, pues estoy convencido de que los médicos te darán pronto de alta y pasarás a una cárcel común.

—¿Y, de momento, adónde me mandarán?

—No estoy seguro, pero don Matías, el magistrado, me ha dicho que lo más probable es que sea a Carabanchel, en Madrid, que es donde está el psiquiátrico penitenciario más cercano. Mira, si recurrimos, de momento, lo único que conseguimos es que sigas como preso preventivo hasta que el Supremo se pronuncie. Además, seguro que ingresarte en el psiquiátrico, te ingresan. Lo que interesa es que enseguida pases a la situación de penado.

—Hacemos lo que usted diga. Yo no quiero recurrir. Al fin y al cabo, lo que hice fue grave y no me parece que la pena que me han impuesto sea desproporcionada. Pero de loco, nada, don Germán.

—¡Ya lo sé, hijo, ya lo sé! Más cuerdo que todos ellos juntos.

Tampoco la familia de don Teófilo recurrió la sentencia. Aunque doña Teresa y su abogado se quedaron decepcionados, pues decían que la pena había sido ridícula, sin embargo sabían que un recurso de casación era improsperable. El Supremo no admitía recursos por razón de la pena aplicada, ni entraba en la apreciación de los hechos ni en la valoración de la prueba pericial realizadas por el tribunal sentenciador.

A la semana siguiente de que el tribunal declarase firme la sentencia, Amador fue trasladado desde la cárcel de Zamora al hospital psiquiátrico penitenciario de Carabanchel. La vida de Amador durante esta segunda etapa carcelaria no iba a ser muy diferente de la primera, salvo los colegas de reclusión y el nuevo horizonte que se le terminaba de abrir a partir de ese instante.

Según la liquidación de condena practicada por el secretario de la Audiencia, que le descontó el tiempo de prisión preventiva y le aplicó una redención extraordinaria por media docena de donaciones de sangre, le quedaban 17 años, 10 meses y 21 días de cautiverio. Como muy pronto, vería la calle a finales de 1993 o primeros de 1994. Dependería de muchos factores, empezando por su estado de salud mental, lo que estaba en manos de los médicos forenses y psiquiatras encargados de vigilarle. Don Germán también confiaba en nuevos vientos políticos. Franco había muerto en noviembre de 1975 y los más optimistas aseguraban que habría alguna amnistía o algún indulto general que implicase un acortamiento de la condena.

En el hospital penitenciario de Carabanchel, Amador tuvo de compañero de celda a Santiago Moreno, un interno de Alar del Rey con el que entabló buena relación. No llegó a un grado de amistad como el que tuvo con Esteban Ramos, ni tampoco como la que hizo con Modesto o Cándido, pero, aparte de que no le dio tiempo a más, se llevó bien con él.

Santiago Moreno había sido el cartero de su pueblo y estaba allí por haber apuñalado a su mujer en un ataque de celos que el tribunal calificó de trastorno mental por celotipia. Pese a que su intención fue matarla, ella no murió.

Como era lógico, en cuanto Santiago entró en Carabanchel le destinaron a la estafeta, algo que la gente agradeció, pues desde que él se hizo cargo de la correspondencia, todos, internos y funcionarios, recibían puntualmente sus cartas.

También Santiago tenía una foto puesta en la pared, encima de la cama. Ya dije que casi todos los internos, locos o cuerdos, tienen una foto de sus allegados. La de Santiago era la de boda y en ella el matrimonio parecía una pareja muy sana y feliz. Él seguía queriendo a Sebastiana, que así se llamaba su mujer, lo mismo que el primer día.

Una tarde, Santiago apareció muerto en la celda. Se había ahorcado con una sábana atada a los barrotes de la ventana. El primero en descubrir el cadáver fue Amador. Luego llegaron varios funcionarios y enfermeros. Amador le aflojó el nudo del cuello y le hizo la respiración boca a boca, pero no se pudo hacer nada. Llevaba muerto una hora y todos los intentos de reanimación fueron inútiles. Después se supo que Sebastiana, mientras su marido estaba encerrado, se había liado con el herrero del pueblo, y que Santiago, al enterarse y no poder vengar su ofensa, enloqueció de celos y decidió quitarse de en medio.

Santiago dejó una carta a Amador en la que rogaba que no se culpase a nadie de su muerte, ni siquiera a su mujer, aunque, por la agresividad del suicidio y el espectáculo de su muerte, era evidente que la responsabilizaba.

Santiago Moreno murió con treinta y ocho años, pero lo malo no fue que muriese joven. Tampoco que muriese entre rejas. Lo peor es que murió traicionado, lo que quizá era una maldición del diablo. La verdad es que Santiago no supo esperar, le falto paciencia. Olvidó lo que tantas veces le había dicho su compañero.

—Amador, yo creo que no saldré vivo de aquí.

—Nada de eso, Santiago. Verás que pronto te va a sonreír la suerte. En cuanto tu mujer te perdone.

—Si te soy sincero, lo más duro para mí no fue la condena, sino lo vergonzoso del motivo. Soy un cornudo y estoy desesperado. No soporto andar en boca de todo el mundo porque mi mujer se encame con medio pueblo.

Para la mayoría de los internos, sanos y enfermos, el suicidio de Santiago fue un acto que mereció mucho respeto. Para Amador, mejor era morir ahorcado que sucumbir de indignidad y por eso Santiago prefirió perder la vida antes que el honor.

—Amador, ¿tú que piensas de los celos?

—No sé. Quizá que quien no tiene celos de la mujer que ama es que no la ama bastante.

—Pero de eso tú tienes que saber mucho.

—¡Y tanto!

Santiago Moreno fue un preso romántico al que el amor derrotó. Le pasó como a esos toros que se aculan en tablas, agachan la cabeza y desean la muerte. A la vida rodeada de barrotes, los términos taurinos le vienen como anillo al dedo. Un preso de la prisión de Zamora —nadie se acuerda de su nombre pero sí de que le gustaban mucho los toros— decía que la cárcel era igual que una plaza de toros, a veces tan grande como la de México o Las Ventas, de Madrid, y que un preso, si tenía casta, debía saber que cuando le llega el momento de la lidia, por mucho que le piquen, no sufre.

El dolor, cuando se siente, es cuando te metes en tablas y te dejas estoquear sin embestir.

El tiempo acreditó que la llegada de la democracia sólo benefició a los presos condenados por delitos políticos. En este sentido, a Amador, lo mismo que a muchos de los presos llamados comunes, el fin de la dictadura le trajo sin cuidado. Más fortuna tuvo respecto a la medida de internamiento.

Al año, el director del hospital psiquiátrico de Carabanchel —don Manuel de Diego, un psiquiatra de mucho prestigio— propuso el alta de Amador y que fuese trasladado a una prisión ordinaria. A juicio del doctor, el ingreso, ya de por sí, fue absurdo. Amador no era un peligro social ni tampoco un enfermo mental crónico que necesitase tratamiento médico. Después de las múltiples y extensas entrevistas que mantuvo con él, el dictamen fue que Amador era una persona cuya voluntad tenía un fondo eminentemente jurídico. Es decir, estaba inclinado a actuar conforme al orden legalmente establecido. Sólo en el caso de la muerte de Teófilo Cuesta surgió en él un conflicto determinado por la pasión. A lo largo de toda su vida, Amador supo que lo legítimo era respetar la vida ajena, pero fue su propio interés ilegítimo, el instinto de venganza, el que anuló su facultad inhibitoria.

—En Amador, la injusticia hizo que perdiera el sentido de la justicia. A partir de la sentencia que lo condenó fue un río desbordado. Después de soltar agua, volvió a su estado natural. ¿Me entiende usted, señor juez?

—¿Quiere usted decir que ya está curado?

—Así es, pero creo que lo estaba antes de ingresar aquí.

El 6 de junio de 1978, previa autorización del tribunal, Amador ingresaba en la cárcel de Palencia para seguir cumpliendo su pena. A los dos meses de estar allí, Amador solicitó trabajar en la biblioteca. Aunque de estudiante nunca fue muy aficionado a leer, en los últimos años que pasó en la cárcel de Zamora se había convertido en un lector infatigable. En cuanto tenía un rato se metía en la biblioteca para disfrutar con la lectura. Quizá fuera por aquello de que los hombres sin libertad es en los libros donde la encuentran. A la semana de pedir el destino, la Junta de Régimen, previo informe favorable del equipo de tratamiento, adjudicó a Amador el cargo de bibliotecario. No debió de ser sencillo conseguirlo, pues, según mi padre, alguien de la Dirección General había sugerido que lo clasificasen como interno peligroso y lo tratasen con dureza.

En la prisión de Palencia, como antes en la de Zamora, no había muchos libros, pues, aparte de la censura, lo que abundaba eran manuales de artes y oficios. Pero, con lo que había, Amador en poco más de un año hizo un trabajo ingente. Catalogó todos los libros, abrió fichas, consiguió un pequeño presupuesto para comprar otros nuevos y se las arregló para que funcionarios de la prisión e instituciones de la ciudad hicieran donativos. Hasta se autorizó la entrada del *Diario de Palencia*, cosa insólita, pues los periódicos estaban prohibidos y se necesitaba un permiso especial de la Dirección General, en Madrid.

Dentro de esa afición, a los tres años de presidio Amador se interesó por la criminología. A través de don José Miguel Rubio, el médico de la cárcel, leyó cosas relacionadas con el delito y con las penas. A medida que estudiaba y observaba la cárcel donde estaba y hacía memoria de la que había estado, Amador se iba dando cuenta de que muchos de los delitos y la mayoría de los males que se daban en prisión, como la violencia, no eran producto de la naturaleza criminal de algunos sujetos con inclinación al crimen o de tipos llamados antisociales, sino, en palabras de Tolstói, otro de sus preferidos, consecuencia inmediata del derecho de algunos hombres a los que se atribuía la facultad de juzgar y castigar a sus semejantes.

—Y usted, don Germán, ¿qué opina de que hay criminales natos, o sea, predestinados a serlo?

—Pues que no estoy de acuerdo. Es más, creo que Lombroso, el padre de esa teoría, se equivocaba. A los criminales más perversos no se los descubre por la cara de malos y los de ojos de hiena. Yo te diría que los hombres más malvados tienen rostro de buenos, rostro de santos o de monje, como mínimo. Los hombres más peligrosos son los sádicos mansos e introvertidos, aquellos que debajo del antifaz de una sonrisa amable o una mirada bondadosa esconden un instinto salvaje y depredador.

—¿Por ejemplo?

—Mira a tu alrededor, Fernando, y los verás.

—¿Y es verdad que los asesinos más sanguinarios son todos feos?

—Tampoco eso es del todo cierto. Lo único que hay de verdad es que existen hombres que por su comportamiento se asemejan en los rasgos a algunos animales. Por ejemplo, el hombre fiero, en sus ademanes, se parece al tigre.

—¿Y el astuto?

—Ése, a la raposa

—¿Y el lascivo?

—Dicen que al mono.

—¿Y el presumido?

—Evidentemente, al pavo real.

—¿Y el glotón y el noble?

—El glotón, al cerdo. En cuanto al noble, depende. Si es noble paciente, al caballo, pero si es noble con brío, de los que embisten, al toro bravo.

Los días de prisión caían en la vida de Amador como las cuentas del rosario de su madre, lo mismo que las estaciones del vía crucis. A medida que pasaban los meses y los años, su resistencia disminuía. Sólo la actividad y el refugio en los libros le mantenían. Amador tampoco andaba muy bien de salud, pero sabía que no soportar lo uno y lo otro era impropio de un hombre fuerte. Esto se lo había dicho su padre en una carta que siempre tenía a mano cuando le llegaban momentos de mucha debilidad.

Querido hijo: Espero que al leer la presente te encuentres mejor de lo que supongo. Tu madre no sabe que te escribo y a mí tampoco me apetece hacerlo, no sea que al recibir esta carta te sientas mal, aparte de que ya sabes que esto de escribir no es mi fuerte. Sólo quiero que recuerdes algo que te dije el día que te detuvieron por lo de Paula. Cuando un hombre se dobla y cae, malo, porque cuesta mucho levantarse. Ten ánimo y fuerza. Sé que ahí dentro te falta lo más importante, la libertad, pero aun así, aguanta. Todo llega, aunque sea con pasos lentos y silenciosos. Jamás desesperes. Ésa sería tu peor condena. Lo mejor, tu dignidad. Firmado: Isidro Crespo Ferreras.

XIII

El reencuentro

Los últimos cinco años de la vida de Amador en prisión fueron muy lentos, como si transcurriesen de puntillas. Preocupado sólo de no molestar a nadie y de que nadie le molestase a él.

En la cárcel, Amador comía poco, dormía menos y constantemente se preguntaba por qué vivía aún. Su vida llegó a ser tan cruel que ni siquiera pudo estar a la cabecera de su madre, doña Piedad, cuando exhaló el último suspiro.

Amador está solo. No tiene padre ni madre. Murieron en 1985 y 1987. Primero él. Ella, al poco tiempo. El señor Isidro y la señora Piedad murieron de pena. A pesar de los recuerdos y las cartas, el dolor del alma fue para ambos una enfermedad más grave que la del cuerpo. Nadie lo dice, ni siquiera mis amigos médicos lo aceptan. Pero yo estoy seguro de que es así.

Ninguno de los dos era viejo ni estaba enfermo, pero el tío Eduardo me contó que tanto su hermano, el señor Isidro, como su cuñada, la señora Piedad, al año de que Amador ingresase en prisión se les puso el pelo blanco como la leche y la piel se les llenó de arrugas. Los dos fueron amortajados con el mismo traje y el mismo vestido con que aparecían en la foto que Amador tenía en su celda. De negro, como las togas de los jueces, pero menos negro que la conciencia de quienes condenaron a su hijo.

Amador siempre llevó Tábara, su pueblo, en el alma. Cuando la Guardia Civil lo detuvo e iba camino de Zamora para declarar ante don Enrique, el juez de Instrucción, Tábara se le quedó pegada en la memoria.

Amador tenía un recuerdo imborrable de su infancia. En la retina le quedaron grabadas las estampas juveniles de sus juegos, de sus animales, los castaños, los robles, las encinas, las jaras y los brezos. A menudo le venía a la cabeza la fiesta de la Asunción del 15 de agosto y la romería de San Mamés, en honor a este santo y a San Blas, cuidadores, ambos, del reuma y de la garganta.

Durante su larga ausencia de Tábara, Amador conservó el olor de sus calles, la imagen de las cigüeñas descansando en la torre de la iglesia y los poemas preferidos de León Felipe. Tábara, su tierra, su familia. También recordaba su casa con la huerta y el patio donde estaba enterrado *Nube*. Por supuesto, a Raúl, a Marcial, a Agapito, los compañeros de colegio y de adolescencia. Por eso, Tábara era el punto de partida donde anhelaba volver después de haber sufrido tanto. Ése era su mayor deseo, regresar a su pueblo. Es más, siempre estuvo convencido de que algún día lo conseguiría. Tampoco nunca tuvo excesiva prisa. Sería cuando el destino dispusiera y él se hubiese cobrado su deuda imprescriptible e impagable.

Y, constantemente, bajo un cielo rebosante de estrellas y una luna sonriente, Amador pensaba en Paula con mucha ternura y enorme tristeza. ¿Pero quién la mató? ¿Por qué me fue infiel? ¿De quién era el hijo que le sacaron de sus entrañas?

Libertad, siempre libertad, aunque sea tardía. Esto debió de pensar Amador cuando salió de la cárcel de Palencia el 20 de febrero de 1994, después de cumplir, día a día y sin beneficio penitenciario alguno —salvo el descuento que le hizo el secretario de la Audiencia—, la pena de veinte años de reclusión impuesta por el asesinato del presidente de la Audiencia de Zamora.

—Adiós, Amador. Que te vaya bien.

—Gracias, señor director.

—Y descansa.

—Dios quiera, pero no sé, no sé...

Veinte años, uno detrás de otro, de la celda al patio, del patio al comedor, del comedor a la celda. Menos mal que tenía el alivio de los libros. Amador cumplió así la pena que le impusieron por la muerte de don Teófilo. Con intereses y sin descuentos. Hasta el último céntimo. Pero no se arrepentía de nada.

Amador, cuando se vio en la calle, sintió lo que Miguel Kohlhaas, el protagonista de la novela de Enrique Kleist que tantas veces leyó encerrado y que él mismo había encuadernado con mimo. Y es que cuando la justicia le cerró todos los caminos de la ley y se convenció de que los jueces eran los responsables de su injusticia, el dolor que le produjo semejante ultraje le sublevó.

Como Kohlhaas, allí, en su celda, durante un montón de años que se le hacían eternos, Amador debió de pensar que más vale ser perro que hombre pisoteado. Amador, en cuanto pudo, arrancó de cuajo a quien ejercía una justicia venal y de ese modo el espanto y el miedo se metieron en el cuerpo de muchos jueces sin conciencia. La muerte de don Teófilo y antes el suicidio de don Joaquín y la enfermedad mortal de don Enrique hicieron que esa justicia podrida que los tres representaban se conmoviera y no fueron pocos los que temblaron dentro de sus togas.

Al llegar a Tábara, nadie conoció a Amador, ni Amador conoció a nadie. A pesar de que el pueblo seguía conservando sus aires de grandeza, encontró todo más pequeño, más viejo, más seco, más humilde y más triste.

De la familia, sólo quedaba el tío Eduardo. Era ya un anciano y vivía en lo que fue la casa de sus padres. Digo en lo que fue porque el tiempo, los embargos y las subastas la habían reducido a una cochambre.

—¿Quién es?

—Soy yo.

—Pero ¿quién eres tú?

—Amador, tío Eduardo.

—¡Santo cielo! Espera un momento.

—Nada. No hay prisa.

—¡Sobrino, qué alegría! ¿Cuándo te han soltado?

—Hoy mismo.

—No eran ésas mis cuentas.

—Tampoco las mías, pero ya ves.

—¡Pasa, pasa, no te quedes ahí!

Amador entró, dejó la maleta en el suelo y empezó a mirar a su alrededor. Mientras, apretaba los dientes.

Su tío Eduardo vivía solo desde hacía muchos años, sin nadie que le ayudase. Se bastaba a sí mismo, pero no tanto como para evitar que la casa tuviese un aspecto miserable. Mayor modestia, imposible. Una mesa, un par de sillas, cuatro taburetes, un aparador y poco más, salvo la pátina del tiempo. Amador se sentó.

—Estarás cansado.

—Un poco.

—Te encuentro bien.

—Bueno, por fuera. Pura fachada. ¿Y los demás?

—Yo soy todos los demás.

—¿Y tío Fidel, la tía Carmen...?

—Se fueron muriendo. Los únicos que viven terminaron emigrando. Unos a Madrid; otros, como tu primo Antonio y su mujer, viven en Bilbao. Juan, por ejemplo, se marchó a Alemania y allí sigue. ¡En fin!

—¿Y qué nos queda?

—Lo que ves. Y no sé hasta cuándo. Se lo han ido llevando todo. Todavía el mes pasado notificaron algo de unos gastos que faltaban por pagar. Dijeron que si unos edictos, unas pólizas. Supongo que disculpas para robarnos hasta la última peseta.

—¿Y puedes vivir?

—Me defiendo. Ya sabes. La pensión no es mucha, pero en esta familia siempre fuimos muy austeros. No te preocupes, habrá para los dos.

—Gracias otra vez, tío Eduardo.

El trabajo de investigación que he realizado hubiera quedado incompleto sin oír al principal protagonista. Aunque durante meses y meses hice gestiones para localizarlo, nadie, ni en la Audiencia ni en Prisiones, incluida la Dirección General, me dio datos. En el verano de 1995, de pura casualidad, supe del paradero de Amador.

Un tabarés afincado en Teruel, empleado en el Registro de la Propiedad, a quien conocí a través de un oficial de notarías, fue el que me puso en el buen camino. Me dijo que Amador había salido de la cárcel a primeros o mediados de 1994 y que había vuelto a Tábara. Incluso me dio la pista de que estaba encargado de la biblioteca municipal y que algún sábado o domingo trabajaba en una alfarería de Moveros, un pueblecito cerca de la frontera con Portugal.

Con estos datos no lo pensé dos veces. En 1996 di con Amador. Fue, exactamente, el día 18 de mayo, sábado, fiesta de San Pascual Bailón. Resultó fácil. En el taller de artesanía de la familia Rivas, al lado de varias mujeres empeñadas en perpetuar el viejo oficio del barro, un hombre más envejecido que viejo remataba un cántaro de arcilla dorada.

—Buenas tardes

—¡Buenas! ¡Usted dirá!

—¿No me recuerdas?

—Lo siento, pero ahora no caigo.

—Soy Fernando Blanco, tu compañero de colegio.

—Hombre, Fernando. Tú aquí. Vaya sorpresa.

—Mucho tiempo, ¿verdad?

—Sí, mucho. Creo que treinta y dos años.

—Justo.

—¿Qué te trae por aquí?

—He venido a verte.

—¿Y eso?

—Es muy largo de contar. ¿A qué hora terminas?

—Por el horario, a las tres. Pero si tú quieres, ahora mismo. Para un antiguo amigo cualquier hora es buena.

La palabra amigo en boca de Amador me emocionó. Un abrazo largo me ayudó a disimular las lágrimas. Lo de antiguo me preocupó. Sonaba a reproche, a relación caducada, pero no le di más importancia.

—Fernando, cuando quieras.

—¿Adónde vamos?

—A casa. Como en casa, en ningún sitio.

Cuando lo encontré, Amador, lo mismo que yo, había cruzado el umbral de los cincuenta años, una edad en la que uno está a tiempo para hacer lo que se deja pendiente por circunstancias no deseadas. A partir de ese encuentro, Amador y yo nos vimos a menudo. Prácticamente, todas las semanas. A lo más tardar, cada quince días.

Amador y yo teníamos situaciones semejantes. Los dos, solteros y sin compromiso. Ni hijos ni trabajo. Hasta en la flojera de salud coincidíamos. No sé quién de los dos estaba peor. Amador había pasado tiempos muy difíciles, terribles, y los últimos dieciocho años de encierro en la prisión de Palencia le habían dejado bastante quebrantado de salud y de espíritu.

Lo que más me llamó la atención de Amador eran sus ojos, el color amarillo de sus párpados. Creo que lo llaman el arco de la vejez. Tantos años, tantos sufrimientos, tantas injusticias, tantos pesares son difíciles de soportar para un hombre corriente y moliente. Me lo contó todo con detalle. Quizá por eso es por lo que me he sentido más obligado a ser escrupuloso y preciso en mi relato.

Al cabo de un mes era yo el que contaba. Había decidido revelar a Amador la verdad de su asunto. Naturalmente, antes le hablé de los papeles que mi padre me había dejado en testamento. Si dejé pasar este tiempo fue porque quería hacerlo cuando Amador estuviese en buen estado de ánimo. A pesar de que a esas alturas de su vida ya nada podría sorprenderle, tuve muy claro que necesitaba asegurarme de que lo que le iba a decir no le perjudicaría. Incluso me había prometido que, de no ser así, no le diría absolutamente nada. Cuando estuve convencido de que estaba bien, se lo anuncié.

—Amador, hoy quiero contarte algo muy importante. No lo he hecho antes porque he preferido esperar a verte bien. Creo que ha llegado el momento de que sepas la verdad del asunto de Paula.

—¿A qué verdad?

—A toda la verdad.

—¿Incluido quien la embarazó?

—Sí.

—¿También quién la mató?

—También, Amador.

—¿Pero estás seguro?

—Si no lo estuviera, me callaría.

—¿Puedo hacerte una pregunta antes de que empieces?

—Naturalmente.

—¿Viven los culpables?

—No. Todos fallecieron hace tiempo. Amador, siéntate.

Lo primero que hice fue sacar de la cartera el grueso y manoseado cuaderno donde tenía anotado el resultado de todas mis indagaciones. No sabía cómo empezar. Si dando los nombres o relatando los hechos conforme se sucedieron. Al final me pareció mejor este método.

—No sé cómo empezar. Bueno. Supongo que recordarás que Paula entró a trabajar en casa de Teófilo Cuesta, el presidente, a finales de 1963 y también que a los pocos meses, por indicación de Teresa, la mujer de Teófilo, decidió apuntarse a la Sección Femenina para hacer unos cursos de cocina y costura.

—Sí, claro, me acuerdo como si fuera hoy. A Paula y a su madre les pareció que esas clases podrían irle muy bien. Sobre todo pensando en nuestra boda.

—Pues bien, todo fue normal hasta que un día Paula sintió unas molestias ginecológicas. No sé si de esto tú te enteraste. Me parece que no. La cosa es que al principio Paula no dio mucha importancia a esos trastornos. Su madre le había dicho que era cosa de mujeres. Pero un día empezó a tener fuertes dolores, seguidos de una gran hemorragia. Paula, asustada, llamó a su madre y se lo dijo, de manera que decidieron ir al médico especialista. El ginecólogo era Vicente Méndez, el forense que también estaba encargado de la asistencia sanitaria de las alumnas de la Sección Femenina.

—¿Pero éste no era el primo de la mujer del presidente?

—Sí, de doña Teresa. ¿Te acuerdas de ella? Sigo. Paula fue varias veces a ver a Vicente. No sé exactamente cuántas. A mí me salen cinco. La primera lo hizo con la madre.

—¿Con la señora Felisa?

—Exacto. Esa vez, Vicente se limitó a preguntarle por los síntomas, le tomó la tensión y le recetó un reconstituyente. Después le dijo que volviera a los quince días. En esta segunda ocasión, la señora Felisa no pudo ir con ella y a Paula la acompañó Sonsoles, la otra chica del presidente. Vicente quiso hacerle un reconocimiento genital, pero no fue posible porque Paula estaba con la menstruación. De manera que la volvió a citar para una semana después. En esa tercera vez, antes de examinarla, Vicente dijo a Sonsoles, que había vuelto a acompañar a Paula, que no hacía falta que ella pasase a su despacho, que se podía quedar en el vestíbulo o, si prefería, que se diera una vuelta, pues el reconocimiento iba a ser largo. Sonsoles se marchó. Cuando Paula se quedó a solas con Vicente, éste le indicó que se desnudase, pues tenía que hacerle una exploración exhaustiva y mirarla por rayos X. Paula, aunque estaba muy sorprendida, se quitó la ropa. No toda, pues se resistía a soltar la falda, la combinación y la blusa. Pero, ante la insistencia de Vicente, finalmente se quedó en bragas y sujetador. Al principio, Vicente se conformó con ver a Paula así, en ropa interior, pero minutos después le dijo que o se desnudaba del todo o no la reconocería.

—¡Hay que ser cabrón! Perdona, Fernando.

—Nada, hombre. Lo comprendo. ¿Sigo? Si quieres lo dejo.

—Sigue, sigue. Por favor.

—Una vez desnuda, Vicente, con la disculpa de que tenía que comprobar si había algún proceso tuberculoso, indicó a Paula que pasase a rayos. Ésta era una habitación en penumbra, que únicamente tenía una luz roja, muy débil. Seguidamente, Vicente empezó a auscultar a Paula. Pero no lo hizo con el fonendoscopio, sino aplicando la cara a sus pechos desnudos. No sé si seguir, Amador. Siento cierto apuro.

—Continúa. Peor que el sonrojo es el silencio.

—Después de ese reconocimiento, Vicente le hizo a Paula dos tactos. Uno vaginal y otro por el recto. En lugar del instrumental adecuado, empleó los dedos. Aunque Paula sentía dolor y estaba muy asustada, prefirió callar y esperar a que pronto aquello terminase. Lamentablemente, no fue así. Vicente mandó a Paula que se tendiera en la camilla. En ese instante se abalanzó sobre ella y empezó a besarla. Paula no podía aguantar más y, tras un forcejeo, consiguió librarse de Vicente. Paula dio un salto, corrió al despacho y se encerró. Se vistió rápidamente y salió de allí aterrorizada.

Al llegar a este punto del relato, aunque hacía esfuerzos para que no se le notase, me di cuenta de que Amador se sentía mal. Hubo un momento en que me arrepentí de estar contándole todo y me faltó poco para no continuar. Pero ya no podía dejarlo. Por beneficio de todos, debía llegar al final de la historia. Tampoco a mí el trago me resultaba grato. De todas maneras, le pregunté a Amador:

—Si quieres, lo dejamos.

—No, no, continúa. Estoy bien. Adelante.

—Las pretensiones de Vicente sobre Paula no se quedaron ahí. Al día siguiente, a través de doña Teresa... te recuerdo que eran parientes, le mandó un recado de que tenía que volver. Paula no quería de ningún modo. Prefería morirse. Ella se excusó diciendo que no hacía falta, que se encontraba mucho mejor. Pero no era cierto. Los dolores seguían y, además, eran más intensos. Luego se supo que, como consecuencia de la exploración vaginal, Vicente le había roto el himen. Paula volvió a la clínica en varias ocasiones más. Vicente siguió acosándola y, como ella se negaba, empezó a amenazarla. Le dijo que llamaría a sus padres y a don Teófilo, que les contaría que no era virgen, que por el reconocimiento que le había hecho estaba claro que mantenía relaciones sexuales. Le advirtió que sería un escándalo, que doña Teresa la echaría de casa, que también lo harían sus padres y que iba a quedar como una auténtica fulana.

—¡Dios mío! ¡Mi pobre Paula!

—A Paula se le vino el mundo encima. De pronto se vio en la calle, tú la dejarías, perdería a sus padres. En definitiva, una deshonrada. Aquello le parecía terrible. Fue tal su angustia y tanta la presión que Vicente ejerció sobre ella, que esa misma tarde Paula se entregó por entero a Vicente.

—¿Pero por qué no me lo dijo? ¿Por qué se calló? Le hubiéramos denunciado. ¿Qué más, Fernando?

—Vicente estuvo acostándose con Paula durante dos meses. No sé cuántas veces, pero, desde luego, sí en ese espacio de tiempo. Hasta que quedó embarazada. Paula se lo dijo a Vicente y éste quiso desentenderse de ella.

—¿Cómo?

—Para empezar, Vicente advirtió a Paula que no contara a nadie su embarazo. Luego, cuando consiguió el silencio, le dijo que la única solución al problema era el aborto. En esto, Paula fue bastante fácil de convencer. Estoy seguro de que no quería perder a su hijo. A pesar de su soltería, Paula lo hubiera tenido. Ni siquiera la echaba para atrás la idea de que ese niño iba a ser un bastardo a lo largo de toda su vida.

—Bastardo hubiera sido el padre, no el hijo.

—Ya, pero tienes que comprender su situación. Mira, Amador, quien verdaderamente convenció a Paula de que tenía que abortar fuiste tú.

—¿Yo, por qué?

—Para ella, perderte era peor que perder al hijo que llevaba dentro. Temía que si te lo contaba todo, dejarías de quererla, que la abandonarías. No quería separarse de ti por nada del mundo, incluido su hijo. Se consolaba pensando que después tú le darías el hijo del que iba a desprenderse.

Amador no estaba muy convencido de esto último que yo le decía. Salvo en un aspecto. Aunque no hizo ningún comentario, me daba cuenta de que en ese instante pensaba exactamente lo mismo que yo llevaba pensando desde que conocí los hechos. Que a Paula, aparte de su asesino, también la mató el miedo.

—¿Y después qué pasó?

—En la segunda de las carpetas que mi padre me dejó al morir hay un extracto del sumario y una nota donde me recomendaba que examinase bien todas esas actuaciones judiciales. De manera que lo hice. El estudio del sumario me ofreció unos datos que permitían algo más que la duda. Me daban pie para sospechar, con bastante fundamento, de personas y cosas. Eran aspectos aparentemente irrelevantes, pues, a la vista de lo sucedido, resultaba evidente que los que intervinieron en la instrucción pasaron por ellos de puntillas. Que esto le ocurriera al juez Enrique Medina no me extrañó, pero sí me llamó la atención que el fiscal, don Ventura, no reparase en ellos. Igual de sorprendente me pareció que ni mi padre, en su momento, ni don Germán, tu abogado, se dieran cuenta. Pero bien entendido que para mí, unos sí estaban al tanto de la verdad, pero la enterraron. Como mínimo, no quisieron reparar en ella.

—No entiendo.

—Desde luego, el que sabía todo era Vicente, el forense, pues él intervino en todas las diligencias. Bueno, en todas menos en una, en la autopsia, que la hicieron Félix Ortega, el forense de Toro, y Ángel García, el de Benavente. Vicente, al día siguiente de la muerte de Paula, según dijo, tenía que irse a Madrid y llamó a sus dos compañeros, uno de los cuales, el segundo, además, era de la misma promoción y muy amigo. Donde Vicente sí estuvo, junto con el juez y el fiscal, fue en la inspección ocular y en el levantamiento del cadáver de Paula. Y, por supuesto, participó en la prueba pericial practicada en el juicio oral. No sé si te acordarás de estos pormenores, pues han pasado más de treinta años. Seguro que, en su día, ni te fijaste. Si don Germán, que era muy agudo, no cayó en la cuenta, me da la impresión de que tú, menos.

—Fernando, entre lo que no supe y lo que supe y he olvidado, poco es lo me queda en la memoria.

—Mira, estos folios son el informe de la autopsia del cadáver de Paula. Aquí pone que «la membrana interior del útero de Paula está enrojecida y se detectan tres puntos del tamaño de una lenteja de donde salió sangre». Y se añade: «de los labios de la vulva y del pubis penden pequeñas cantidades de sangre semilíquida». Como digo, Vicente había sido el médico forense que estuvo en la diligencia de inspección ocular y vio el informe de autopsia de sus compañeros. Pues bien, en ningún momento del proceso se habló de esto. Ni siquiera en los dictámenes que se emitieron ante el tribunal durante el juicio. Por supuesto, ni palabra de su trascendencia. Al contrario, Vicente fue contundente y reiterado en sus conclusiones. Para él no había dudas de que Paula murió asfixiada por el efecto de la oclusión de la boca y de la nariz por la presión del pañuelo que se encontró a unos metros del cuerpo de Paula.

—Mi pañuelo, claro.

—Sí, tu pañuelo que, además, tenía impregnada saliva de Paula. Pero, verás. Junto a esos informes, en el sumario hay unos documentos muy importantes. Son tres fotografías del cuerpo muerto de Paula. Aquí las tengo. Supongo que no querrás verlas.

—No vi a Paula recién muerta y no quiero verla ahora.

—Te comprendo. Me parece natural. Pero te lo cuento. En una de estas fotos se aprecia cómo entre los muslos de Paula hay manchas de color rojo pardusco, típico de sangre seca. En otra aparecen los leotardos y la falda que llevaba puesta cuando la mataron, donde no hay ni un solo resto de sangre. Eso demuestra que la hemorragia propia del aborto se tuvo que producir antes de vestirse. La otra fotografía me dio una de las claves definitivas. Tal vez, la fundamental.

—¿Qué se ve?

—Me da apuro decírtelo.

—Y seguro que a mí oírlo. Si es importante, adelante. Qué más da ya. No te preocupes.

—Te parecerá mentira, pero Paula tenía depilado el vello del pubis.

—¿Y eso qué significa?

—Pues, para mí, éste fue el dato incontestable de que el aborto de Paula tenía que haber sido causado por alguien experto y, desde luego, no en los Tres Árboles, donde apareció muerta. Nadie que aborta a la orilla de un río prepara un aborto con tanta minuciosidad. Y, perdóname, pero nadie se rasura previamente el pubis.

—¿Y?

—El que intervino en el aborto, además de criminal, tenía que ser un pervertido. Y, evidentemente, tener oportunidades para satisfacer sus fantasías.

—Entonces, por lo que me cuentas, hay dos cosas seguras. Una, que quien hace el aborto a Paula conoce el oficio y, otra, que a consecuencia del aborto se produjo una hemorragia, que fue de lo que Paula murió. ¿Es así?

—No tengo la más mínima duda. Te explico con más detalle. Aunque no me resultó sencillo conseguirlas, gracias a los buenos oficios de un funcionario al que yo conocía porque de chaval había trabajado en el colegio de abogados, me hice con las fotocopias de esos documentos y con unas copias de esas fotografías. El paso siguiente fue ponerme en contacto con los mejores médicos forenses de España, para lo cual mi hermano Andrés me ayudó. Al mismo tiempo, por mi cuenta, me dediqué a estudiar algunos manuales de medicina legal. Según me dijeron, creo que los mejores: Puga, Espita, Reol y Pérez Bustamante. Pues bien, todas las opiniones y trabajos científicos coincidían en que, según los datos del sumario, la muerte no podía deberse más que a dos causas. Una, que al practicar el aborto el autor pinchó en una vena e inyectó aire sin darse cuenta, provocando una embolia de resultado fatal inmediato. Otra, la más probable, que al intentar el aborto perforase el útero y sobreviniera una hemorragia intensa y mortal. Entre los doctores que consulté, la única discrepancia consistía en confirmar una tesis u otra. Según el profesor Bustamante, los forenses que intervinieron en la autopsia de Paula, o eran unos incompetentes, con escasos conocimientos, o de lo que escaseaban era de principios morales. A su juicio, es inexplicable que al practicar la autopsia no se hubiera realizado la prueba más elemental, la que se emplea en todos los casos de muertes presuntamente acaecidas por asfixia, consistente en haber punzado el corazón de Paula bajo agua. De haberse realizado, se habría comprobado si hubo o no una embolia. Si eso no se hizo, o se hizo pero no se recogió en el informe, era muy sospechoso.

—¿Pero, entonces, la muerte por asfixia?

—Según los expertos, en el caso de Paula no pudo existir cuadro de muerte por asfixia, y quien lo dijera, mintió.

—¿Por qué habrían de mentir?

—Porque eran responsables.

—¿Responsables de qué?

—De la muerte de Paula. Unos por acción y otros por omisión.

—No te entiendo bien.

—Amador, creo que está claro. Quien mató a Paula fue Vicente, el forense. El resto, como mínimo, encubridores.

—Lo suponía. Te confieso que lo supuse siempre. Me daba la corazonada. ¡Hijo de puta!

—La hipótesis de que el culpable, tú, según la sentencia, o quien fuera, asfixiase a Paula no tiene lógica. Todo lo contrario. Hubieses sido tú o hubiese sido otro cualquiera, en todo caso el objetivo único y principal era interrumpir el embarazo, no matar a Paula. A pesar de la sangre, el útero de Paula estaba perforado limpiamente y no había ninguna señal de violencia externa, lo que demostraba que Paula estaba de acuerdo con el aborto. De esto se deducía, primero, que el autor se conformaba con el aborto; segundo, que, ante la conformidad de Paula, no había motivo para una muerte intencionada.

—Entonces, ¿qué es lo que ocurrió, exactamente?

—Te cuento. Paula fue a la consulta de Vicente el domingo 14 de noviembre de 1964. Recordarás que te dijo que ese día no podía salir porque tenía que servir una merienda que doña Teresa había organizado en casa. Mientras a ti te decía esto, a doña Teresa le había pedido permiso para ir al aniversario de boda de sus padres, cosa que no era cierta. Fueron dos excusas. La realidad fue que Vicente, el forense, la citó ese día para practicarle el aborto. Se trataba de un pequeño chalé que él tenía por el Camino de Aldehuela, un lugar alejado de la ciudad. Le dijo a Paula que ese era el mejor sitio, que allí no había más casa que la suya, que estarían solos y que nadie les molestaría. Paula confiaba en que todo iría bien. Vicente se lo había asegurado. Media hora escasa le llevaría la intervención. Nada de eso. No me han podido asegurar cuál fue el instrumento que Vicente pudo emplear en el aborto. Unos dicen que una sonda, otros un tallo que se conoce con el nombre técnico de laminaria. Lo cierto es que Paula sufre la perforación del útero, que empieza a sangrar abundantemente, que Vicente no puede controlar la situación y que Paula pierde el conocimiento y se desvanece. Vicente no lo podía creer, pero Paula se iba a morir en cuestión de minutos.

—¿Y qué hizo?

—Lo que puedes suponerte. Desde luego, todo lo posible para que pareciera que Paula había muerto de otra forma. Luego se desprendería de ella y la dejaría en un lugar que hiciera pensar que fue otro el que la había matado. Y para eso, quién mejor que tú. Antes de que Paula muriese, en plena agonía, cogió tu pañuelo, que Paula llevaba en el bolsillo, se lo puso en la boca y le tapó la nariz hasta que la asfixió. No era necesario, pero él, como médico, sabía que tenía que matarla antes de que muriese desangrada para que quedaran las señales típicas de la sofocación, es decir, los ojos sanguinolentos. Muerta Paula, la lavó y la vistió. Luego esperó a que oscureciera y cuando estuvo seguro de que no pasaba nadie, la metió en el maletero del coche y la llevó hasta los Tres Árboles.

—¿Y por qué en los Tres Árboles?

—En alguna ocasión, Paula debió de decir a Vicente que era vuestro paseo favorito y ningún otro sitio cómo ése para que las sospechas recayeran en ti. Vicente estaba convencido... verás que no se equivocó, de que te detendrían inmediatamente como responsable de esa muerte, pues tu noviazgo con Paula te hacía el principal sospechoso. Por si esto fuera poco, encima estaba tu pañuelo, que él se había encargado de colocar a un par de metros del cuerpo de Paula. El resto ya lo sabes.

—Pero ¿y el testimonio de Sonsoles, la otra criada compañera de Paula? Ella dijo que la tarde de aquel domingo me había visto por los Tres Árboles.

—Mintió. Sonsoles cometió falso testimonio o, si lo prefieres, perjurio. Sonsoles no pudo ver a nadie cerca del lugar donde apareció Paula, y menos a ti.

—¿Cómo sabes que mintió?

—Sonsoles falleció en enero de este año. Por María, la chica que tuvimos en casa, unos meses antes de morir conseguí localizarla. Vivía en el monasterio de Santa Engracia, en Murcia, con unas monjas benedictinas. Aunque estaba realmente mal, todavía pude hablar con ella y me contó todo, o casi todo. Lo cierto es que faltó a la verdad cuando declaró ante don Enrique, el juez, y volvió a mentir en el juicio.

—Pero ¿por qué tenía que mentir?

—Ahora te cuento. Mi convicción es que don Teófilo fue el que le dijo a Sonsoles lo que tenía que declarar.

—O sea, lo que él quería oír.

—Más o menos, pero así fue.

Cada vez que Teófilo salía en la conversación, Amador cambiaba de cara. Lo mismo que cuando mencioné a Enrique, el juez, y supongo que igual que si hubiera nombrado a Joaquín, el magistrado. Pero con Teófilo no hacía falta ser muy agudo para percatarse de que Amador masticaba el pensamiento de que era una lástima que no resucitase para matarlo otra vez.

—Sonsoles declaró en el juicio que cuando te vio por los Tres Árboles serían las cinco y media o las seis del domingo 14 de noviembre y que estaría de ti a una distancia de 250 metros, aproximadamente. ¿Lo recuerdas?

—No, pero si tú lo dices, así sería.

—Sí. Lo dijo, como dijo que te reconoció por tu estatura y por la ropa que llevabas, según ella, gris. Pues no. Esa hipotética persona, de haber sido tú, no podía haber sido identificada ni por Sonsoles ni por nadie. Es científicamente imposible.

—Desde luego yo no era, porque nunca estuve allí. Pero ¿por qué Sonsoles no pudo reconocer a nadie?

—Hace dos años hablé con don Juan Bizcarrondo, catedrático de Óptica y Astronomía de la Universidad Complutense de Madrid. Le pregunté si podía hacerme un dictamen sobre la capacidad visual de una persona en una tarde de noviembre y a 250 metros de distancia. Fue muy amable y me ayudó más de lo que le pedí. Hacía medio siglo que en Alemania un científico llamado Kühl había investigado un caso parecido. El 14 de noviembre del año pasado, desde Madrid, los dos vinimos juntos a Zamora y estuvimos a la misma hora y en el lugar exacto donde Paula fue hallada muerta. Como podrás suponer, los alrededores no estaban exactamente igual que entonces, pero tampoco importaba demasiado. El profesor Bizcarrondo realizó un trabajo excepcional. La conclusión es que ninguna persona normal ese día, a esa hora y en ese lugar, pudo reconocer a otra igualmente normal. Creo que vale la pena que conozcas su tesis. Bueno, si te interesa.

—Por supuesto.

—El 14 de noviembre de 1964, el sol se puso en Zamora a las 17.10 horas. A las 17.25, el sol estaba cuatro grados por debajo del horizonte, y a las 18 a siete grados, también por debajo. A las 17.45, la capacidad visual, al aire libre y con cielo despejado, era de sólo una cuarta parte de la capacidad normal que se tiene con plena luz del día. A las 18, esa capacidad es del diez por ciento. Cuando la capacidad visual del ser humano es la cuarta parte de la normal, la cara de un hombre se puede reconocer a 29 metros y su cuerpo a 53, pero si reducimos esa capacidad a la décima parte, entonces los metros bajan a 12 y 21, respectivamente. Si el cielo está nublado o el fondo es un bosque, esas cifras son más bajas aún. Bueno, pues a esto hay que añadir que aquel 14 de noviembre llovió y, por tanto, había nubes, lo cual quiere decir que Sonsoles no pudo identificarte ni por la cara, ni por la complexión, ni por la ropa. Y esto, sin tener en cuenta que ya por entonces Sonsoles usaba gafas. Yo no lo recordaba, pero así se lo declaró a tu abogado en el juicio, aunque de nada sirviera para que se atuviese a la verdad.

—Entonces, ¿Sonsoles supo la verdad desde el primer momento?

—Bueno, por lo menos hasta el momento en que Paula apareció muerta. Así me lo reconoció cuando la visité en el convento.

—¡Es increíble! Hasta esa pobre mujer mintiendo.

—Ya lo ves. Sonsoles era la única persona a la que Paula contó lo que le estaba pasando con Vicente. Le costó mucho confesármelo, pero lo hizo, aunque, en aras a la verdad, creo que sin la ayuda de sor Pilar, la abadesa, no lo hubiera hecho. Paula se lo contó a Sonsoles. Fue una noche en que se puso a morir. Paula llevaba tiempo con náuseas. Empezó a vomitar y no podía parar. Sonsoles relacionó aquello con las visitas a Vicente y enseguida pensó que estaría embarazada. Paula lo reconoció. Le dijo a Sonsoles toda la verdad, incluido que el padre era Vicente. Paula pidió a Sonsoles que, por favor, le prometiera que guardaría el secreto. Y así ocurrió, pero sólo hasta después de aquel 14 de noviembre de 1964.

—El día de la muerte de Paula, claro. Y qué pasó.

—Los primeros días, Sonsoles se calló. Sin embargo, cuando te detuvieron, aquello debió de parecerle demasiado injusto y le contó a doña Teresa todo lo que Paula le había contado a ella. A partir de aquí, el resto es fácil de deducir. Doña Teresa, su primo Vicente, don Teófilo, el marido y pariente presidente, Enrique, el compañero del amigo del presidente, y así hasta el final. En fin, Amador, esto es todo. Bueno, todo lo que he podido averiguar. Si quieres algún dato más...

—No. Es suficiente. No sabes lo que te lo agradezco.

—Perdona, Amador. ¿Puedo hacerte una pregunta?

—Claro. Las que tú quieras.

—Después de esto y de tantos años, ¿qué sientes?

—Nada. No siento nada. Tal vez que hoy quiero más a Paula.

Nunca llegué a imaginar que Amador reaccionaría como lo hizo al conocer la verdad que le ponía delante de sus ojos. Había conseguido demostrarle que la condena se fundamentó, no en la razón, sino en la ocultación, no en las pruebas, sino en los prejuicios, no en la ley, sino en la abyección, no en la justicia, sino en la iniquidad. Pero, aun así, Amador no quería revolver el asunto. Para él, la injusticia estaba cometida y no tenía marcha atrás.

—Si tú quieres, Amador, encargamos un recurso de revisión.

—¿Y eso, para qué? Paula está muerta, mis padres están muertos, los jueces que me condenaron están muertos, yo estoy casi muerto. Fernando, hemos llegado tarde, muy tarde. Recuerda lo que pasó con el primer recurso de casación que puso don Germán ante el Supremo.

No insistí. Comprendía perfectamente a Amador. Además, antes, por mi cuenta, me informé de las posibilidades de éxito que tiene un recurso de esa naturaleza. Fue mi hermano Andrés el que me dijo que los recursos de revisión prosperan en un porcentaje muy bajo. Tan bajo que apenas llega al uno por ciento.

—Las sentencias definitivas y firmes son inamovibles. Es lo que se llama santidad de la cosa juzgada.

—¿Santidad de la cosa juzgada? Perdona, Andrés, pero eso es pura ficción.

Al parecer, la cosa juzgada consiste en un sacramento que protege y salvaguarda las sentencias, aunque el precio sea el aniquilamiento de un inocente. Los tribunales nunca deben reconocer que se equivocan. Ni siquiera que pueden equivocarse. Aunque sobre el papel el procedimiento exista, sin embargo, cualquier intento de revisión debe frustrarse. Admitir que se ha condenado a un inocente menoscaba la autoridad moral del Estado.

Amador debía de estar muy enfermo, aunque no lo aparentaba, al menos a mí no me lo parecía. Tosía, eso sí, muy a menudo. Él lo atribuía a un catarro que cogió en prisión y que nunca curó del todo.

Lo cierto es que en la madrugada del 18 de agosto de 1998, cuando todavía no clareaba el día y la luna entraba por la ventana de su cuarto, Amador Crespo fallecía de neumonía. Al menos, ése fue el dictamen del médico y lo que ponía el certificado de defunción.

El tío Eduardo, días antes, me llamó urgentemente. Amador y yo habíamos estado juntos el día 2, Nuestra Señora de los Ángeles, celebrando su cumpleaños. Lo encontré bien, sin problemas. Es hoy y todavía no me explico ese repentino empeoramiento. Llegué a tiempo para verlo vivo. Cuatro días estuve a su lado, al pie de la cama y sin dormir. Casi todas las noches oigo las últimas palabras que Amador pronunció en medio de una fiebre muy alta y que me duelen en el alma porque me recuerdan su sufrimiento.

—¡Qué vida, la mía!

—No, Amador. ¡Qué vida te dieron!

—Gracias, Fernando, por tu amistad.

—No hay de qué. Recuerda lo que nos dijo tu padre siendo chavales.

—No me acuerdo. Mi padre decía tantas cosas buenas...

—Pues que la amistad que se hace en la infancia es perenne como la hoja del pino.

—Y dura como un diamante.

—Nunca me perdonaré no haberte acompañado en los momentos cruciales de tu vida.

—Hiciste lo que estuvo de tu mano.

—No, Amador, no. Me quedé corto. El amigo verdadero se demuestra en la desgracia. Es como la sangre, que enseguida acude a la llamada de la herida. Yo he llegado muy tarde.

—¡Déjalo ya! Lo que importa es que estás aquí. La amistad que pudo cesar y no cesó, siempre es verdadera amistad.

Amador murió a mi lado, casi solitario, sabiendo que, al final, la verdad y la justicia fueron los únicos amigos eternamente fieles que tuvo. Se fue de este mundo en la certeza de que ellos le cerraron los párpados y le entrelazaron las manos. Esa misma tarde, su tío Eduardo y yo, con la ayuda de Domingo, el sepulturero, enterramos a Amador donde el quería, en su Tábara.

El cementerio de Tábara es un camposanto que siempre está abierto, de par en par, y no tiene cipreses. Las tumbas son, en su mayoría, de tierra, rematadas con una cruz que en el medio tiene una chapa con una leyenda escrita a mano que dice «Aquí finó...».

La caja con el cuerpo de Amador la depositamos en la misma sepultura del señor Isidro y la señora Piedad, sus padres, a los que él no pudo enterrar. Fila 13, sepultura 8. En la lápida, toda una frase que retrata la vida del hombre de campo: TRABAJA LA TIERRA, MUERE Y QUE TE ENTIERREN. Todo fue muy sencillo, también muy rápido. Ni el tío Eduardo ni yo derramamos una lágrima. La pena nos había secado todas. Hacía un calor insoportable, sin una brizna de aire, y olía a cardo seco. En esos momentos pensé en mi padre cuando decía que la muerte es como una tortuga incansable que a su ritmo pone huevos y más huevos.

Al irnos nos despidió el silencio de una campana muda tirada al lado del depósito de cadáveres. Me acerqué por curiosidad. No tenía badajo, pero sí una hermosa inscripción donde todavía se podía leer: «Cuento los días, celebro las fiestas, lloro a los muertos, rechazo a los rayos y aplaco a los cruentos.» El tío Eduardo me recordó que en Tábara y en toda la comarca hay un refrán que dice: «La campana de mi pueblo sí que me quiere de veras; se alegró cuando nací y llorará cuando muera.»

No me cabe duda de que Amador tuvo una vida muy triste y un final muy triste. Aquella sentencia dictada por la Audiencia de Zamora que le condenó por la muerte de Paula y todo lo que vino detrás me hace pensar que Amador sólo fue feliz cuando le llegó el momento de morir.

Para Amador, salvo los años de infancia, la vida fue una cárcel lóbrega y gélida. Cada día que pasó encerrado fue como un mordisco que la muerte le iba dando en el corazón.

Ahora, muerto ya, sueño que Amador pisa descalzo las calaveras de sus verdugos y que las va convirtiendo en un polvo muy fino. Sólo así puedo creer que Amador se despidió de este mundo con una sonrisa en los labios. Quizá fuese porque, después de todo, él fue una de esas víctimas judiciales con suerte porque mueren en su cama, a diferencia de aquellos que al infortunio suman la desgracia de morir en la cárcel o, si han salido de ella, tirados en la calle o colgados de un árbol.

—A Amador, no fue el puro sentimiento de venganza el que le animó. Amador no se hizo un asesino porque le violaran sus derechos.

—No te entiendo, Fernando. Entonces ¿por qué mató?

—Verás, tío Eduardo. Yo estoy seguro de que Amador obró en sentido inverso. Al revés de como creemos, es decir, bajo el impulso de un deber moral de reparar una tremenda injusticia y dar justo castigo a los culpables para poner a otros hombres al abrigo de injusticias semejantes a la suya. Para mí, ésta fue la idea en función de la cual Amador sacrificó todo, su familia, su libertad, su honor, sus bienes, su sangre y hasta su vida.

—¿Entonces no mató a Teófilo, el presidente, por venganza?

—Sí y no. Amador tenía un fin claro. Sin duda, vengarse del culpable, pero no destruyó a Teófilo simplemente por destruirlo. Quería también que sirviera de ejemplo a todos los que pudieran hacer lo mismo. Cuando la primera condena, la de la muerte de Paula, se le acorta en más de dos terceras partes y se le concede la libertad condicional, Amador pudo olvidarse de lo pasado y emprender un nuevo camino. Sin embargo había mucho por medio, sobre todo la esperanza de que se le hiciera una justicia que nadie estaba dispuesto a hacer. Por eso no cedió en su propósito y optó por demostrar que la ignominia, la ilegalidad y la bajeza deben recibir su merecido.

—Créeme, Fernando, que me tranquiliza mucho oírte esto que dices, pero a mí lo que me queda en limpio es que Amador en verdad mató en defensa de su dignidad y de lo que creía justo. Por eso se entregó resueltamente a terminar con su verdugo.

—Más o menos, pero así fue. Hasta luego, tío Eduardo. ¿Necesitas algo?

—Nada. Muchas gracias, hijo. Ya sabes que a esta familia lo poco siempre nos pareció mucho. Ve con Dios, pero antes dime una cosa: ¿qué fue de Vicente, el forense? ¿Amador no te preguntó por él?

—No. Amador no quiso saber nada del asesino de Paula. Yo sí. Vicente Méndez murió en 1990, poco tiempo después que mi padre. Al jubilarse se había marchado a vivir con una hija que tenía en Talarrubias, provincia de Badajoz. Fue ella la que lo encontró muerto en el cuarto de baño. Parece ser que le dio un infarto. Lo enterraron en el mismo Talarrubias. Un día cualquiera, su tumba apareció profanada. A la semana, alguien, que nunca se llegó a saber quién, debió de entrar de noche en el cementerio. El que fuera, primero abrió el ataúd, después le rajó el pecho al cadáver medio putrefacto y acto seguido le arrancó el corazón.

—¿Y luego?

—Allí quedaron tirados todos los despojos para disfrute de las moscas.

Esa misma noche dejé Tábara. Antes de coger el coche, que lo tenía aparcado en la plaza, me detuve unos minutos ante el monumento a León Felipe, levantado por suscripción popular. Una placa recuerda al poeta con uno de sus versos, que aquí transcribo:

¿QUÉ IMPORTA QUE LA ESTRELLA
ESTÉ REMOTA Y DESHECHA
LA ROSA...?
AÚN TENDREMOS
EL BRILLO Y EL AROMA.

El viaje de vuelta a Madrid lo hice pensando en Amador y en los muchos Amadores que pudieran haber existido y aún existen. Amador Crespo Lozano fue un hombre honrado, escrupulosamente amigo de la ley, lleno de amor por su familia y por su novia, que de pronto se convirtió en un bárbaro dispuesto a sembrar el luto y la desolación en la justicia que le juzgo y condenó.

Se dice que la sangre de los mártires no corre en vano. Si así fuera, bien puede ocurrir que la larga sombra de Amador Crespo subsista mucho tiempo, porque una injusticia semejante a la que él padeció queda tan fuertemente impresa en la conciencia de los pueblos, que jamás puede ser olvidada.

H.S.E.A

(Aquí está enterrado Amador)

Estas siglas figuran en la tumba de Amador Crespo. Las puse yo.

XIV

Memoria exhumada
(Epílogo)

El año 1999 está dando las últimas boqueadas. Como yo. Sí, reconozco que estoy muerto y, lo que es peor, que me siento morir. Aunque el día y la hora exactos sean inciertos, que voy a morir muy pronto es completamente seguro. La enfermedad que padezco me ha devorado poco a poco. Pero no me importa. Está escrito que el paso del tiempo no es un castigo sino una ley inexorable.

Aunque sea repetirme, debo recordar que me llamo Fernando Blanco Vidal, que soy notario, nieto de juez, hijo de juez, hermano de juez y que de joven no tengo nada, pues nadie que ha rebasado con creces el umbral del medio siglo puede decir, con un mínimo de sensatez, que lo es. Llevo retirado del notariado hace bastantes años y durante casi un lustro me he dedicado a cumplir un legado que mi padre me dejó en dos carpetas que se referían al proceso seguido contra Amador Crespo Lozano, mi amigo de infancia, al que condenaron no obstante su inocencia. Dice Cervantes en el *Quijote* que lo de heredar borra en el heredero la memoria de la pena que deja el muerto, pero en mi caso el legado de mi padre lo único que ha hecho es aumentar el recuerdo y el dolor.

Proclamo que los años que he empleado en exhumar esta historia me han hecho feliz. He aprendido de la justicia muchas cosas que ignoraba. He conocido sus debilidades, sus límites y sus miserias. Me he dado cuenta de que la injusticia no sólo se almacena en los archivos judiciales, sino también en el corazón de la gente, en el cuerpo derrotado de las familias que la padecen, en la garganta de lija de los que gritan contra ella. Y, por supuesto, estoy muy satisfecho de haber quebrado el silencio y rectificado el mal que hizo mi padre callando.

Sé que he escrito esta historia en tiempos en que la justicia está como yo, desahuciada, tiene metástasis y huele a pus. Aunque no soy del gremio, he amado infinitamente la justicia, sobre todo cuando he visto las obras de algunos jueces. Y he sufrido por ello. Se pueden cometer irregularidades en cualquier actividad, pero en la justicia nunca. Reconozco que el haber vuelto la mirada atrás para sacar a la calle el montón de injusticia apilada por el asunto de Amador es algo capaz de desanimar al más pintado. Pero la memoria debe servir al examen de conciencia, al recuento de los buenos pasos y de las malas pasadas. Por eso lo he contado y de ahí que el valor de este libro que he terminado es para mí muy grande. No borro ni una línea de lo escrito y, como mucho, me reprocharía haber ocultado algunos elementos de la condena de un inocente, incluidas penas infames o degradantes.

Decía antes que tengo sensación de muerto. Ante panorama tan sombrío, unos días antes de concluir este memorial decidí que lo mejor sería acabarlo donde empezó. Quizá nada ayude más a morir que volver, por última vez, al lugar donde uno nació y creció. Además, mi padre hizo su legado a orillas del Duero y me ha parecido buena idea rematarlo en el mismo sitio. A ser posible, frente al puente de piedra, mirándole a los ojos.

Aunque lo expliqué al principio de este manuscrito, es posible que todavía muchos se pregunten por qué he esperado hasta hoy para contarlo todo. Quede claro que no tengo ningún inconveniente en proclamar mi culpa si, en verdad, he hablado demasiado tarde. Schiller dice que el tiempo es el ángel del hombre y yo, más modestamente, pienso que el tiempo no tiene tiempo. Hay que dar tiempo al tiempo porque el tiempo es inmortal. Ya dije al empezar que el silencio fue un ruego de mi padre, que formaba parte de su voluntad testamentaria. Él lo dispuso así y conozco muy bien las razones de los jueces, también de los fiscales, para que tarden tanto, sin duda demasiado, en soltar las tripas de sus conciencias y en purgar sus almas.

—Fernando, soy Andrés, tu hermano. Acabo de regresar de viaje y tengo una llamada tuya en el contestador. ¿Dónde estás?

—Llevo quince días en Zamora. Estoy terminando de escribir.

—De eso quería hablarte. El domingo acabé de leer lo que me mandaste.

—Bueno, ¿qué te ha parecido?

—Tremendo, imposible de creer. ¿Sigues pensado en publicarlo?

—Ya te dije que sí. Ésa fue la voluntad de nuestro padre. No tengo otro remedio.

—Te comprendo. Aun así, tengo dudas. Además, nuestro padre tampoco queda muy bien, que digamos.

—Está claro, Andrés, que nuestro padre fue un hombre muy desgraciado por causa del caso de Amador. El asunto le sacó fuera de la justicia y así nadie puede ser feliz. Al cabo de los años, aunque un poco tarde, ha reconocido su culpa y punto.

—De verdad, Fernando. Sigo dudando. Temo que el caso de Amador terminará en un alegato contra la justicia. Puede que, después de lo que pasó, haya motivos para ello. Sin embargo, creo que los jueces somos imprescindibles, que con nosotros siempre habrá menos injusticia que justicia sin nosotros.

—Qué Dios te oiga, pero te recuerdo que los dioses de la mitología a quien odiaban le hacían juez. Supongo que sería por algo.

En Zamora sigue abierto su gran palacio, el que llaman de Justicia, más conocido por la Casa de los Momos. Lo he vuelto a visitar. En él aprendí a vivir la justicia. Allí supe que cuando es buena actúa como una medicina que sana a los enfermos de injusticia y que cuando es mala, nada produce mayor iniquidad y desgracia. Un joven funcionario me dice que en la Audiencia cuesta pronunciar el nombre de los jueces que condenaron a Amador.

—Amador Crespo no fue culpable de la muerte de don Teófilo. La culpa del asesinato del presidente la tuvieron él mismo y los otros jueces. Ellos fueron los que lanzaron a Amador a la venganza. Su condena sí que fue un asesinato. Es como si los médicos se dedicasen a envenenar a los enfermos o los arquitectos a derribar los edificios que construyen.

Han pasado los años y aquella terrible sentencia dictada contra Amador Crespo sigue marcando a la ciudad. Y, sin duda, lo será para siempre. Son muchos los que dicen que aquella injusticia fue lo más parecido a la peste. Lo comprendo. La injusticia empequeñece a los pueblos y con atropellos como el de Amador la gente pierde su fe en la ley, el prestigio de los jueces queda por los suelos y la justicia hecha unos zorros.

En la Casa de los Momos incluso hay alguno que afirma que, de tarde en tarde, aunque sin fecha determinada, desfila una procesión de espectros:

El de un niño que llora porque sus padres están empeñados en hacerlo juez y él se niega.

El de una niña llamada Rosarito, hija de una de las porteras, que se ha quedado viuda y no desespera en casarse con un ingeniero de Caminos, Canales y Puertos, aunque se conformaría con un aparejador.

El de una jovencita, la hija mayor del presidente, que sigue estudiando para maestra de la Escuela Normal, pero que la muy vaga no aprueba ni con la recomendación de su padre y se dedica a obras pías.

El de un presidente llamado Teófilo que cada vez que se pronuncia su nombre aúllan todos los gatos de la ciudad.

El de Modesto Tamames, que preside una asociación contra los malos tratos, inhumanos y degradantes.

El de Cándido Pulido, que acaba de publicar un ensayo titulado *Carne de presidio.*

Los de las putas del barrio chino, que llevan grandes pancartas en protesta por tanta competencia desleal.

El de don Enrique Medina Castro, el juez de Instrucción, al que se le ha puesto cabeza de chacal, lleva un lazarillo tuerto y se ha hecho más malvado de lo que él mismo podía imaginar.

El de don Joaquín, el magistrado, que deambula en pijama con un orinal en la mano, mitad orín, mitad ginebra Larios.

El de doña Isabel, la señora de don Joaquín, que sufre por lo muy desgraciada que es en su matrimonio.

El de Pablo, el hijo de don Joaquín y de la desdichada de su mujer, que no ha logrado desengancharse de la droga y padece la enfermedad del Sida en fase terminal.

El de Fermín, mi funcionario preferido, que es homosexual y tiene un novio guarda jurado.

El de doña Teresa, la mujer de don Teófilo, el presidente, que no hace otra cosa que rezar rosarios para que a su marido jamás le falte la ayuda del cielo y la inspiración divina.

El de Cati, o Kati, que cada día que pasa se le cae un pétalo de la flor de su belleza.

El de Ramiro, el funcionario de fiscalía, que ha roto relaciones con Estrella, la auxiliar, aunque todas las mañanas le manda un ramo de espinas.

El de una chica llamada Paula, que ha perdido su hermosura a fuerza de llorar.

Y el de Amador Crespo Lozano, que está terminando de redactar la sentencia en la que condena a sus verdugos, pero que escribe, no en papel de oficio ni con tinta, sino en la tierra y con sangre muy espesa.

Si es cierto que no hay injusticia ni mentira que cien años dure, tengo por seguro que quienes ajusticiaron a mi amigo Amador seguirán tostándose en la parrilla del infierno. Lo que los jueces hicieron con él no fue justicia sino una farsa. Por eso, Amador se desorientó, se desquició y el hurón de la maldad hizo su madriguera dentro de él.

—Mi querido Fernando. Soy ya muy viejo y puedo decirte que con Amador la justicia no nadó como un pez, ni caminó como un hombre, ni corrió como una gacela, ni voló como el águila real.

—Entonces, don Germán, ¿cómo se movió?

—Muy fácilmente. Con él, la justicia se arrastró como una serpiente venenosa.

Ahora mismo nieva en Zamora. Nieva suavemente sobre el río Duero, sobre el puente de piedra, sobre el Campo de la Verdad, sobre el castillo de doña Urraca, sobre el barrio del Sepulcro, sobre el cementerio de San Atilano. Supongo que también sobre las tejas de la Casa de los Momos, sobre la Puerta de la Feria, sobre la calle de la Amargura, sobre la travesía de Cantarranas, sobre la ronda del Degolladero y sobre el destartalado barrio de La Lana.

Nieva como la justicia debe impartirse. Despacio y con mucha serenidad, cayendo sobre todos los hombres, sin distinción de nombres, rentas y honores. Sólo así es como se hace bendita y da paz a quien la reparte y a quien la recibe.

Bajo esa nieve flaca y ligera, a las quince horas del día de hoy, en ejecución del acuerdo adoptado por el Pleno del Ayuntamiento en sesión extraordinaria del 26 de septiembre de 1999, festividad de Santa Justina, sobre el Postigo de la Traición se ha colocado un cartel cuya leyenda reza:

SE PROHÍBE ARROJAR BASURAS AL DUERO
Y CAZAR LOBOS EN LA CIUDAD.

Otrosí: Hoy, martes, 28 de diciembre de 1999, día de los Santos Inocentes y fecha en la que mi madre, de vivir, hubiera cumplido años, termino de escribir lo que atrás queda. Me parece una fecha inmejorable para echar el cierre y poner fecha y firma a un legado que completa el que don Matías Blanco Losada, mi padre, me dejó.

Han pasado diez años, seis meses y veintidós días desde que recibí el legado de las dos carpetas y veinticuatro años desde que Paula apareció muerta en el paseo de los Tres Árboles.

Así pues, creo haber atendido la petición de mi padre de que, para evitar nuevos juicios y prejuicios, esperase todo este tiempo antes de dar a conocer la historia de su legado. Entiendo, sin embargo, que para mayor seguridad y tranquilidad de conciencia, nada importa aguantar un poco más. Pero debo aclarar que no es que esté enfermo, como decía al empezar estos folios, sino muriendo. Tengo un cáncer linfático y en el último reconocimiento, los médicos, con mi querida doctora Pereira a la cabeza, me han pronosticado de tres a seis meses de vida, como mucho. De manera, pues, que la muerte me aguarda con graznido de grajo.

Confieso que no me asusta morir y que estoy preparado para ello. Quizá el gran error de los mortales es que no reparamos en que el día menos pensado nos llega la hora de decir adiós. Por eso, los que desde pequeños aprenden a morir llevan mucho por delante. Pero bueno. La cuestión es que con este futuro que me espera he decidido depositar esta historia en la notaría de mi colega y gran amigo Ángel Chillón, en León, hasta donde hoy he venido.

En acta de manifestación extendida al efecto, además de otras disposiciones, expresaré mi voluntad de que el texto se entregue a la editorial el 1 de febrero del año 2001 a fin de que, si lo considera de interés, proceda a su publicación. De no ser así, quedará, con todas las notas y documentos anejos, en el Archivo Municipal de Zamora. Una copia obra ya en poder de mi hermano Andrés. Otra será remitida a don Germán Santos, el que fue abogado de Amador Crespo.

SEGUNDO OTROSÍ: Entre el legado de mi padre y el mío, que han servido para que la mentira del caso de Amador se esfume como un pájaro en el horizonte, no hay más que un paso muy corto. El que estoy dando. La muerte.

Estoy seguro de que después llegarán las interpretaciones, los malentendidos, los ataques, los desafueros, las sugestiones. Pero esto, créanme, es otra historia que yo no podré escribir.

Nota de la editorial

Fernando Blanco Vidal falleció en el hospital Ramón y Cajal, de Madrid, el 19 de agosto del año 2000. El 2 de febrero de 2001, don Esteban Canadell, como apoderado de esta editorial, recibió de manos del notario don Ángel Chillón Oliva el texto de don Fernando Blanco, que ahora se presenta en forma de libro. Don Germán Santos no pudo recibir el ejemplar legado por su autor, pues murió el 7 de julio de 2001.

Adenda documental

1. Testamento ológrafo de D. Matías Blanco Losada

En la ciudad de Zamora, a 29 de junio de 1988, yo, Matías Blanco Losada, hijo de Fernando y de Pilar, de setenta y cinco años, de estado civil viudo, magistrado jubilado, circunstancias todas que constan en el documento nacional de identidad número 5.687.221, expedido en Zamora el 11 de noviembre de 1941, antes de que mis facultades mentales sufran merma, en ejercicio de los derechos que la ley me concede, libre y espontáneamente otorgo, sin miedo ni fuerza que me obligue a ello, el presente testamento ológrafo, con las siguientes cláusulas:

Primera. Declaro que profeso la religión católica, apostólica y romana, con arreglo a cuyos preceptos y usos deseo que mi cadáver sea sepultado en el cementerio de Brime de Sog, junto a mi esposa que allí yace desde el día en que abandonó este mundo, con oficios de difunto de segunda clase, celebrándose además por mi alma e intención siete misas rezadas, por cada una de las cuales se abonará a don Tomás, el párroco, la cantidad de diez mil pesetas, a las que dará el destino que considere oportuno y de provecho de todos sus fieles.

Segunda. Declaro hallarme viudo de mi única esposa, Carmen Vidal, en cuyo matrimonio procreamos dos hijos, llamados Andrés y Fernando, los cuales viven en la actualidad.

Tercera. De todos mis bienes, derechos y acciones instituyo como únicos y universales herederos a mis citados hijos Andrés y Fernando, que se repartirán en partes iguales la herencia, consistente en esta casa en que vivo, muebles, dinero y demás efectos que se relacionan en el documento adjunto a este testamento, a excepción de lo dispuesto en la cláusula quinta.

Cuarta. Es mi voluntad que las deudas y créditos que a favor y en contra de mi caudal aparezcan en las cuentas de mi agenda que guardo en la mesa de mi despacho —primer cajón de la derecha, según nos sentamos— se paguen y cobren cumplidamente, excepto la cantidad de cuatrocientas mil pesetas (400.000) que en su día presté a María Viñas, a quien por los buenos servicios que me ha prestado durante toda mi vida le perdono, legándole dicha cantidad adeudada.

Quinta. Teniendo en cuenta sus respectivas profesiones, dejo a mis dos hijos todos los libros que forman la biblioteca de mi despacho y que a lo largo de mi vida fueron las herramientas de trabajo.

Asimismo, dispongo que se entreguen a mi hijo Fernando las dos carpetas de color azul con las etiquetas «Asunto Amador Crespo I», «Asunto Amador Crespo II», que están en la caja fuerte del despacho, junto a la Cruz de San Raimundo de Peñafort y los títulos e insignias del que fue mi cargo. Ruego encarecidamente a mi hijo Fernando que nada de lo contenido en esas carpetas sea revelado hasta que las personas que en ellas se citan hallan fallecido y, en todo caso, no antes del año 1992, decisión cuyas razones comprenderá en cuanto lea lo que en ellas hay escrito y documentado. Este legado tan particular, que excluye a mi otro hijo Andrés, obedece únicamente a la finalidad de preservar al segundo de cualquier sospecha que pueda perjudicar a su buen nombre como juez.

Sexta. Nombro albaceas, árbitros contadores partidores de mi herencia a don Bruno Gómez Sandoval y a don Jaime Castro Santos, ambos magistrados, cuya identidad se acreditará por los medios admitidos en Derecho, para que juntos practiquen extrajudicialmente inventario, avalúo, liquidación y división de los bienes relictos. Prohíbo toda intervención judicial en las operaciones de mi testamentaría.

Ruego a mis dos amigos y albaceas que la primera disposición que tomen sea la de entregar a mi hijo Fernando las dos carpetas a las que me refiero en la disposición anterior, a cuyo fin les hago saber que la llave de la caja fuerte está colgada en la alcayata que sujeta el Cristo crucificado del despacho.

Séptima. Por el presente, revoco y anulo cualquier otra disposición testamentaria que, antes de ahora, hubiere otorgado en cualquier otra forma, para que ninguna valga, excepto este testamento que quiero que se cumpla en todas sus partes por ser mi última y deliberada voluntad.

Y para que este testamento, hecho en unidad de acto desde las doce y diez de la noche hasta las ocho y media de la mañana, surta todos sus efectos, lo escribo y firmo de mi puño y letra a la cabecera de mi muerte en el lugar y fecha expresados, salvando previamente las enmiendas «diez mil», «Sandoval» y el interlineado «de segunda clase».

Firmado: MATÍAS BLANCO LOSADA

2. *Escrito de presentación en el Juzgado del testamento ológrafo*

AL JUZGADO DE PRIMERA INSTANCIA

Andrés Blanco Vidal, mayor de edad, vecino de León y magistrado de profesión, según consta en el documento nacional de identidad que por fotocopia compulsada adjunto, ante el Juzgado comparezco y como mejor proceda en derecho digo: Que según resulta de la certificación de defunción que acompaño, mi padre, don Matías Blanco Losada, falleció en esta ciudad de Zamora el día 7 de febrero del corriente año, habiendo otorgado testamento ológrafo que guardaba en la mesa de su despacho. Hallándome en el deber de cumplir lo dispuesto en los artículos 689 y 690 del Código Civil,

Al Juzgado suplico que tenga por presentado este escrito con los expresados documentos y se sirva decretar la protocolización del referido testamento ológrafo, previas las diligencias que sean del caso y con citación de mi hermano Fernando Blanco Vidal, por ser de justicia que pido en Zamora, a catorce de marzo de mil novecientos ochenta y nueve.

3. *Auto acordando la protocolización del testamento ológrafo*

AUTO

En Zamora, a dos de junio de mil novecientos ochenta y nueve.

RESULTANDO que con fecha 15 del pasado mes de marzo, Andrés Blanco Vidal presentó escrito ante este Juzgado, solicitando la protocolización del testamento de su finado padre, don Matías Blanco Losada, a cuyo escrito acompañó el testamento referido y el certificado de defunción del causante;

RESULTANDO que requerido el solicitante para que acreditase no haber otorgado su padre ningún otro testamento posterior, justificó este extremo aportando a los autos el oportuno certificado del Registro Central de Actos de Última Voluntad;

RESULTANDO que los testigos don Fermín Pérez López, don Julián Prieto Alonso y don Prudencio Funcia Jiménez, reconocieron ante este Juzgado la letra y firma del testador y declararon no abrigar duda racional de que eran las propias del testador;

RESULTANDO que, esto no obstante, el que provee estimó conveniente proceder al cotejo pericial de letras, ya que salvo el primero, que fue funcionario de la Audiencia, donde el finado había ejercido de magistrado, los otros dos no tuvieron ninguna relación de intimidad ni de negocios que les hubiera hecho adquirir un conocimiento exacto de su escritura habitual;

RESULTANDO que para llevar a cabo la prueba pericial fue designado don Enrique Calvo Ortega, Archivero-bibliotecario del Obispado de

Zamora, quien cotejó el testamento con la letra y firmas indubitadas que el testador hizo al suscribir un contrato de arrendamiento, así como con las minutas de algunas de las sentencias redactadas y escritas por él y de una docena de cartas que aportaron sus dos hijos, dictaminando el referido perito que a su entender era indudable la identidad entre la letra y firma indubitadas y las del testamento;

RESULTANDO que para la práctica de estas diligencias han sido citados los dos hijos del finado y observadas las demás formalidades que el Código Civil establece;

CONSIDERANDO que el testamento de que se trata está todo escrito y firmado por el testador con expresión del año, mes y día en que lo otorgó, requisitos que el artículo 688 del Código Civil exige para esta clase de disposiciones testamentarias;

CONSIDERANDO que una vez presentado al Juzgado el testamento ológrafo por cualquiera de las personas que el artículo 690 del Código señala, acreditado el fallecimiento del testador y comprobada la identidad del documento, el artículo 693 del mismo Código previene que se acuerde su protocolización;

Vistos los artículos citados y demás de general y pertinente aplicación;

SU SEÑORÍA por ante mí, el Secretario, dijo: Que estimando justificada la identidad del testamento ológrafo otorgado en esta ciudad por don Matías Blanco Losada, el 29 de junio de 1988, debía acordar y acordaba su protocolización con las presentes diligencias en el archivo del notario de Luis Huerta García, por quien se expedirán oportunamente las copias o testimonios procedentes.

Así lo manda y firma el Ilmo. Sr. D. Antonio Nieto Salmerón, Juez de Primera Instancia número 2 de Zamora, de todo lo cual yo, el Secretario, certifico.

4. *Diligencia de entrega a Fernando Blanco Vidal de las dos carpetas*

La extiendo yo, el Secretario, para hacer constar que teniendo a mi presencia a don Fernando Blanco Vidal, cuyas circunstancias ya constan en este expediente, le hice entrega de las dos carpetas que forman parte de la disposición testamentaria de su padre, don Matías Blanco Losada. Firma en prueba de conformidad. Doy fe. Zamora, a uno de julio de mil novecientos ochenta y nueve. Repito fe.

5. *Sentencia condenatoria de Amador Crespo por el asesinato de don Teófilo Cuesta, el que fue presidente de la Audiencia de Zamora.*

Don Eusebio Martín Rubio, Secretario de la Audiencia Provincial de Zamora, CERTIFICA: «Que en el Libro de Sentencias de esta Secretaría de mi cargo y a los folios 242 a 250 figura registrada la Sentencia número 12 correspondiente al año 1976, cuyo tenor literal es el siguiente:

SENTENCIA NÚM. 12

Ilmos. Sres.:
Presidente:
D. Juan Ramírez Bernal
Magistrados:
D. Matías Blanco Losada
D. Ismael García Sierra

En la ciudad de Zamora, a cuatro de mayo de mil novecientos setenta y seis.

Vista en juicio oral y público, ante la Audiencia Provincial de Zamora la causa número 6/1975 procedente del Juzgado de Instrucción número 2 de esta capital por los delitos de asesinato y atentado, seguido contra el procesado Amador Crespo Lozano, de 31 años de edad, como nacido el 2 de agosto de 1944, hijo de Isidro y de Piedad, soltero, natural y vecino de Tábara (Zamora), con domicilio en la calle Pocasangre, con instrucción, con antecedentes penales, con Documento Nacional de Identidad número 11.680.311, expedido en Zamora el 15 de mayo de 1956; está en prisión provisional por esta causa, cumpliendo condena por otra y es insolvente. Ha sido parte el Ministerio Fiscal, en representación de la acción pública y como acusación particular en nombre de doña Teresa Arroyo González y sus hijos Alfonso, Gonzalo y Pilar Cuesta Arroyo, ha actuado el procurador don Carlos Jambrina Cordero y el abogado don Gerardo Berrocal Nuñez. El procesado ha sido representado por el procurador don José Alonso Méndez y defendido por el abogado don Germán Santos, ambos designados por el turno de oficio.

Ha sido ponente de esta sentencia el Ilmo. Sr. Presidente del Tribunal, don Juan Ramírez Bernal.

1.er RESULTANDO probado y así se declara que el procesado Amador Crespo Lozano, nacido el 2 de agosto de 1944, en Tábara y domiciliado en la misma localidad, calle Pocasangre, con antecedentes penales y con instrucción, a raíz de la sentencia dictada por esta Audiencia Provincial el 18 de octubre de 1965 de la que fue presidente y magistrado ponente el Ilmo. Sr. D. Teófilo Cuesta Sánchez y que le condenó a la pena de tres años y dos meses de prisión menor por un delito de aborto y a la de diecisiete años, cuatro meses y un día por asesinato en la persona de la que fue su novia Paula Flores Rodríguez, lo que al acusado le pareció injusto por considerarse inocente de los hechos, comenzó a idear en su mente la forma de vengarse de dicho magistrado y lo que en principio fue simple sentimiento de odio, al cabo de tres años de prisión se convirtió en firme propósito de acabar con la vida del Ilmo. Sr. D. Teófilo Cuesta.

Para llevar a cabo su plan, el procesado, que en todo momento observó en prisión buena conducta, se benefició de la redención de penas por el trabajo, lo que representó un efectivo acortamiento de la condena y que dio lugar a que el 15 de diciembre de 1974 se le concediese la libertad condicional, fecha en que salió de prisión y se instaló en el domicilio de sus padres en Tábara.

Ya en libertad, el procesado Amador se desplazó varias veces hasta Zamora para identificar a don Teófilo Cuesta, lo que hizo fácilmente al verlo salir de la Audiencia tanto por la puerta principal, en la calle San Torcuato, como por la puerta de la calle Calvo Sotelo número 5, comprobando que todos los días, de lunes a viernes, alrededor de las tres de la tarde, la salida empleada por don Teófilo era la de San Torcuato desde donde a pie se dirigía al café París.

Seguro de la persona de don Teófilo, sabedor de sus movimientos y decidido a acabar con su vida, el procesado, el 18 de abril de 1975, tras celebrar en familia el cumpleaños de su padre, cogió el autobús hasta Zamora llevando consigo una escopeta de caza marca Sarasqueta, calibre 16 mm, propiedad de su padre y que desmontada envolvió en papeles de periódico y ocultó como si llevara embutido. Al bajar del coche de línea, acto seguido se dirigió a la pensión La Sayaguesa, ubicada en la calle Quebrantahuesos n.º 5, muy cerca de la Audiencia, donde se alojó. Al día siguiente, después de pasar toda la mañana en la habitación de la pensión y comer algo, sobre las 14.45 horas se dirigió con la escopeta hasta las proximidades del Palacio de Justicia, quedándose en las escaleras del establecimiento Almacenes García Casado por la parte que dan a la Plaza de Zorrilla. Justo a las 15 horas menos 5 minutos, como en él era habitual, don Teófilo salió de la Audiencia, lo que fue visto por Amador quien de inmediato se dirigió a él mientras el señor presidente cerraba la puerta del edificio. En ese momento el procesado increpó a don Teófilo, recordándole la sentencia que años atrás había dictado en su contra condenándole a la cárcel, sin ser culpable de los delitos por los que había sido acusado. No se ha podido determinar la exacta conversación mantenida entre el procesado y su víctima, pues por la hora nadie se apercibió de los hechos con precisión, pero sí se da como acreditado que las palabras del señor presidente lejos de tranquilizar al procesado le alteraron más, puesto que súbitamente se echó la escopeta a la cara y a una distancia aproximada de dos metros hizo dos disparos contra el magistrado que le alcanzaron de lleno en la cabeza y en el tórax y que determinaron su fallecimiento inmediato.

Después de ver a su víctima en el suelo en medio de un charco de sangre, el procesado esperó sentado en el bordillo de la acera con la escopeta entre las piernas a que llegara la policía, lo que ocurrió al poco rato y se lo llevara detenido. La munición empleada por el procesado fue de postas del calibre 6, lo que produjo grandes destrozos en las partes afectadas del cuerpo de su víctima.

El procesado presenta una personalidad con estructura paranoide que determina una disminución de su capacidad volitiva, pero sin llegar a anularla, siendo perfectamente conocedor del alcance de su acto y del que en ningún caso y a lo largo de todo el proceso haya mostrado síntomas de arrepentimiento por el hecho cometido.

La víctima, el Ilmo. Sr. D. Teófilo Cuesta Sánchez, deja mujer y tres hijos.

2.º RESULTANDO que el Ministerio Fiscal en sus conclusiones definitivas estimó que los hechos eran constitutivos de un delito de asesinato del art. 406 del Código Penal y otro de atentado del artículo 231 del mismo Código, del que era autor el procesado Amador Crespo Lozano y con la concurrencia de la circunstancia eximente de enajenación mental, número 1.º del artículo 8 de repetido Código, solicitó que se absolviera al procesado de los delitos cometidos y se le ingresara en un establecimiento dedicado a enfermos mentales del cual no podría asistir sin autorización del Tribunal. Pidió que el acusado indemnizara a la familia de don Teófilo Cuesta Sánchez en la cantidad de 800.000 pesetas y que abonara las costas del juicio.

3.er RESULTANDO que la acusación particular calificó los hechos como constitutivos de los delitos de asesinato y atentado, con la concurrencia de las agravantes de alevosía y premeditación y sin ninguna atenuante, pidiendo la pena de muerte y costas y que indemnizara a la esposa e hijos de don Teófilo Cuesta en la suma de 2.000.000 de pesetas.

4.º RESULTANDO que la defensa del procesado, en su trámite, pidió la absolución del acusado al entender que concurría la circunstancia eximente de enajenación mental completa y que, en consecuencia, procedía la absolución de su patrocinado y su ingreso en un centro adecuado para su curación.

5.º RESULTANDO que en el trámite de última palabra, el procesado negó que estuviese loco y que sólo había cumplido con un deber de justicia.

En la tramitación de este juicio se han cumplido las disposiciones legales;

1.er CONSIDERANDO que los hechos declarados probados son constitutivos de un delito de asesinato, previsto y penado en el artículo 406 del Código Penal, cualificado con la circunstancia de alevosía, primera de dicho artículo, y otro delito de atentado previsto y penado en los artículos 231 y 232 del mismo texto legal, pues ha quedado demostrado que el procesado Amador Crespo Lozano, con el firme propósito de acabar con la vida de don Teófilo Cuesta, el día y hora de autos, disparó contra su víctima con una escopeta cargada con postas y a una corta distancia, sin riesgo para su persona, ya que el señor presidente estaba completamente desarmado, o sea sobre seguro, lo que denota no sólo un *animus necandi* claro y patente sino, como dice la jurisprudencia, una ejecución sin riesgo para su persona que pudiera proceder de la eventual defensa del ofendido, lo cual cabe afirmar respecto al delito de atentado, ya que no hay duda que el acusado conocía la condición de presidente de la Audiencia del señor Cuesta y, por tanto, su carácter de una de las primeras autoridades de la ciudad de Zamora.

2.° CONSIDERANDO que conforme al artículo 14 del Código Penal, de ambos delitos es autor el procesado Amador Crespo Lozano por haber realizado de manera personal, material y directa los hechos que los integran.

3.er CONSIDERANDO que, además de la alevosía que cualifica y agrava el asesinato, concurre la agravante de premeditación n.° 6 del artículo 10 del Código Penal pues, según enseña la jurisprudencia, en el actuar del acusado hubo una deliberación reflexiva unida a la decisión firme de dar muerte al señor Presidente, tanto que esa idea mortal se incubó en la mente del procesado durante todo el largo tiempo que permaneció en prisión y la llevó a cabo con detalles como, una vez que salió de la cárcel, estuvo observando los movimientos de su víctima; y en cuanto a la enajenación mental del acusado, vistos los dictámenes médico forenses, procede apreciar la circunstancia eximente pero no como completa sino como incompleta contemplada en el artículo 8, 1.ª del Código Penal, en relación con el número 1.ª del artículo 9 del mismo Código, ya que la personalidad paranoica del acusado pertenece al tipo de las llamadas explosivas pero que no se corresponde con un cuadro psiquiátrico completo como enfermedad psicótica, por lo cual no puede afirmarse que su voluntad criminal estuviese determinada indefectiblemente por un padecimiento crónico e irreversible.

4.° CONSIDERANDO que a tenor de los artículos 19 y 101 y siguientes del Código Penal, toda persona criminalmente responsable de un delito o falta lo es también civilmente.

5.° CONSIDERANDO que con arreglo a lo dispuesto en el artículo 109 del Código Penal las costas procesales se entienden impuestas por ministerio de la Ley a toda persona responsable de un delito o falta.

Vistos los artículos citados, el 141, 142, 239, 240 y 742 de la Ley de Enjuiciamiento Criminal y los demás de general y pertinente aplicación,

FALLAMOS: Que debemos condenar y condenamos al procesado Amador Crespo Lozano, como autor criminalmente responsable de un delito de asesinato y otro de atentado, ya definidos, previstos y penados en los artículos 406 y 271 y 272 del Código Penal, con la agravante de premeditación, 6.ª del artículo 9 del Código Penal, y la concurrencia de la circunstancia eximente incompleta de enajenación mental, contemplada en los artículos 9.1.ª, en relación con la número 1.º del artículo 8, también del Código Penal, a la pena de 20 años de reclusión menor, con las accesorias legales correspondientes y al pago de las costas; y a que en concepto de responsabilidad civil indemnice a la viuda e hijos de don Teófilo Cuesta Sánchez, en la cantidad de un millón de pesetas.

Se acuerda el internamiento del condenado en un centro psiquiátrico adecuado a su enfermedad. Dicha medida se cumplirá antes de la pena y el período de internamiento se computará como tiempo de cumplimiento de la misma, sin perjuicio de que el tribunal reduzca la duración si así lo aconsejara su tratamiento.

Para el cumplimiento de la pena impuesta se declara de abono el tiempo que lleva el procesado en prisión provisional.

Firme que sea esta sentencia se remitirá certificación de ella a los organismos correspondientes y al Registro Central de Penados y Rebeldes.

Se aprueba el auto de insolvencia del acusado dictado por el Instructor.

Así por esta nuestra sentencia, lo pronunciamos, mandamos y firmamos. Juan Ramírez Bernal. Matías Blanco Losada. Felix Tejedor Prieto. Rubricados. PUBLICACIÓN. Leída y publicada fue la anterior sentencia por el Ilmo. Sr. Magistrado-Presidente y ponente don Juan Ramírez Bernal, en la audiencia pública que se ha celebrado en el día de hoy en la Audiencia Provincial de Zamora, de lo que, como Secretario, certifico. Madrid, a cuatro de mayo de mil novecientos setenta y seis. Eusebio Martín Rubio. Rubricado.»